跨度新美文书系

Kuadu Prose Series

跨度新美文书系
Kuadu Prose Series

当时世道不寻常

王成祥

著

中国文史出版社

目　　录

1

代　序

刘庆邦①

　　王成祥的散文视野开阔，对于一件事的叙述，往往在社会发展的大背景下展开，有着鲜明的时代特征。作品不过分讲究形式，文字率真、干脆，不事雕琢，充满深接地气的生活元素，体现出积极的思想内涵。

　　王成祥是铜川市政协委员，曾当过兵，下过煤窑，当过媒体记者和期刊总编辑，也做过大型国有企业的宣传部部长。这多方面的切身体验，使他在艰苦的写作中表现出特别能战斗、能吃苦的拼搏精神，和"咬定青山不放松"的坚韧意志。

　　为了写好煤矿基建职工，他曾冒着常人难以想象的艰险，深入新疆罗布泊无人区里的钻机工区；也曾忍着剧烈的高原反应，去到海拔 3700 米的青藏高原施工现场。为了写好煤老板，又独狼般行走在陕北的高原沟壑。通过一线采访，他掌握了大量可靠的创作素材，获得了源源不断的灵感和激情。

　　工作和生活的丰富经历，使得他的写作选材具有多样性。这个文集收入的作品，有对家乡和亲人的怀念，有对军营生活和战友的

---

　　①　作者系中国作家协会第九届全委会委员，北京市作家协会副主席，国家一级作家。

1

回忆，有对记者生涯和文学创作的感悟，更有对煤矿、煤城的真情流露。煤的味道，是这本书的主味，也是他写作中最具特色、最为闪光的地方。描写出力流汗的矿工，表达最底层矿工的诉求，展示煤矿业发展中的成功经验，也分析煤炭企业面临的发展瓶颈。在书写煤城、煤矿和煤炭人时，他的字里行间有浓挚的热爱，有深厚的悲悯，更有热切的希冀；他不仅是矿工群体的深情审视者，也是和矿工血脉相连的一分子。从生活中来，到生活中去，当好反映时代风采的文学轻骑兵，是他多少年来始终坚持的创作初心。

王成祥被陕西文学界称为"陕煤文学三剑客"之一。在陕西这样的文学大省，能够独树一帜、异军突起，不是一件容易的事。由他领衔的陕西能源化工作协，多年来也有不俗的表现。陕西能源化工作协作为"文学陕军"的一个特色分支，创作非常活跃。

祝贺王成祥，也希望他再接再厉，勇攀文学创作的新高峰。

2023 年 3 月于北京

第一辑　我曾钟爱的草木光阴

"岁月不饶人，我亦不曾饶过岁月。"

难忘那一方土炕

在北方农村，祖辈流传着这样一句俗语："十亩地、一头牛，老婆孩子热炕头。"由此可见热炕在人们心里占据的分量。炕是北方农村的标配，在漫长寒冷的冬天，它温暖了一代又一代北方人。工业文明的发展极大地丰富了人们的物质生活，土炕逐渐被保温性能更好、工艺更简单的水泥楼板炕替代。但是，对于20世纪70年代以前出生、在土炕的温暖中长大的人来说，趴在土炕上写作业的舒适，一家人围着炕桌就餐的香甜，是永生难忘的记忆。热炕是贫瘠生活里难得的富足享受，烟囱里冒出的那股熏黄土味，恰是凛凛冬日里最令人感到亲切的家的气味。

托 泥 基

屋里安置土炕首先要垒炕，我们这里叫盘炕。由于是土制品，有的地方也叫土坯炕。先将土制作成胡基和泥基，听起来简单，真要干，可不是件容易的事。胡基还好说，除隆冬结冰以外，只要地不冻就能找到制作胡基的土，肯吃苦卖力气就行。随着改革开放，农民腰包鼓起来，胡基几乎被耐用的砖取代了。而泥基就不一样了，对天气的要求特别苛刻，必须在三伏天最热的时间制作。这是一项极需耐力的重体力劳动，不是一个人能够完成的。由于地域差异，

3

泥基规格也有所区别。我们这里的土炕普遍为长 3 米、宽 1.7 米，泥基固定在 60 厘米×45 厘米，一个土炕需要十五块泥基。泥基是有使用年限的，长时间的烟熏火烧，会使泥基产生损耗，勤快人家两年更换一次。烧过的泥基是农民种地最好的肥料，每家每户都非常重视这项积肥工程，这大概也是土炕能长期传承下来的一个原因。

托泥基需要模子，因为不常用，村里只有两三户人有，全村二百多户人家每年赶在三伏天托泥基，模子就很紧张，需要提前预借。准备好土料，就堆在打谷场上，等待晴朗的天气开始和泥。这种泥可不一般，区别于盖土坯房的泥，它的承重力必须达标。和泥时添加的麦秸秆也有讲究，多少要适中，放多了容易着火，放少了就不够牢固；长短还要比平常和泥加的要长，以便增加承载力。这样就给和泥工作增加了困难，再健壮的小伙子，托一次泥基也得出几身汗。农民都说，托泥基和泥是最苦、最累的活儿。

除严格掌握时机、工序以外，还要有丰富的经验，不然托出来的是次品，不仅下苦（方言，指出力、卖力气），还耽误了一年时间。由于父亲去世早，我不到二十岁，就承担起了家里托泥基的重任，每隔一年的三伏天，就是我忙活的日子。一个炕有三车左右的土就够了，农村人嫌麻烦，一次就拉够两年的，再加上中间还需要更换一次泥基，土料的量就得保证能做出三十块以上的成品。并且提前就得预约别人闲置的打谷场，从很远的地方用架子车将土堆在场里，再观察天气变化，如果十天半月没有大的降雨量，就可以动工了。如果赶上暴雨，泥基被冲走，就等于白干了，这是总结出来的教训。选好日子之后，提前一天开始渗土。记不清需要担多少桶水才能将土渗到位。渗完土之后，再准备好麦秸、麦糠。麦秸是和泥的主要原料，麦糠铺在地上起隔离作用，以免打谷场沾满泥事后不好清理。白天把这些工作做完，晚上就开始找次日的帮工，往往是跑了几家，听说是托泥基，就都以各种理由推辞。记得有一年，还好一起辍学的发小答应了，说那就得赶早，不然完不了。

和泥是第一道工序，也是关键所在。那天约莫四点钟，天麻麻亮，我们就赶到了打谷场，趁太阳没有出来，天气还凉快，抓紧时间把活儿往前赶。我俩穿着短裤光着膀子和泥，不时还需要光着脚进去来回踩。谁知里面暗藏有一瓦砾，将发小的脚划开了很长的一道口子，鲜血直流，但为了赶工，只是简单处理了下，就又开始忙活了。为这事他埋怨了我很长时间，即使已经过去了快五十年，还时不时提起那次帮忙留下的伤疤，让我也很是内疚。

酷热的三伏天，太阳像火球一样烤着大地，天空晴朗得没有一丝云彩，没有任何遮阴的打谷场瞬间成了蒸笼，知了在树上不停地叫着，仿佛也在诉说烦闷的心情。两人紧赶慢赶，终于在十点钟前完成了和泥这道最关键的工序，肚子也开始咕噜噜地叫。迅速吃过早饭，稍加休息就又接着忙活了。清楚地记得母亲那顿蒸的是萝卜包子，农村的包子不像现在城里卖的那么秀气，一个包子的纯面粉在一两左右，两人一下吃光了两笼二十八个包子，有了力气，干活儿感觉轻松多了。一锹一锹把三四架子车土的泥托成泥基，半弯着腰，坐不成，站不成，可以说连个擦汗撒尿的时间都没有，一直干到晚上十一二点才收工，吃了一天中的第二顿饭，浑身像散了架一样，坐在饭桌前就睡着了。

这还不算结束，只能说最难、最苦、最紧张的工序过去了，接下来的工作相对不是那么紧张费力气了。泥基暴晒两至三天后，再把模子套在泥基上，逐个用砖砸一遍，增加泥基的密度和承压力。正常情况下两人也得干八个小时以上。然后再晒两至三天，待晾干到八成左右，一块一块地搬起来，摆成麻花形状，让风吹上几天，完全干透了，再用架子车拉到固定地方保存。

记得那时每次托泥基，背上都被太阳晒得脱一层皮。我有过下煤窑挖煤的经历，人们都知道挖煤苦，但根据我的亲身体会，其实托泥基的苦比挖煤有过之而无不及。农村人说，托泥基是农村七十二行中最苦的一个活儿，但是中国的农民为了生存，就是这样一辈一辈过下来的。

盘　炕

备好了盘炕的基础原材料胡基和泥基，就可以请泥水匠进门了。匠人会让你准备垫底的炕土、少量的砖、做炕沿的材料，当然泥也是少不了的。土炕由炕台、炕门、烟道三部分组成，炕门当然是在建房垒墙时预留好的，基本上都是通用标准，炕门在中间，这是不变的定律，盘炕时工匠不必考虑。而烟道是有讲究的，不确定因素比较多，有的是盖房时在墙上预留的，有的是房盖起来了之后新挖的。做烟道这活儿有很高的技术含量，不是谁都会干，最好是工匠在盖房时预留，否则后面新挖的话会做一些重复工，不仅对工匠的经验要求更高，而且质量也无法保证。

烟道在烧炕时，起通风和抽风的作用，做大了太通透，散热快，影响保温；做得太小了，抽风作用不好，柴火燃烧不充分，炕烧不热不说，烟还会倒流，而且容易引发火灾。所以说，垒烟道是个很有讲究的技术活儿。烟道与炕的连接处在制作上也非常需要技巧。别的地方把这个连接处叫啥名我不清楚，我们这里叫"狗窝"。技术好的工匠"狗窝"做得好，烧起来满炕热，保温时间长还省柴火；"二把刀"（称对某项工作知识不足、技术不高的人）匠人在做"狗窝"上不得要领，盘好的炕受天气影响，烟时常倒流，每次主人烧炕也被熏得像刚从煤矿井下出来，费柴、费力不说，炕还烧得不均匀，往往中间热、两边凉，这种情况下泥基容易被烧坏，进而诱发火灾。在土炕时代因炕引起的着火十分常见，没有引起房屋起火都是万幸。记得20世纪70年代初，我们村有老人烧炕时由于倒风，火从炕门出来将房屋烧成灰烬，存放在家里的一座古庙的真迹资料也被焚烧得荡然无存，给庙宇香火延续造成断档式损失，留下无法弥补的遗憾。

我姑父一生靠做泥水活儿为生，他的盖房垒砌技术很一般，在当地还留下不少笑柄，可他的盘炕技术却是独一无二的，在我们那儿很有名气，方圆几十里都知道他会盘炕，一年四季都有人请。我家就近水楼台先得月了。听母亲说我们住窑洞时，炕一有问题就找姑父，那时候我年纪小不记事。后来，大概是1968年前后，我们从窑洞里搬出来盖新房，炕的问题又顺理成章落在了姑父头上。我目睹了姑父的手艺，他干活儿慢，但非常细致耐心，总是提前一天来，把已预留的烟道按照他的标准进行修理，再把准备的材料一一排查估算，缺的部分让我们重新准备，并让我们提前和好泥，这样他来干一天就能完工。我们都按照姑父的安排将缺的材料一一准备到位，他来了就不耽误时间，垒炕沿、做炕墙、立桩、踏泥基、上炕面子，没用上一天时间就大功告成。姑父洗刷完毕后，将烧炕注意的事项交代一遍，说明天早上再来收炕面子，母亲挽留他吃饭，他只说了句"回去还有事"就走了。母亲紧赶慢赶，姑父却已经走出好远。

新炕初烧也需要技巧，按照姑父说的，火不能太旺，也不能小：小了长时间炕干不了，泥基容易出问题，而且以后每次烧炕返潮，人睡在上边伤身体；火太大了泥基受不了，必须通过均匀的慢火一次性烧干，这样的炕耐用，不返潮，睡上舒服。烧了一个晚上，第二天一大早，姑父又拿着他的工具来了，看着炕面子周围都在冒热气，非常满意地笑着说，烧得还可以。让我找来一块木板垫在炕中间，弯腰用工具将角角落落都检查了一遍，对漏烟的地方进行了特殊处理，然后将压碎的麦秸秆撒在炕面子上拔水分（我们这儿叫"出水"），检验的标准是再烧两到三天，待秸秆没有任何水分时，就可以正常睡了。那时候一家人睡在铺芦席的热炕上，看着用各种材料和泥瓦组合在一起的屋顶，犹如格林童话般美妙，那种享受的喜悦不亚于住现在的高楼大厦。

后来姑父毫不保留地将盘炕的技术传授给我，家里托、换泥基的任务自然而然就落在了我的肩上。姑父说，盘炕这活儿不难，只要用心，肯下苦，多看几遍，谁都会。确实是这样，我接了姑父的班，不仅能打炕、换泥基，而且能盘炕，也会被请去给别人帮忙。三十五年前，我结婚时能烧柴套炉子做饭的两用"鸳鸯"炕就是我盘的，至今还保留着。

砍 柴 火

人们都知道农村苦、农民苦，但是从那种没有电，用煤油灯照明，靠炕取暖的年代过来的人的那种苦，简直一言难尽。就拿每年储备烧炕的柴火来说，现在的城里人根本就想象不到。当然取暖的最佳燃料是煤，然而，那时候烧煤对农民来说是一种奢望，别说生火炉，大部分家庭做饭用煤都很困难，所以常年都需要储备柴火。我年幼辍学后，到生产队挣工分，便和大人一样承担起家里储备柴火的劳动。记事时，大概是六岁左右，生产队分配的玉米秆、花柴秆、麦糠都是我往家里背。冬天里我漫山遍野地找柴火，爬到树上掰干枯的树枝，甚至扯喜鹊垒的窝、扫散落的树叶，生产队牛马散养时拉在麦田里的粪便也不放过，捡回去能煨炕。春夏季的周末，我除了给生产队的牲畜割草挣工分，还要抽空去砍柴，村周围的柴早被勤快的人砍光了，得去很远的地方，或危险、偏僻的地方砍柴。我们村边上就是很长的沟，父母叮咛我跑再远也不怕，但千万不要去沟边。那时我年幼无知，出门就把大人的嘱咐当耳边风，看到沟畔上有根枯竭的树枝，还庆幸没有被人砍。当我天不怕地不怕地走到树跟前，脚下松软的黄土突然掉落，我一下摔进三十多米深的深沟里。幸亏下面是非常厚的黄土，没有伤着身体。晚上回去因为没有拾到柴火，受到父亲严厉的训斥，也只能紧闭着嘴，不敢把这事说出来。那时农村因砍柴造成的事故屡见不鲜，大家明知危险还要去干，不过就是为了生存、生活。每到冬季，每家每户门前的柴火堆子是否像小山包一样高，成为最直观鉴别这家人懒惰还是勤快的标志。

有了架子车后，人们砍柴的步履走得更远了。有一年我们几家联合起来找关系，从十多里远的张家山林场拉回来几架子车的树枝，堆在门前，让村里人羡慕了好一阵子。那时候的农村，因柴火造成的邻里纠纷甚至骂仗非常普遍。

砍柴、拾柴、扫树叶，对于我们这一代人来说，是一生抹不去的记忆。幸亏出生的年代，山林、树木归集体所有，时间再往新中国成立以前推，山林、树木归私人，真不敢想象，几百上千年的岁月里，老百姓是如何与寒冷做斗争，含辛茹苦走过来的。

我的老家属于高原气候，总感觉小时候的冬天比现在冷得多，孩子在房间撒尿也能结成冰，究其原因是保暖设施差。家里要是来客都是炕上坐，才能留住人。尤其是每到春节，家家户户都要蒸过年馍，那时还没有发酵粉，只能用老酵面。天气寒冷，每家都是把面盆放在热炕头上，用盖帘盖好再蒙上褥子，面才能快速发好。这样蒸出来的馒头，散发着满满的麦香味，非常暄软。我上小学的时候，正是国家三年困难的后期，缺吃少穿的。每天母亲都是天不亮就起来，将我单薄的衣服放在火尖尖上（炕中间最热的地方）暖热，让我一出被窝就赶紧穿上；还用炕的温度把红薯煨热，让我拿在路上吃。三年的小学，冬天都是这么过来的。

学校也没有任何取暖设备，大部分同学手脚冻得红肿，有的还裂开很长的血口子。一放学同学们就赶紧往回跑，脑子里都是对家里热炕的向往。记得小学三年级以前，学校没有食堂，学生的家庭轮流给老师管饭，遇到冬天老师也是坐在炕边等饭。那时谁家都穷，给老师管饭买不起肉，辣椒、盐、萝卜丝，外加一盘豆腐，这是通用的标准，俗称"老四样"。如果听见谁家买豆腐，那一定是给老师管饭改善生活包饺子，一般家庭平常是吃不起豆腐的。清楚地记得轮到我们家给老师管饭，炕桌上摆着"老四样"，再放两个白面馍、一个苞谷面馍，外加一碗苞谷稀饭，晚饭没有馍，萝卜豆腐水饺是顶级招待。给老师吃饭不用陪坐，那时谁家都是吃了上顿没有下顿，稍微拿得出手的饭菜只够老师吃。老师走后，我们一家人才拿下饺子的汤泡苞谷面馍吃。老师吃饭没人陪坐，还有个原因，就是那时一个村没有多少人识字，学生家长大多都目不识丁，老师是文化人，坐在一起没啥话说，拘束。这已经成为一种惯例，谁家都一样。只有孩子学习上出现问题时，老师才会在吃完饭后和家长坐在热炕上，用拉家常的方式指出来，从来不伤面子。每次轮到我家管饭，老师进门都迈着均匀的步子，说话不紧不慢，时不时还用幽默的语气缓解紧张情绪，老师那高挑的个子、整洁的衣衫、文雅的气质深深地吸引着我。那时感觉老师就是天底下最伟大的人，我发誓要好好学习，长大后就当老师，可惜梦想最终没有实现。参加工作多年后，回老家路上老远看见小学时的老师，坐在我家土炕上吃饭的情景瞬间浮现在眼前，可我竟然胆怯地绕开了老师，连个照面都不敢打，这大概也是打心底里对老师的敬畏吧。

我想包括我在内的 20 世纪 60 年代出生的一代农村孩子，对老师、对土炕都有着刻骨铭心的记忆和割舍不断的感情。

掏 炕 灰

小时候家乡的冬天，每到夜幕即将到来的时候，村子的上空都烟雾缭绕，现在来看是对环境的严重污染。农民的炕烟大量排出来扩散到天空，又被抽进炕里，年深日久造成烟道的损坏。北方农村四合院式的建筑风格，烟道几乎都设计在相邻两家共用的隔墙上，正常情况下，每年要上屋顶维护疏通，不然积灰厚了，导致出烟不畅通，时间一长容易诱发安全事故。处理烟道积灰也是一项要求谨慎的技术活儿。那时每家住的都是土坯房，上房经常踩碎瓦片，造成房屋漏雨，上房的人掉下来致死致残的事故也偶有发生，所以这个活儿最好是手脚灵活的年轻人干。那时我二十来岁，家里上房的事基本都是我干。先用绳子拴上秤砣吊在烟道里上下来回碰撞，烟灰掉在炕道里再掏出来，有时堵得很严重，比如一个夏天不烧炕，鸟在里面垒了窝，有东西卡在里面，用秤砣法就不管用了，要根据情况"动大手术"。房子家家相连，每次我也很乐意为左邻右舍顺便通一下烟道，说起来并不是多累的活儿，在众人瞩目下，为大家做点儿好事，也是一种荣耀。

通完烟道就要掏炕灰。那时没有化肥，各种柴火烧后的灰，还有两年一次换下来的泥基，都是农民种地的主要肥料来源。烧炕十天半月就需要掏一次灰，掏的时候要掌握好度：掏少了柴火填不进去，只能频繁地填，会导致烧起来热度不均，易诱发火灾；灰掏多了费柴火不说，炕的保温性还会变差。掏多掏少这个度，是要靠经验的。如果听谁说家里媳妇炕不仅烧得热还节省柴火，大家都会投去羡慕的目光。

肥料是农民的宝，在生产队时期，谁家肥积得多，折算的工分就高，年底分红就多。土地分到户以后，谁家人勤快积肥多，责任田里长出来的庄稼就明显不一样。一个冬天下来，家家户户门前都积累起一个炕灰堆，炕灰和未融化的积雪混杂，将变成很好的有机肥料。用这种肥种的蔬菜不长虫子，是天然的有机食品。

随着化肥时代的到来，农家肥逐步退出了历史舞台，农民再也不需要为土地缺肥发愁了；土炕也被干净、耐用、环保的水泥楼板

11

炕代替，失去了它原有的功能，人们彻底摆脱了托泥基、劈柴火的重体力劳动，告别了土炕。随着新农村建设的持续深化，农民的居住生活条件也发生了翻天覆地的变化，村容村貌、文化素质、健康卫生成为人们更进一步的追求。给在新农村长大的 90 后、00 后讲土炕，他们就像听故事一样稀奇。

现在回农村老家，再也看不到冬天夜幕降临时，家家户户房屋烟囱冒出的袅袅青烟，再也闻不到秸秆燃烧时那喷香的气味了。经历过却已不复存在的事物，在记忆中显得尤为珍贵。我们睡过土炕的 50 后、60 后这茬人，对土炕的这份执念已经渗入血液中，镌刻在心灵深处，成为永远无法抹掉的时代印迹。

老屋忆往

每个人都有自己值得回味的事情，有些事如天空飘浮的白云，随风而去；有些事刻骨铭心，沉淀成恒久的记忆。

我已走过人生的大半辈子了，可是对于自己归于哪一类人，还说不清楚。有人说我受教育程度低，学习到的知识不成系统，硬凭父母给的一身力气干出来，是一个名副其实的实干家；有人给我戴高帽子，说我是虚无缥缈的理想主义者。前者我基本认同，后者我也并不否定。回过头来看，这一生确实吃了不少苦头，但在紧要关头我都曾逆流而上，从未被困难击退。可惜的是，到现在也还没有做成一件像样的事情，也拿不出来一两件值得炫耀的东西，想想还真有些自惭形秽。

与文字打了半辈子的交道，就偏爱用笔触来记录走过的路、看过的山。一直忙着朝外走，半生归来，才发现内心深处对老屋的感情竟然藏得那么深、那么重。

前两年族人修家谱，追溯祖宗四代，都是没读过书的庄稼人，唯一可说的是我们这一族曾经开办过油坊，说明有经商的基因，这是不容置疑的事实。迄今，村里老辈还称我们家为"油坊家"。这个油坊实际上也没有留下任何家底儿，只有很小一院庄基，住了我父亲叔伯八个（家），这就是祖父那辈弟兄仨共同的家业，说明光景实在一般，没有叫人夸赞的地方。

村里人提起我家，手指着一处空院子，说，这就是你家老屋哩。一位记事的姑舅兄说过，在那兵荒马乱的年代，油坊开在出了村的柳沟畔，土匪经常骚扰，实在被糟蹋得办不下去了，才卖给了北头家。人家是大户，是有实力的名门望族，土匪始终不敢光顾。到底是哪年哪月的事情，姑舅兄也说不清楚，他也是东一句西一句听他妈说的。但是油坊确实存在，新中国成立后归生产队所有，其经营一直延续到80年代改革开放，那时榨油用上了电，原始的压榨方式才被淘汰。记得在生产队期间，油坊作为副业经营得非常红火，我还作为劳动力在油坊帮生产队压过油，整个过程和使用的工具非常原始，要是保留到现在，那绝对是"文物"。

我父亲在叔伯八个中排行老六。从我记事起，村里人都管我爸叫老六，我一度还以为爸的名字就叫老六。他们弟兄八个先后成家，小院子实在住不下了，就得想办法另立门户，老大留老庄是祖辈留下的不成文的习俗，可是下面弟兄七个却没有能力一下都搬出去，于是除了老大，留老宅的就从老二继续往下排，从最小的开始往外搬。当然谁都不愿意离开老宅，老宅虽然地方小，但位置在村中间，而且有城堡，比较安全。分家的结果，是我的大伯留在了老宅，老二、老三、老四、老五哪个都没留，却把排行老六的我爸留下了。还是姑舅兄说出了原因，在那旧社会军阀割据，各方势力横行霸道，欺压老百姓，再加上土匪经常进村装粮食、拉牲口，村里人整日过着提心吊胆的生活，大伯是读过书的人，比较斯文，而我父亲生就侠客的秉性。有一天，土匪闯进我家就要拉牲口。那时候骡马是一大家人的命根子啊！大伯苦苦求饶，土匪就是不松口，还把大伯用麻绳捆在了房檐底下的柱子上。正准备拉牲口出门时，迎面碰上了我父亲。父亲顺手拿起拴牲口的棍椽朝土匪砸去，直接把土匪打跑了。以后土匪还不断来骚扰，都被我父亲制服。所以出于安全的考虑，大伯把我们家留在了老宅。民国十八年（1929），关中大旱，县城以南三年六料颗粒无收，我母亲逃荒到了我们王家，就在这个老庄和我父亲生活了三十年，我姐、我哥都是在老庄出生的。

那时候的中国农民，普遍过着食不果腹的苦日子，我家更苦，已经到了饥寒交迫的地步，长年在为填饱肚子煎熬。年轻时我为了生存，背负生活重压，四处奔波，对老家的感觉还没有那么强烈，当进入"乡音无改鬓毛衰"的年纪，思念家乡的心情却愈加迫切。现在才弄明白，人这一辈子活的是过程，不管你是啥样的人，对家乡都应该有一份寄托，对故乡的老宅有一种惦念。就拿我来说，故乡老宅存储着我这一代、上一代，乃至更上一代人辛劳耕耘的痕迹。庆幸故乡的老宅还存在，最小的一辈已经随老村整体搬迁出来了，如今的老庄空无一人，只留下断壁残垣，还在风雨飘摇中挣扎，无声地诉说着它那沧桑的故事。我本来对老庄没有丝毫的感情，因为我没有在这里生，也没有在这里长，但不知道为什么，每次回故乡不由自主地都要去老宅待很久很久，也许是给自己漂泊的心灵一种安慰，也许想着总能找到点儿什么，加深对老宅的感情。老宅，我是多么希望能和您对话啊！

我和我姐我哥三个人各相差十岁，年龄的悬殊自然使得我们在思维上有代沟，我姐和我哥是在老宅生、老宅长，在老宅度过了各自的童年，我曾经探问他们对老宅的印象，但是他们的记忆都比较模糊。我的父母都是种庄稼的粗人，健在时也很少说起他们的过去，更谈不上谈论老宅了。当我对老宅有了感情的时候，村上知道老宅事的那一代人已经离世，所以，老宅在我心目中，成了永远解不开的谜。

我家在遇到一场自然灾害后，被迫搬出老宅，在距离村庄三里地的北沟里一孔土窑洞安顿下来，我就是在窑洞出生的。三里地，听起来不算远，但出了村里的城门要下两道坡，拐五六个弯，还要走过两大家族的墓地，一切的生活设施全靠肩扛手抬来完成，那种艰难可想而知。后来墓地被平坟造成田地，城墙毁于"文革"期间，这些在我脑海里已经有了记忆。我们老家把窑不叫窑洞叫土窑。土窑是黄土高原上特有的，在几丈高的黄土壁上建家，没有成本，全凭人用力气挖，住的都是些没有光景的穷苦人家。现在所谓的窑洞几乎都是用砖和石头垒起来的，不是穷苦人能盖得起的。不过土窑不受空间的限制，根据主人的需要，可以随心所欲地挖，工艺简单，在造型上差异很大，都是以实用为目标。往往是窑里有窑，还有拐窑，有楼阁和天窗，和现在单元楼的功能相似，能同时住几代人。住在土窑里的人大都是把日子过烂了，被人瞧不起，自己也感觉没脸见人。也有身份不明从外地逃难来的，他们被迫远离人群住在土窑里。

我家没有窑洞，是借住别人家的。窑洞的主人不属于日子过不到人前的穷人，是旧社会时在北沟购置了许多田地，为了耕种方便，才在自家的地盘上建了窑洞，所以挖得相对比较"豪华"。中华人民共和国成立后，他的地归了生产队，于是盖了新房，土窑洞就废弃了。虽然是土窑，但功能齐全，有两个大院落，七孔土窑可以住几十口人，还专门挖有储存杂物和粮食、喂养牲口的窑洞，修有水窖和打谷场。

我对在土窑生活的那段时光，有着十分亲切的记忆。前几年许多当事人还健在，可我们家是啥时候搬进去的，谁也说不上一个准确的时间，都只能估摸是哪年哪月。一次和我哥又聊起家事，他说那年秋季下了四十多天的连阴雨，我家那两间破瓦房眼看就要塌了，才搬到窑里。有了连阴雨这个线索，我查阅了乡志，那年造成全乡房倒屋塌的四十天连阴雨是在 1957 年秋季，由此推算出我家搬进窑洞的年月时间。

母亲在世时听她说，我祖父那一辈日子就过得捉襟见肘，吃了上顿没下顿。到了我父亲这一辈亲姊妹五个，我爸排行第六。用当地人的话说，你大伯是个好好，八岁给人家在粮食集上当相公（此处指学徒），年龄虽小，但勤快懂事，深得财主信任，二十岁就自奔前程给自己娶了媳妇，还置买了一院桩基地，准备修盖自立门户搬出老宅，惹得旁人眼红。在农村，日子过不到人前，别人会笑话你没有本事，日子过好了遭白眼嫉妒，就连家族个别人都害气（生气），说外首家（因为我家住老宅的最外面）是暴发户。我婆是个瞎子，每听到这话心里就很委屈，只有大儿子回来了才诉说。大伯很争气，又买了盖房的木料。然而天有不测风云，就在这个时候，大伯得了一场重病，再也没有起来。

我妈说她没有见过大伯，听大姑给她说的。我妈和大姑感情很深，大姑老来眼睛也瞎了，我妈经常步行十多里路给大姑拆洗被褥，直至大姑去世。

我父亲天生性格刚烈，在那军阀割据、土匪横行的年代，跟人跑江湖，也算是个能行人，就是不过日子。后来还染上了吸大烟的恶习，变卖了大伯置买的家业和田地，长年累月不入家门，一阵子跟这股势力，一阵子又跟那股势力，曾经还在军阀井岳秀手下当过差，因被人误解，徒步两天两夜，从榆林走700多公里跑回来。新中国成立后，他还被管制了一段时间，好在他并没有掠夺别人家的财物，又因有打抱不平的耿直之心，在方圆落下好名声，成分被定为贫农，管制的帽子就不了了之。可是我哥还是受到了牵连，本来被推荐上大学，不怀好意的人找不到别的把柄，就把我父亲拉出来说事，反映我家有"历史"问题，我哥因此被取消了上大学的资格。

再说回住北沟土窑的事，我在这里出生成长，度过了人生最美好的童年，因此对它有一种说不出来的感情，随着儿时的情景一幕幕浮现在眼前，辛酸苦辣时常涌上心头。

我一直认为我的出生日是正月二十六，但村里一个老者说，这是错的，而且说得有鼻子有眼。他说自己20世纪60年代去延安修永宁水库，抄近道步行二十多里到白水县坐车，路过窑洞，我出生了，他记得很准，这一天是正月十六。我母亲在世时，他当着我的面纠正，我妈没有说话，过后说那人是胡说。到底十六还是二十六，本没有多大意义，可是等到母亲和当事人过世多年，我从事了文字工作后，就总想知道个究竟。想起村里有人当着我的面说过，你和我娃一天生，你这娃是早晨，我娃是下午，住在沟里吃不好，长了这么点儿个子。一次路遇他的这个娃，我有意对她说，你是正月二十六生的。她说，正月是对的，生日不是二十六，是十七。这下我明白了，正月十七应该是正确的，十六可能是那人记错了，他年事已高，一天的偏差也在情理之中。那么，母亲为啥要执着地将我的生日定在正月二十六呢？为了找到依据，我到处咨询，听人说数字十七明显不如二十六吉祥，说明母亲对我的生辰是有想法的，一定是有高人指点过。我的母亲话语不多，从来没有给我说过缘故。正像我姐说的那样，咱妈永远是个谜，自己没有文化，穷得吃了上顿没下顿，却非要供女儿读书，鼓励一个女孩子家走出家门去外面闯世界，多么神奇。是啊！母亲永远是个谜，是一本儿女们永远读不懂的书。

我们所住的七孔窑洞，一共两个院落，住了三户人家，我家住最北边一孔最大的，院墙外面还有两孔放零碎用品。窑洞里面有几个拐窑和土楼阁，炉灶、炕、生活用品和农具均放置在不同的位置。隔壁是一孔单体土窑洞，住了一位白发苍苍的单身老头，不知道叫什么名，他和我父亲、母亲是白搭话（指不称呼对方就和人搭话），我叫他老王伯。

老王伯上身常穿一件黑对襟棉袄，头上长年包一条白毛巾，清爽干练，给生产队看管北沟的庄稼和果木，非常认真负责。老王伯勤劳节俭，在六七十年代粮食紧张、到处闹饥荒的时节，老王伯时常把自己省吃俭用攒下的粮食，接济揭不开锅的家庭，所以在生产

18

队里落下了好名声。村里人还说老王伯会武功，是习武之人，我那时不知道习武是啥意思，但时常看见老王伯把沟那边北塬人偷庄稼的老笼、镰刀、衣服等收了回来，如数交给生产队，可从来没有给我们显示过他的硬功夫。老王伯对我影响最大的是他能把一本书讲下来。在那晚上黑灯瞎火靠煤油灯照明的年代，每到夜晚，空旷的沟壑宁静得让人恐惧，不时地还有野猫和猫头鹰落在坟头的柏树上乱叫，还好有老王伯，他会推开我家土窑洞的门，半个屁股坐在炕沿上，就开始说三国，论六国。有时我已经睡了一觉醒来，他还在绘声绘色地说，直到深夜不知道啥时候才出门。第二天晚上继续，几乎夜夜如此。至于说的啥，说的哪本书，我已经没有印象了。只记得有天晚上，他一坐到炕沿上，就说："今晚我给咱说岳飞。岳飞不仅是忠臣，还是个大英雄，得要好长时间才能说完。"他问我："喜欢听吗？"我当然很乐意，每到晚上不见老王伯来说书，我还睡不着觉。

老王伯无亲无故，也不知道他是哪里人，为啥能到这里，反正不是本地口音，有人说是陕南人，在家练武功，失手把人给打死了，才逃到这里落脚。这都只是些没有根据的猜测，真假难辨。直到1974年前后，来了一帮外地人打听到村里，才知道老王伯的老家是在大荔，侄男子弟来了一伙人接他回去，老王伯硬是不愿意离开，好像磨蹭了一年多，最终还是告老还乡了。生产队里的骡马车将他的家业装了满满一车，风风光光地把老王伯送回了大荔老家，安度晚年。

一年以后，老王伯还回来过一次，给了我一把他回大荔种的花生。我舍不得吃，将花生种在院墙朝南的向阳处，精心浇水管护，长势很茂盛，到了收获的季节，刨出来全是根，没有结出一粒花生。

隔壁院落的三孔窑洞住着一户张姓的老两口，经常有人来看望，不知何故，他们和我家基本不搭话，隔着院墙经常听到老两口吵嘴，而且吵得很凶，有时老头还拿皮带抽打老伴，直至对方不吭声才罢休。我小时不懂事，经常去他们院子玩儿，老两口对我非常好，做好吃的都要留着等我来吃。我们家经常是吃了上顿没下顿，而他们长年都是白面馒头，还经常改善生活，每月有专人将白面、大米准时送上门。小孩自然不懂得这是咋回事，有意无意地串门混吃混喝，他们从不吝啬，有好吃的都给我留着。后来才听说这个张伯是陕北老红军，打日本鬼子时，子弹进了大腿化脓发炎需要锯掉，他硬靠着一股毅力没有锯掉才活了下来。模糊的印象里，记得有一次，张伯拿出了许多军功章给我看，讲他的故事。那时年幼，具体说了些什么都忘了，只知道1976年毛主席逝世，这位张伯是第一批被接到北京瞻仰毛主席遗容的老革命。这时我们已搬家，我后来参军到部队，和张伯就联系得少了，等我从部队回来再去窑洞看张伯，他们已经回旬邑老家了……

这是我童年住在北沟的土窑洞里，对仅有的两户邻居的片断记忆。我姐回忆说，她在老庄和土窑洞里都住过，具体住了几年，记不清楚了。只记得1958年的假期，学校来人说，西安招收学生当工人，征求我父母意见，二老毫不犹豫地就答应了。从此以后我姐就吃上了公家饭，从庆安公司几经调动直到后来在郑州飞机公司退休，对住窑洞的印象渐渐模糊，只是参加工作后回来过几次。

知土窑洞事莫过于父母亲，再就是比我年长九岁的哥，他从这里开始上小学，直到初中毕业。初中住校，粮食紧张，家里穷得揭不开锅，别的同学背馍上学校大灶，他背不起馍，母亲将挖的野菜腌成菜疙瘩，每周步行十多里路送到学校供我哥念书，就是在这样艰难困苦的情况下，哥完成了初、高中学业。哥说，他最难忘的是小学阶段，七八岁的年纪，每天天不明就要一个人独自走二里多的山路，经过两处坟地群，还有野猫、野狗频繁出没，胆怯害怕，他就把苞谷秆点燃拿在手里壮胆，一根接一根地一边烧一边往学校跑。

20

有时上自习下课晚了，老师担心哥回去走沟里的路遇上狼，就把哥留在学校和自己住。至今我哥还说："我的胆量就是从小练出来的，我非常感谢留我住宿的王老师。"

我对土窑洞的印象是模糊的，只记得那时父母在生产队干活儿，一天两大晌，有时拿上锄去上工，队里安排的活儿却是用锨，有时猜测是晒麦，却让锄苞谷。每日来回两公里路程，天晴还罢了，遇到雨天，深一脚浅一脚地在泥泞山路里走，艰难的程度就可想而知了。

在人们普遍的印象中，住窑洞冬暖夏凉，很舒服，然而在我的记忆中，和父母住窑洞的经历，那简直是在受罪。用秸秆烧炕做饭，夏天太阳直射，烟逼在窑里面出不去；冬季遇到雨雪天，烟还是出不去，每次做饭，母亲都被烟熏得眼泪直流。而且土窑洞受气候变化的影响，无规律地掉土渣，在我记忆中，整个童年，饭碗里都有土渣渣"调料"。

我们家在土窑洞里具体住了多少年，哪一年搬走的，已经记不清了。我推测是1957年搬进去，住到1970年，这年夏天，连续下了几场大暴雨，我和几个同龄的小孩给生产队里的牲口割草，被暴雨隔在距离村庄不远的一个废弃的窑洞里，亲眼看见划破天空的雷电将村沟边一棵有筛子粗的古杏树拦腰劈开。忽雷白雨三后响，中间隔了一天，又是电闪雷鸣，顿时，大雨倾盆而下。伴随一声清脆的雷声，从天上穿下来一道红线，距离地面两丈多高时瞬间消失。我站在院子的门楼下，当时就吓蒙了。暴雨过后，雷射的那地方出现半米的深坑，干土块子散落在地，当时不知道缘故，只听村里的老人说，时常发现这里有蛤蟆，估计蛤蟆成精被雷击了。

连阴雨让我们被迫离开了土窑。如果推算没错，我们在里面整整住了十二年。我读初中之后，有一天无意间问起母亲住窑洞的那段经历，母亲犹豫了好一会儿，才长长地叹了一口气说："过去的年馑好糟啊，不提了。"

如今母亲离开我们已经三十年了，我后悔当初没有追根问底，否则我的窑洞经历会写得更生动。这成了我的一个终生的遗憾。

土窑洞虽是借宿别人家的，算不上宅，但是，我在这里出生，度过了似懂非懂的童年，对它有说不清道不明的情愫。经历几十年风雨侵蚀，土窑洞年久失修，已然坍塌，不复存在了，但我每次回到故乡，都要走上那条通往北沟的杂草丛生的羊肠小道，去窑洞的遗址看一看。

母亲的那句话，我永远铭记在心——"过去的年馑好糟"。年幼时不懂事，体会不到父母的艰辛，脑子里残存的窑洞记忆还带着一些浪漫色彩：天上的云彩一朵一朵的，随风飘来飘去，炎热的夏天，一股凉风顺沟吹在身上，是那么的舒坦、凉爽。我的内心平静，周边没有嘈杂的声音，没有别人家的孩子干扰，一个人随心所欲地在下过雨的路边捉蛐蛐，在院子里那棵高大的洋槐树上抓知了。冬季一场瑞雪，鸟儿四处觅食，我和小伙伴在雪白的地面上撒些苞谷粒，用筛子扣麻雀，然后把捉来的麻雀用泥糊上放在灶火里烤着吃。不大不小的院子留有一块菜地，母亲春季种下的萝卜、辣子、茄子等家常菜，收获后贮存在土窑洞的拐窑里，满足我们家人一个冬天的需要。窑背上还长着三棵碗口粗大的枣树，虽然归生产队所有，老王伯看管得非常紧，但每到成熟时节，只要刮风下雨，熟透了的大枣就会不时地随风往下掉。还有沟棱地边长出来的野桃子，三三两两的野杏，伸手就能够到。在那物资匮乏的年代，我身处那样的环境，曾引起村里多少同龄孩子的羡慕，我也为自己近水楼台先得月而窃喜。"年馑好糟"是一个天真烂漫的孩子感知不到的，因为总有父母在负重前行。

党和政府在距离我家老庄一里多的地方划了新桩基，放了几年我们都没有能力盖房，直到在我那拿工资的大姐的帮助下，我家才盖起了四间屋，这时父母亲都是五十岁以上的人了，才有了真正属于自己的家。我记得从窑洞搬新家是个晚上，月亮分外的明，大概记得所有的家当装了三架子车。为了温饱奔波了一辈子的父母，终于有了自己的窝，尽管简陋，总是自己的家啊，别提心里有多高兴了。搬到新家没几年，父母亲就到了年迈多病的年龄，几乎失去了干活儿挣工分的能力，尽管生产队里照顾，让他们干一些力所能及的活儿，总归不是长久之计。工分挣不够，生活就更加拮据了。我哥一边上学，一边挑起了四口人生活的重担。

为了生存，我也不得不休学，和我哥一起去借了亲戚家的一辆架子车，从很远的地方把柿子买下，拉到百里以外的渭河北换粮食，就这样度过了几年断顿（指粮食断绝，不能顿顿有饭吃）的饥荒。我哥过日子馋伙（意为精明能干），领着我给家里打水窖和红薯窖，圈院墙，栽各种树木，没有几年，梨树、苹果树挂果，我骑着自行车拉到东边的矿上卖，爬火车把柿子用担子担到铜川、西安卖，和村里人去百十里以外的黄龙山割条子编筐，拿到集市上换钱。我哥还去南山砸石头，拉回来了各种用石头做的生活用品，比如捶布石、过门石。经常风餐露宿，靠苦力挣钱，我们这个家才有了一点点像样的光景。总之，那时太穷了，用我妈的话说，穷根扎得太深了，把娃挣死日子也过不到人前头。是啊！我上小学时就遭过白眼，让我一度产生了厌学情绪，不敢进校门。被扛过枪、性子刚烈的父亲用赶牛的鞭子打得遍体鳞伤，从几十米的深沟里跳下去，还是逃学不敢回家，最后多亏学校派高年级学生集体出动，才从很远的地方找到我，将我硬拽到了学校。记得十二岁那年，还是因为逃学，父亲用核桃树枝条做的旱烟袋抽打我，身无分文的我竟然背了书包，拿了两个馒头，忘记了怎样上的汽车到县城，再到陈庄坐火车，从西安专程跑到河南灵宝我姐所在的工作单位，求她给我转学，现在回想起来都有些后怕。

因为穷，造成对学习的逆反心理，使我在受教育上留下了难以弥补的遗憾，最终只读到初中。当初不能理解父母的一片苦心，现在想起来非常后悔。

对新家进行彻底改造是到了 1985 年我在煤矿下井的时候，这时父亲已经离世好多年了，母亲整天念叨谁家娃有本事盖房了，谁家又添农具买了架子车，日子过不到人前媳妇都没有人说。我下井不到两年时间，我哥就已经调到地面工作，也是才成家，还欠了一屁股的外债。那时农村盖房的花费跟现在相比，和在城市买一栋单元楼花费不相上下。为了了却母亲的心愿，我和我哥东家筹西家借，又借助村民和亲朋好友义务帮忙，才将原先父母亲留下的四间房全部推倒，升高了地基，盖起了八间大瓦房，而且青砖垒到窗台齐。上梁的那一天，几乎全村的人都到场恭喜，有些老者感叹地说，穷了一辈子，在娃手里把日子过成了。听了这样赞誉的话，母亲的心情别提有多高兴了。

人生这辈子就是在匆忙地赶路，走一程看一阵风景，再走一程看一阵风景，歇脚的地方有许多，但家才是自己心灵的栖息地，才是永远的港湾。家是一把育树的黄土，是一盏柔和的灯光，是一柄慈爱的大伞，是一抹亮丽的云彩，是我魂牵梦绕的归宿。老庄是前辈劳作耕耘给后人留下的遗产，为了这个家他们撒下多少心血和汗水，却被无声无息的时间所淹没，只有老庄依旧在默默诉说着这些陈年往事。我庆幸自己能亲眼看到老庄的存在，尽管已是残垣断壁，但在我心里它仍是那么庄严肃穆，它仍在向后辈展示着它曾经的光华神采，无声诉说着它经历的风风雨雨。

每次回乡，我都要再仔细地看看老屋。这是父母亲历经磨难不堪回首的地方，是煎熬，是苦难，是贫穷的伤疤，但对于现在的我来说，却已变成了财富。这里的一草一木是这般亲切，仿佛每一棵树都在向我诉说当年的故事，尤其是那棵苍老的柿子树，在我幼年尚能记事的时候，它是这样，几十年过去了，它还是这样，一副阅尽人世沧桑的模样，而我却已经从一个不谙世事的孩童，变得两鬓斑白。我熟悉的那条小路，盛满了我儿时的欢乐，如今已是荒草萋萋，分不清路在哪里。还有距离窑洞不远处的那棵野桃树，每年秋季结出的桃子是那么的甘甜爽口，曾让我美美地大饱口福。记得有一年桃子被人摘了，我为此还伤心地哭了一个晚上。如今野桃树依旧长在干枯的山梁上，结出的桃子却再也没有了过去的味道。是啊！沧海桑田，一切都在变化，当年和我一起生长的草木，曾是那么的枝叶茂盛，生生不息，如今它们却也和窑洞一样，只能作为一种情感的象征，永远烙印在我记忆的深处。

"麦客"那一年

"麦客"是流动于陕、甘、宁等地，在麦熟季节为人收割小麦的短期劳务工。各地叫法不同，我们叫"跟场"。这种传统的劳动方式在中国有几百年的历史，不过现在已经很少见了。

我做"麦客"是 20 世纪 80 年代初，虽然已经过去了四十年，但那热情、紧张的场面仍记忆犹新。我的家乡在渭北平原。记得1982 年，关于农村工作的一号文件正式出台，农村推行生产责任制，分田到户的农民种田积极性异常高涨，再加上风调雨顺，麦子长势喜人，农民欢喜得合不拢嘴。谁知老天爷又和庄稼人开了个大玩笑，分田到户的前两年，麦熟季节遭遇连阴雨，眼看着麦子在地里发霉长芽，农民束手无策，幸亏产量高，长芽的麦子虽然品质差些，也能让农民吃饱肚子，再加上国家降价收购，总算弥补了农民的损失。而后两年就不那么幸运了，冰雹把泛黄的麦子打得颗粒无收，村民泪流满面地跪在麦地里扫麦粒。

"龙口夺食"是一场和时间赛跑、没有硝烟的战争。生产队时期是集体经济，大家共同干，穷一起穷，苦一起苦。土地承包以后就不一样了，缺劳力和牲畜的家庭，麦子熟了烂在地里也无能为力，好在还有"麦客"可以指望。陕西关中地区的麦子成熟得早，就有甘肃、关中以北晚熟地区的农民来到这里当"麦客"，他们拿着镰刀、头戴草帽，有的还背着被子，聚集在各镇点等活儿，有的还直接到田间地头找活儿。"麦客"的出现，为缺劳户实现了颗粒归仓，缓解了他们的燃眉之急。

每到麦子成熟季节，村里人就会提起以前村里谁"跟场"一天能割好几亩麦。我记事起，"跟场"一词就已经在脑子里扎了根，传奇故事至今记忆犹新。生产队期间，我当过挣半个劳动的社员，就被生产队长安排跟大人割麦子。骄阳似火的六月，天上没有一丝云彩，成熟的麦田仿佛金色的海洋，晃得满怀丰收喜悦的农民，忘却了太阳的暴晒，一心投入"三夏"抢收的战斗。人们不分男女老幼，一个个弓着腰，挥动锋利的镰刀，让熟透的麦子一排排倒下。那种可以和机器比高低的熟练，让现在的人简直无法想象。人家六百米长的距离两小时割一个来回，而我别提多狼狈了，还停留在三方之一的地方，一趟都没割完，可是腰已经疼得直不起来了，只能流着眼泪宣告失败。工分没有挣下，还在村里人面前落下一个吃不了苦的坏名声。

等我80年代退伍回村，村里的年轻人都一拨一拨地拿着镰刀，背着馒头袋子，出门去当"麦客"了。"麦客"都是为了挣现成钱，吃个饱饭，还能背回一些馒头，说是自己节省下来的，实则是连偷带拿。"麦客"偷馍是惯例，主家装着不知道，也许是朴实的庄稼人给下苦人变相的施舍。家里人吃着"麦客"背回来的馒头，满脸洋溢的笑容饱含知足。谁"偷"的馒头多，说明他"有本事"，他们甚至还在一起毫无忌讳地分享"偷"的经验，围观的人听着，心里没有评判，只有羡慕。

馒头这种"福利"的诱惑，着实能叫人动心。我想，我得放下退伍兵的架子，随大流，加入"麦客"队伍中，改变自己在村里人心中吃不了苦的坏印象。当兵几年我已经长了一些个子，可是曾经割麦失败的经历，使得年龄大的人根本不愿让我入伙，怕我拖后腿。天无绝人之路，几个年龄相仿的倒是愿意让我跟着干，在生产队时期他们就"跟场",有丰富的收割经验。

我赶集买了两把镰刀、四个刀片,将刀片磨得锋利发亮,等待招呼。前一天他们一再叮嘱我,要把四个刀片都带上,中间没有磨刀子时间,两把镰刀也必须带,作为备用,这都是经验之谈。跟他们约好清晨鸡打鸣两遍出发,步行13公里赶到某镇,在太阳还没有冒出来之前到"麦客"市场接活儿,过了这个时辰就没有人叫了,得等到第二天。

我们天麻麻亮就赶到了市场,果不其然,黑压压的人群排了大半个街道。人们穿着不同的衣服,拿着大致相同的工具,从说话的口音能听出来是河南的"麦客"还是甘肃的,也有一些从陕北、关中麦子晚熟的地方来的。太阳还没有冒出头,请麦客的主家也从不同地方赶来,狭窄街道挤满了人,相互在搞价(讲价)。市场价割一亩地1元钱,管饭不管住;一亩地1.3元的,是既不管饭也不管住。搞价涉及的问题,一是路途的远近,二是要割的是水浇地还是旱地。水浇地产量高,收割难度大,干活儿价就高。这些我不懂,好在同伴有经验,很快就搞定了一家,说是6亩旱地,不安排住宿,每亩1.2元,只有半小时的路程,并承诺给他们家收割完这些后,后面麦子又有刚成熟的要割,还用我们,省得再到市场找活儿,节约时间成本。

大家非常高兴,认为接了个羊尾巴活儿(意思沾光),估算当天一人割1.5亩,6亩地赶天黑就能结束战斗。谁知错误地估计了形势,实际与想象差距很大,金黄的麦子一眼望不到尽头,密度就是一把土也很难撒进去,是旱地没错,但在麦子成熟期间,连续下了几场透雨,再加上分田到户农民积极性高涨,肥料充足,麦子长势太好了,远远超过了水浇地的麦量。

大家面面相觑,有种"老马也有失蹄时"的无奈。看着成片的麦子东倒西歪密密麻麻,着实无处下手,我就有了打退堂鼓的想法。

年长的也同意说不干了，但其他两位坚决不同意，说你结婚有娃了，是站着说话不腰疼，我们还没媳妇，这样烂工回去不叫人骂死，落下吃不了苦的坏名声，谁家的女娃愿意嫁过来。经这么一提醒，我也打消了逃避的念头。几个人一合计，既然接了这活儿，硬着头皮也得干。

天公不作美，从凌晨起下的雨到现在还没停，尽管大家都铆足了劲，刀片也换了几次，可是干到天黑，四个人才割了不到两亩地。当晚主家过意不去，额外安排了住宿。他们也知道自家地里的状况，担心我们撂挑子不干，还得另找麦客耽误时间。

第二天太阳露出一丝光亮时，天刚缓晴，麦地到处都是积水，主家心急火燎地让我们赶时间收割，这真是要"龙口夺食"了，我们也没有任何退路可选。割麦人不怕天热，越是暴晒越出活儿，就怕遇阴雨天气，付出成倍的力气，也达不到预期的效果。在雨后松软的土地上，再锋利的镰刀也发挥不了作用，割下来的麦子全都是连根带泥。年长的着实体力支撑不下去，看见天上飘过来一点儿白云，就起身喊雨来了，准备逃跑。

赶了两天，总算为主家将麦子都收割到家里，人已经累得站都站不起来了。记得最后一顿饭，主家蒸的是大肉包子，算是款待我们。四个人一口气吃了五笼包子，我打了饱嗝后，准备站起身来，才发现自己两腿无法站立，半步难走。主家深感我们付出了超强的劳动，临走时多给了一些报酬，还给每人装了一袋馒头……

这次"麦客"之行，虽有苦处，也算满载而归，我们还在集镇最大的商店买了白糖、人丹等日用品。等快到村子时，三个年轻人都找理由把镰刀给年长的同村人拿着。现在回想起来，是因为我们三个才二十出头，同龄人不是上学就是干其他工作，而我们却是出苦力的"麦客"，心里觉得不光彩，无形中产生了自卑感。

这是我人生中唯一一次做"麦客"，却留下了挥之不去的记忆。

对于中国农民来说，吃苦不计成本，再苦再累算不了什么，只要能得到应得的回报就心满意足了。有了这次当"麦客"的历练，后来多年里家里的8亩麦子都是我一个人收割的，即使遇到天气不好的情况，或者晚上还要在煤矿上班，也没有请人帮忙，上夜班从没有缺勤，白天照样割麦子。现在回想起来，都不知道当时自己是怎么撑下来的。

永不褪色的绿军装

那是 1976 年的隆冬，北方寒冷的天气冻得人直打哆嗦，上初中二年级的我，由于家里实在太困难，被迫辍学卖柿子换粮食，回生产队挣工分。我的学生时代就这样结束了。

我年龄小，在生产队里干不了重活儿，队长就安排我在农建连平整土地推架子车，一年后到大队林场当过护林员，也搞过农田基本建设修水利。两年后公社在我们大队招收适龄青年入伍，我和其他的适龄青年积极报名应征。当兵不是谁想去就能去的，政审很严格，符合条件家庭背景清白的，还要过生产队这一关。

队长本来说："你哥前几年招工到煤矿当正式工了，你再当兵，等于俩人都吃公家饭，好事不能都让你家占了，就把这个指标让给其他人吧。"但是在我的软缠硬磨下，队长终于妥协了，还给我找了个理由，他在开队委会时说："现在这个年龄的娃都在学校，这娃年龄小，重活儿干不了，就让他到部队上锻炼几年，回来就成熟了。原则上别人当兵每年队里给家庭补助工分，他们弟兄两个都出去吃公家饭了，补助工分就不给他家了。"

就这样，我通过了政审、体检，穿上了绿军装。在那个崇尚军人、一顶军帽招来众多人羡慕的年代，我实现了"鲜红领章两边挂，头顶五星闪金光"，正式成为一名中国人民解放军，内心感到无比荣光。

1978 年，越南在中越边境不断进行武装挑衅，12 月 8 日，中央军委下达了对越自卫还击作战的战略展开命令。人们都猜测我们这批兵将上战场打越南，大家都有了思想准备，也希望能上战场保家卫国，一时间把自己和课本上欧阳海拦战马、黄继光堵枪口、邱少云在烈火中永生等英雄人物事迹联系起来，心想，这是时代给予我们报效祖国的难得机遇，如果上战场一定要义无反顾地冲杀在前当英雄，万一事迹也能写进课本，那该是多么的光荣啊！越想越激动，彻夜难眠，仿佛当英雄的愿望近在咫尺，马上就要实现了。

临行的那一天艳阳高照，我们身穿绿军装，高喊口号，迈着整齐的步伐列队前行，党政机关的干部、初高中的学生站两旁夹道欢送，同班同学看着我胸戴大红花，昂首挺胸从眼前走过时，无不投来羡慕的目光。就这样，我离开了养育自己的这片土地，登上了运兵的闷罐专列，经过一天一夜的行程，到达了目的地——北京军区山西某训练基地。这时大家才知道我们服役的部队不是野战军，也不是空军地勤，是搞国防建设的空军工程部队，任务是在某山区打山洞、建战备仓库、修机场，虽然有上战场的可能，但概率很小。一时间大家还有些失望，三个月军训动员，首长一再强调国防建设和上战场打仗同样重要，大家才逐渐打消了抵触情绪，端正了思想认识。

1979 年 2 月 17 日，中国《人民日报》发表了一篇访问记《是可忍，孰不可忍——来自中越边境的报告》，实际上是对全世界宣布了中国的最后抉择，"对越自卫反击、保卫边疆作战"由此拉开序幕。我们新兵在广播里听到我边防部队英勇善战、击退越军进逼的壮烈场景，个个听得心潮澎湃。

三个月军训结束，我被分到某团机械二连。新兵连高长森班长说过，机械一、二连是开机器，一、二、三连是打山洞，四、五、六连是盖楼房、建国防地面设施。

新兵下连到部队，我看到在群山环绕中，有一排排营房，营区依山势而建，除团部是小三层楼房外，其他都是用牛毛毡搭建的泥巴房。当时天空还飘散着蒙蒙雪丝，营房、道路、山峁被皑皑冰雪覆盖，大地一片洁白。接我们来的是机二连陈会元指导员，他领着大家拐了几个弯，上了一个陡坡，眼前便出现一片开阔地，是被牛毛毡围在中间的一个篮球场。连部办公室在一排房子的中心位置，办公室很小，两边门对着门的是连长、指导员的办公室，中间隔着一个乒乓球案子。

连长周仰葵用浓厚的湖南口音欢迎新兵，介绍连队概况时说："我们机械二连是为全团地面营房施工连做保障服务，同时又是全军学习雷锋做共产主义战士的功勋连，就在去年（1978 年）7 月暴发的特大山洪中，四班战士童江生为抢救水泵房的战友献出了宝贵的生命，被中央军委授予雷锋式战士荣誉称号。"周连长加重语气说，"平凡也能出英雄，搞国防建设也是报效祖国，希望你们再立新功，为英雄的连队增光添彩……"

机械二连有电工、搅拌机、修理、水暖等九个班，我有幸分到英雄童江生生前所在的搅拌机四班。班长邵国迁代理排长，能带出全军学习的救人英雄童江生，可见其过人的带兵本领。他在技术上精益求精，对我们新兵要求很严格，从起床、穿衣到集合、训练，每一个动作必须达标。能遇到这样的班长大家既高兴，又倍感压力。他带着新兵熟悉工作环境时说，玩枪弄炮是一个军人必须具备的最基本的本领，而工程机械兵更重要的是要掌握各种机械的维修和操作技能，这才是检验你合格与否的硬标准，只要始终保持随时献身国防的坚强意志，就会无惧任何困难，没有攻不破的难关。

农村娃第一次见到搅拌机那么大的圆筒在转动，想到以后这个机器将由自己操作维护，别提多高兴了。那时机械动力没有现代电动力便捷，搅拌机是 75 匹马力的柴油机做动力，要掌握操作本领，先要把柴油机的原理搞清楚，那可不是件容易的事情。邵班长利用冬季施工的淡季，将柴油机搬到冰冷的仓库，拆了装，装了再拆，用了一个多月的时间，手把手现场做示范。我们每个人记了一大本子笔记，大家基本掌握了柴油机的工作原理、保养维修有关要领，并能排除一般故障，然后就上岗了。经过一段时间的"师带徒"实践，对柴油机的操作维修就更加熟练了。一个月之后我已经能独立操作机器，每天早上，我都早半个小时到工地将柴油机发动起来，让机械处于待命状态，施工连的同志一到就能立即工作。下班要清理机械周围的杂物，穿着油腻的工作服，将机器全部清洗一遍，并上油，比正常下班要晚一个多小时，两只胳膊被柴油侵蚀得像长虫皮起层黑斑。我在搅拌机操作手的岗位上干了一年多，没有耽误施工连队分秒时间，因此受到嘉奖，并第一个加入团组织，也为复员回农村操作动力机械积累了经验。

那时团里每周都放电影，我和另外一个新兵要维护设备，基本上都会错过看电影时间，当各连队穿着军装手提小凳子，列队去大礼堂，看见我俩穿着脏兮兮的衣服，手里提个油桶，胶鞋已经被柴油腐蚀得像船两头翘起来的样子，都投来敬佩的目光。

由于工作积极，再加上有基本的文字功底，1980年，我被团政治部推荐参加北京空军后勤部举办的六个月新闻学习班，全团2000多人，只挑选了我一个人参加新闻培训，那是多么荣耀啊！

我非常珍惜这难得的学习机会，通过课堂理论知识学习，我掌握了新闻写作的基本要领，通过分批下部队采访，接触了不同性质的国防战备储存。印象最深刻的是那年春节，河北丰宁零下30多度，我和某部队官兵一起在这里度过了人生中最有意义的一个春节。正月十五去北空送稿子，住在南苑机场招待所，第一次到天安门广场照相留念。学习期间我写了好几篇文章刊登在《空军报》上，连队首长看到后专门来信鼓励，也为我复员后从事地方文字工作、当记者、成为作家奠定了基础。虽然已经过去了四十多年，但是我还保留着当初的学习资料，并和一起学习的某空军医院的学长吴中国保持着联系。

学习结束回到部队，连队特意将我安排在厨师班做饭、喂猪。一是丰富我的阅历，为以后写出更好的关于部队生活的文章做铺垫。二是我们连是全团伙食办得最好的连队，我们食堂是全团第一个安装有彩色电视机的食堂，每周都改善伙食，不仅让战士吃得饱，而且要吃得好，引得全团其他连队的老乡都赶周末来蹭饭。指导员想通过我进厨师班的亲身感受，把厨师班的事迹在《解放军报》上进行宣传，让大家知道，我们连不仅出英雄模范人物童江生，而且还能做先进食堂的标杆。在《解放军报》上发文章那可不是一件容易的事情，责任在肩，我刻苦努力，但最终未能给首长交出满意的答卷。不过在厨师班的一年时间，我跟着老兵学会了发面、蒸馍、包饺子，厨艺得到很大提升，一种白菜我能做出四种菜品。我们厨师班有自己的菜地，我学会了种菜、杀猪、冬季储存白菜，这一年的深入生活，写作虽交了"白卷"，让领导失望了，但在我漫长的人生道路上不算白搭。

部队是磨炼意志、锻炼人才的摇篮。身处大山，一个月也难得出去一趟，除了工作就是训练学习，生活非常单调。虽不能直接上战场保家卫国，演绎那壮烈的生死场景，但是，每一个人都充满青春活力，一丝不苟地做好分配到手的工作，并养成了节俭的好习惯，每月6元钱的津贴还要攒2元寄家里。为了在平凡的工作中干出成绩，我不断向老师傅学习机械动力的工作原理，攻克焊接和修理技术，希望能早一天入党提干，改变农民身份。

20世纪80年代初，中央军委着手进行军队体制改革和精简整编。与我的个人命运有直接联系的是，不再从优秀士兵中直接提干了，现役军人可以报考军校，但报考条件是服役够两年，初中或者高中毕业，具备基本的数、理、化文化课功底。我连一张初中毕业证都没有，当然就没有资格报考了，提干是没机会了，扎根部队、报效国防建设的梦破灭了。虽然思想上想不通，情绪很失落，但这不是自己能够改变的事实，只能另作考虑，继续兢兢业业地干好工作，等待复员回农村再进行二次创业。在这次编制体制调整中，铁道兵并入了铁道部，基建工程兵也将被撤销。

领导找全连骨干分别谈话，针对各人的不同情况，动之以情，晓之以理。当时我已经是机械班副班长，连长对我说："想走提干这条路留在部队看来是行不通了，再优秀没有学历也是白搭，转志愿兵又面临裁军风险。我们义务兵，为国防建设尽到了责任。经过部队三年多的历练，回到地方，在不同的工作岗位上，照样能实现人生价值。"

我说："连长，这几年在部队这个大熔炉里，我学到了知识，提高了技能，得到了训练，养成了有规律的生活习惯，也获得了流淌在血液里的自律，这些将使我受益终生。回到农村后我绝不辜负部队的培养，一定将首长的教诲牢记心中，把这几年学到的知识，应用到工作中去，在广阔的天地里争取有所作为。"

就这样，我告别了四年军旅生涯，回到生我养我的渭北黄土高原，和所有的中国农民一样，日出而耕，日落而归，将汗水洒在田地里，用双手创造劳动价值。一年之后，农村实行生产责任制，土地分到户，结束了生产队挣工分的历史，以后的日子过得咋样，全凭自己了。我搞过养殖，做过小本生意，下过煤窑，毫无目标地在生存线上挣扎，仿佛理想和抱负与自己越来越远，甚至成为虚无缥缈的泡影。部队历练的那些积累，所谓的胸怀远大目标，已经和眼下的自己毫无关系。

弹指一挥间，多少年像做了一场梦，须臾而过，连自己都怀疑起那段部队经历是否真切存在过，毕竟那段生活已经距离自己太远太远了，远到令人恍惚。但是，当奋斗了大半辈子，人生将要画上句号的时候，蓦然回首，最热血高燃的，还是那四年军旅生涯。

在漫长曲折的人生道路上，我每前进一步，都呈现出曾在部队历练过的印迹。那已经刻在骨子里的军人基因，让我在每一个人生的转折点上，都能做出正确抉择，回味起来，自豪感油然而生。我心中最飒的衣服，永远是那身不褪色的绿军装。

圣山历史纪念馆

　　陕西省渭南市蒲城县的高阳古镇，得名于人文初祖轩辕黄帝之孙颛顼（zhuān xū）。颛顼，姬姓，高阳氏，此镇因其得名已有几千年，沿用至今（俗称高街子）。圣山历史纪念馆就位于高阳镇西北1.5公里王庄新村圣山庙旧址。

　　圣山庙乃高阳最古老之庙宇，传为颛顼纪念祖母含丹夫人所建。含丹，黄帝之次夫人，曾帮黄帝编撰《黄帝内经》，研究炼丹术，药含舌下汲收金津与玉液之精华，功成名就，遂立庙焉。黄帝陵碑有记：二夫人高阳圣山女……

　　隋唐时，药王孙思邈行医游学，慕名拜谒圣山庙，居此炼丹，往东十余里取西河雷公阴阳钵，北上二里汲白水河之水，于庙内炼成仙丹，且羽化于斯。其神游至雷古坊炼成火药，偶遇兴镇一生意人病危，为之诊疗，使其得救。问仙翁家住何处，答曰："高阳圣山。"后生意人感念来到圣山庙，见其上供奉含丹夫人和药王孙思邈两尊神像，非常吃惊，遂加入圣山庙社祭祀，且传之世人，广知圣山庙神之灵矣。

　　唐，安史之乱，郭子仪率军讨伐安禄山，途经高阳原，屯兵养马、操练军队，随后东征，平息叛乱，朝廷封汾阳王。

　　高阳原亦由汾阳保护，未遭叛军蹂躏。民众感恩戴德，唐德宗建中二年（781）郭子仪病逝于长安，朝廷发诏举国祭祀，民间亦应于其生前驻防屯兵之地祭祀，圣山庙亦列其中。

圣山庙地域高旷平坦，坐北向南，子午线贯中，四周围墙之内，面积十五亩。中有古式建筑前后两座大殿，且有耳房，"莲花"穴位。道士房对面各两间，中间有一口水窖。一座大型木架钟座，十多间廊房，一座古式戏台套盖两层木楼。山门居前正中，两旁有东角门和西角门。山门里有两棵大柏树高粗相仿，在丈余高处各有一喜鹊窝状如绣球，庙会之夜阵阵发光，人们称"柏宝灯"。庙后望亭土台上有一棵杜梨树，每年之春花开两次。

为进行爱国主义教育，增强人民文化自信，弘扬中华历史文化，2015年5月，圣山庙更名圣山历史纪念馆。

我的老家就在圣山历史纪念馆旁边，记忆中，圣山庙已经不复存在，脑海里都是传说。长辈常说，圣山庙历朝历代香火都很旺盛，农历每年三月初一开始的三天庙会，那热闹的场面可以说盛况空前。来赶庙会的，甚至有几百里外的居民。三天时间往往不够用，都要延后好几日，耍社火、唱大戏，商货摊点能摆几里地，比现在的商品交易会热闹得多……

说起这段记忆，老人们堆满褶皱的脸上绽开了自豪的笑容。20世纪50年代，一支名为"642"的煤田地质勘探队为往地下打钻找煤，驻扎在这里，1000来号人在庙里住。勘探队几年以后走了，又来了西北煤炭钻校在这里招生办学，为新中国成立初期培养煤炭科研人才。几年以后，煤炭钻校搬走了，又来了一支煤矿建设队伍在这里开办圣山庙煤矿，此时延续不知道多少年的每年三月初一的庙会停办了，但庙和庙里的神像还在。直到"文革"期间彻底被毁，能证明纪念馆历史的一些物件、石碑随之损坏、丢失。

我出生于20世纪60年代初，对后来命名为圣山历史纪念馆的圣山庙记忆很模糊。在我还未出世的时候，勘探队已经去了陕南秦巴山区勘探，这几年才听说现在的新疆地矿局前身就是"642"煤田地质勘探队，煤炭钻校也消失了，圣山庙煤矿建了一半，不知道什么原因也下马了。这些都发生在50年代，曾经的荣光留给村里我们这一代人的只是令人羡慕的传说。单位虽然搬走了，所盖的一排排灰色结构的砖瓦房、宽敞明亮的办公四合院，以及教室、食堂、医院，还是完好无损地留在那里，村里人叫公房。存放钻探地质标本库房的原型钻石被偷出来，成为我们村这代人儿时最好的玩具。直到70年代我上初中，正赶上学工学农的年代，学校在庙宇旁边的沟壑地上开荒种地，同学们利用周末和暑假在农场劳动期间，吃住都在公房里。也许校领导觉着这是块风水宝地，有煤炭钻校留下的完备的教室设施，上初二时将我们附近村两个班和下一年级两个班的学生搬到这里来上课，缓解了当时教室拥挤的难题，我们也成了校农场干活儿的主力军。虽然锻炼了身体，但也荒废了学业。毕业那年正赶上由推荐升高中，改为推荐加考试，我们村十多名同学考上高中的都寥寥无几，更别提考大学了，后来大部分都窝在农村和土地打交道。

年幼时，在这里上了一年学，对庙的概念只停留在老师宿舍旁边有个高出地面的土台基上，听说这就是圣山庙大殿的遗址。老师们经常聚集在上面唠嗑说家常话。这边还有两户看护公房的矿务局职工家属。

后来参加工作在外地，回老家非常不方便，对圣山庙成为现在历史纪念馆的事情一概不知，脑海里永远是那一排排工业厂房和那个土台基遗址，遥远的传说成为尘封的记忆。2000年后的一个清明节回老家祭祖，发现村里彩旗招展，异常热闹，扭秧歌、漂旱船，一派节日的欢乐气氛。一打听才知道圣山历史纪念馆办庙会，已经恢复几届了，今年轮到我们村承办，村民们踊跃参加，提前准备，正在排练节目。

我说庙已经不存在了，还过庙会吗，村民说你去看看就知道了。

初春故乡各种花的芬芳扑面而来，行走在再熟悉不过的田间小道上，天空飘着白云，和四十年前一样，瓦蓝色的穹顶，绿油油的农田，地里劳作的乡民不管认不认识，都自来熟地跟我打招呼，洋溢着浓浓的乡情。故乡啊，永远是那么的亲切，仿佛让人一下忘记了年龄和时间的概念。转眼间到了圣山庙。在我印象中的遗址上，已盖起了两栋大殿，紫红色的大门上挂着崭新的牌匾——圣山历史纪念馆。前面的大殿修建得很是排场，碧瓦飞甍，雕梁画栋。大殿中轴线正前方稍偏东是我们以前的操场，我们曾每天在这里跑早操，还有不定期的露天电影可以期待，《决裂》《春苗》《地道战》《英雄儿女》……那些老电影至今记忆犹新。那时每到放学，我们村里的同学不急着回家，都要先在这里打一场篮球，球场上泛起的尘土让大家全身都蒙上白色。沙尘满天，眼睛都睁不开的场景，这么多年还历历在目。

在一路之隔的西北方，现在盖起了戏楼，县剧团正在做演出的准备工作，商贩摊点各自忙碌着，寻找有利位置搭建帐篷。这个时节麦苗正拔节灌浆，油菜花已经绽放，放眼望去，整片绿色的地毯点缀着金黄的花朵，宛若世外桃源，让人流连忘返。

村民告诉我，这些都得益于国家改革开放的深入，文物古迹、传统文化、非物质文化遗产越来越被重视，群众也有了重修圣山庙的念想。2000 年，由我们村两位德高望重的八旬老人何永忠、王树茂牵头，村民踊跃募捐资金，于 2002 年修成后殿。得到批准后，王兴民接任会长，塑像、修戏楼、前殿，竖立圣山碑，恢复了每年二月三十日挂灯，三月初一至初三的庙会，圣山社祀蔚然复兴。

故乡的地下储存有黑色的宝藏——煤矿，改革开放以来持续开采，为国民经济建设输送优质的煤炭。2011 年前后，我们村 200 户人家的房屋陆续出现地基沉陷，水井干枯，部分土地和道路塌陷，国家为村民着想，对我们村实施了整体搬迁，从距离纪念馆一公里的地方搬迁到距离只有 300 米的新村。新村科学规划，房子统一标准，配套设施完备。2015 年，98%的村民搬迁到新村，纪念馆从此成为村民接受传统文化教育活动的好去处。但是，受主客观因素的影响，它还远远没有发挥出全部的价值。听村民说，受疫情影响，加上农村经济不景气等原因，三月初一的庙会已经停办了好几年，纪念馆也处于无人管理的荒废状态，再要恢复原貌，需要资金投入，难度很大。

听了村民的讲述，看着这座包括我们村在内的几万人口的文化活动场所杂草丛生，一派凄凉景象，我心里感到十分痛惜。村民说，在两位八旬老人筹款重修时，曾发生两起奇异事件。一起是重修时要收回原来的土地，而原地已被别人耕种，在双方交涉中，话不投机发生了冲突，耕种者的两个儿子用铁锨把其中一位老者打伤，老者的腿伤得非常严重，当时人们估计他时日无多，出乎意料的是没出两个月，老者恢复得和从前一样，而占地者的两个儿子却在不长时间内先后去世。另一起说是在修第一座大殿时，为了节省资金，后殿的砖墙起初使用的是泥土，而在墙已基本垒好时，在一个无风无雨的晚上，垒起来的墙却几乎全部倒塌。人们看到这场景都惊呆了，咋办？房得盖，大殿得修，只好恳求工匠再重新垒了一次……

这些传闻无疑给这座庙增添了一抹神秘，而这座庙，被定为历史纪念馆，是在纪念谁，有着怎样的历史故事，却在我的脑海中很模糊。

2022 年的盛夏，由于身体不适的原因，我请假回老家待了很长一段时间，找回了不少童年时故乡的记忆，也见到了久未谋面的玩伴、老师、战友和同学，尤其对这座近在咫尺，蕴含浓厚地域历史文化的纪念馆有了更进一步的了解。

新中国成立后，这里曾多次作为煤炭工业场地，后来"文革"发生，大殿、戏楼被拆除，房屋另作他用，印证历史的碑文被毁坏，物件丢失，有价值的文献资料荡然无存，人们只能从口口相传中寻觅纪念馆的点点滴滴。

人们一直将我的家乡高阳原称为渭北的避暑胜地，然而2022年的三伏天这里比往年都热，其程度毫不逊色于县城，人们都觉惊奇，怪了，今年咋这么热啊，真是酷暑难熬。可谁能想得到，历史纪念馆的温度却比村子里低好几度，每到下午就有村民到这里避暑拉家常。我也常到这里乘凉，就和老会长王兴民聊了起来。王会长是从八旬老人手里接任的会长，曾经千方百计筹措资金，又有四社百姓踊跃捐款，才续修了前门大殿和戏楼，所以大家对纪念馆都有很深的感情。经过多年的走访收集，整理出了关于这座庙较为翔实的历史资料，为政府批准设立圣山历史纪念馆打下了基础。他说，你看咱村近在咫尺，但从海拔高度上说，这里要比村子高出好几度，只要上了高阳原，不管从哪个角度都能看见它，再说这周围都成了煤矿的踩空区，地面塌陷得不成样子，唯独纪念馆这一片完好无损，因为地下是石头，没有煤，这不能不说是古人的智慧。

关于纪念馆的来历，我找到了一些《高阳镇志》的记载：

圣山庙（历史纪念馆）位于王庄村东，初是十六个社，后是四个社，为纪念唐名将郭子仪所修建。郭子仪是唐代著名的政治家、军事家，在安史之乱时任朔方节度使，在河北打败史思明；后又于回鹘合兵，收复两京，平定了安史之乱，稳固了唐的政治军事地位，备受后人敬仰。

老会长作为一个很有责任感的文化人，耗费大量的时间和精力，对圣山纪念馆的历史渊源，做了深入细致的研究，并形成文字，供人们了解：

圣山历史纪念馆地域高旷平坦，坐北向南，子午线贯中。四周围墙内，面积十五亩，前后两座大殿为古式建筑，莲花穴位，道士房面对面各两间，中间有一口水窖、一座大型木架钟座，共十多间宝房、一座古戏台套盖一座大木楼房。有山门居中，两边有东角门和西角门。

碑石记载：圣山庙曾于道光元年（1821）与光绪三十三年（1907）有过两次修葺。民国十七年（1928），洼里村何高侯师长重修山门。庙外场地三十亩，供各种摊点摆设。庙会神楼交接仪式在神家庄举行，跑马赛在庙东场地进行。民间流传的圣山庙曾经有十六社七十二堡，尤其是山门里面曾长过两棵大柏树，粗细高低一模一样，在丈五高的地方都长着喜鹊窝大的绿绣球，等大等圆，每年逢过庙的晚上阵阵发光，人们称叫柏宝灯。此外，庙后土台有一棵豆檩树，年年逢春开两次花，实为奇观。

我热爱故乡，爱故乡的一草一木，更爱家乡的这座历史纪念馆，它虽比不得名寺宝刹，却是高阳原的文化坐标、村民的精神寄托，它承载着盛唐以来悠久的中国文化，传递着中华民族不为任何外来势力所屈服的坚强意志。衷心地祝愿圣山历史纪念馆重现往日之辉煌，成为传播传统文化、开展爱国主义教育的神圣课堂。

第二辑　我曾路过的那程风景

"人生是旷野，不是轨道。"

你可知道蒲白吗

金色的麦穗在落日的光芒中翻滚，鲜艳的火云灵动飘逸，夕阳的余晖为远方那高耸屹立的选煤楼披上蝉翼般的金纱，一整天的暑热渐渐消退，化作一阵清幽的凉意，风中飘散的麦香不由唤起我儿时的记忆。遥望天地尽头隐约浮现的矿山，我泪眼婆娑，这还是曾经工作过的煤矿吗？是的，这里的角角落落，都留下了我和这帮"煤黑子"兄弟走过的脚印。但它却又不完全是了，当初黑色的乌金变成金色的麦田，沟峁梁塬在草木繁花的映衬下夺目生辉。矿山上，坐落着陕煤蒲白矿业有限公司，这个有着一百一十三年悠久历史的国有重点能源企业，曾扩展了我生命的宽度，增加了我人生的温度，承载着我最深沉的思念，也蕴含了太多太多令我触动的泪点。

一

"蒲白"是我的第二故乡。从我记事的那一天起，就常听长辈说，在咱村子底下有煤，煤那可是宝贝啊，能烧火取暖。据说在我还没有出生的时候，在距离村东头不到一公里的地方，国家就规划建设了一个大型煤矿。那年头，不知道从哪儿来了那么多的人，他们有的住在搭建的公房里，还有不少人住在村里的各家各户，他们穿的衣服很洋气，就是说话多半令人听不懂。

没多久，又来了几个高鼻梁、蓝眼睛的大个子外国人，全村男女老少都像是看稀罕物一样，撺着看来自另一个国家的人。外国人面带笑意，很客气地和乡亲们用他们根本就听不懂的话打招呼，并双手抱拳，表示友好。村里人不知道这些老外是从哪里来的，来这里要干什么，只见他们一到就马不停蹄地从很大的箱子里拿出明晃晃的东西，迈着大步把咱村还有姚家、汉寨的地量来量去。后来才听人说他们是苏联专家，帮助我们搞建设的；那明晃晃的玩意叫仪表，是勘探煤矿用的。这些专家们肩扛不同的仪器，炎热的三伏天，天不亮就出门了，直到天完全黑下来，户家点灯时才回来用晚餐。这些外国人衣、食、住、行根本不讲究，经常是一边吃饭一边还在纸上写东西，他们之间也时常不知道因何发生争论，一会儿又言归和好，开怀大笑。他们量遍了方圆十多里的沟峁梁塬。

村民们说，在一个乌云密布、阴雨连绵的早晨，老外收拾家伙看样子要走了，来了很多的陌生人送行，把几大箱子的仪器都装上了汽车。老天爷好像故意挽留这些来自远方的客人，一大早就下起了蒙蒙细雨。雨老下个不停，怎么办？那时没有柏油马路，道路泥泞不堪，别说汽车，就是人也是高一脚低一脚的，走得很艰难。后来还是队里用骡马硬轱辘车把外国人送到90里地以外的铜川，那里正在建一个大型煤矿，这个煤矿就是铜川矿务局王石凹煤矿，由苏联专家援建的国家"一五"期间156个重点工程建设项目之一。那时大概是1958年。

苏联专家走后不久，我们村的煤矿正式开建了，井口已经挖到三十多米，电线杆子都竖起来通上了电，后来听说是建井发生了一起死亡事故，煤矿就停下来了。到底是因事故停建还是有其他原因，煤矿勘探设计是不是由苏联专家完成的，在村民眼里一直是个谜。反正煤矿从此就再也没有开办起来，直到20世纪80年代后期，改革开放急需煤炭，在国家、集体、个人一起上的政策鼓励下，邻村在原址上开办煤矿，挖了有三十年，直到资源枯竭才关闭了。这块煤田 90 年代再次列入国家重点煤炭建设项目，就是后来人们熟知的蒲白矿务局朱家河煤矿。在蒲白矿志上对这段历史没有详细的记载，但在蒲白矿业公司的展览馆里记录了朱家河煤矿的前身，也是一座未建成就下马的煤矿——圣山庙煤矿，它因与这座纪念唐代名将郭子仪的庙宇相邻而得名。

圣山庙煤矿下马的大概时间是 1960 年前后，这些操着不同口音的工人从已经建成的砖混结构的工房撤到 20 里地外的罕井镇去了，后来工房搬来了两个蒲白矿务局的工人，其中一个年纪大的是个疯子。正常的那个说他的任务一是来看管两大库房矿井钻探出来的石头标本，二就是照看这位疯子老人。那老人疯得非常厉害，老打人，听说曾经是一个很有本事的八级工匠，咋样疯的村民全然不知，这儿环境好，就带他来这里静养了。这两个人一住就是三十多年，他们跟村民和睦相处，处得几乎和一家人一样，其中一个还和村民拜了干亲。第一代矿工老人去世后，都葬在了这方沃土，享受和村民同样的待遇。直到 2000 年前后村民重修被毁的庙宇，他们才恋恋不舍地搬到了矿务局的家属院，他们和村民以及这里的一草一木结下了深厚的感情，到了难舍难分的地步。圣山庙煤矿存在的短暂光阴早已在人们的记忆中被淡忘，现在的蒲白矿业公司没有人知道它曾经的存在，但是，因为它而留下的这么一段有温度的记忆，应该被流传下去。"文革"后期，圣山庙煤矿留下的工房曾作为公社中学的分校，送走了两批毕业生，我就是在这里读的初中。"蒲白"的名字取自蒲城、白水两县，落户罕井、开采两县地下煤的蒲白矿务局，涵盖了两县几万人的共同历史，也在我的脑海里留下了永恒的印记。

大概是 1970 年前后的一个隆冬时节，一批反穿羊皮袄的人来到罕井，从口音人们判断不出他们是来自哪里。他们的到来让这个沉睡千年的农业小镇一下子活泛起来，这些人买东西从来不问价钱，农民生产的农副产品、家禽他们都是批量采购。由此，蒲白矿务局所在地的周边地区有了商品经济，农民收入增加了，农村经济活跃了。

后来才听人说，这支队伍是从内蒙古乌达过来，帮助蒲白矿务局建设煤矿的，编号为煤炭部87、88工程处。由于煤炭基建体制发生了变化，这两支国军队伍就地消化，改名为蒲白矿务局建井处、建安处。当初87、88工程处为了改变新中国成立初期国民经济建设缺煤局面，从祖国的四面八方来到内蒙古，在草原上建设由中国人勘探设计的乌达矿务局，他们在那一望无边的内蒙古大草原上，待了多少个年头，吃了多少苦头，现在的人无法想象。当祖国需要的时候，他们打起行囊再出发，又来到了八百里秦川安营扎寨，在这方热土上奉献智慧和青春，献了儿女献子孙，为了国家煤炭事业的发展，吃苦耐劳，无怨无悔。

这支国家煤炭建设劲旅，先后在蒲城、白水两县的地盘上新建和改造扩建了多座大型矿井，马村、南桥、南井头、朱家河煤矿从无到有，从小到大，都留下了建井、建安人辛勤挥洒汗水的身影。

半个世纪风雨历程，蒲白建井、建安人立足蒲白这方沃土，培养了一大批煤炭精英，走上了陕西乃至全国不同的煤矿领导岗位，为国家的煤炭建设事业做出了卓越贡献。他们中间的第二代、第三代已经成为煤炭战线上的中坚力量，为煤炭工业的转型发展发光发热。

蒲白矿务局初期发展迅猛，仅有的队伍力量根本满足不了生产建设的需要，在矿井建设如火如荼的非常时期，1970年以后的三年期间，国家又批量从农村招收农民工支援蒲白建设，他们扛着铁锹，背着铺盖卷，分别以三线战士和轮换工的身份融入蒲白煤炭建设大军的队伍中去。这支走出黄土地，并不改变农民身份的特殊部队，耐得住寂寞，扛得住诱惑，以冲天的干劲投入火热的工业大生产运动中，硬是凭一颗红心两只手筑牢了蒲白这座共和国的煤炭大厦，成为那个时代蒲白煤炭生产的主力军。以后这批农民大军陆续转正成为有编制的正式工人，分散在马村、白水、南桥煤矿各处，有的当上了班长、队长，甚至更高的职务。我下井时的队长田定运说，他来矿前在渭南塬上老家给生产队里开磨面机子，上面一声令下，就和村里的十多个年轻人，肩扛在田间干活儿的农具，来到了蒲白矿务局白堤煤矿（以后与马村煤矿合并），在采煤二队一直干到退休。田队长一米八的个子，走起路来脚下生风，做事干练利索，从不拖泥带水，井下再重再累的活儿，没有能难倒他的。他经常在班前会上训诫工人：就今天这条件，就是养个狗都能把煤刨出来。虽然话糙不好听，但非常鼓舞干劲。难怪当时的矿长药宝桢说，定运天生就是为采煤队而生，他就是采煤队长的料。

药矿长说的是实在话。和田队长一起来的这批农民，他们没有过多的奢望，没有争功论赏的非分要求，只是一心一意地下井挖煤，即使矿上需要将他们中间任意一个人调地面工作，其中有98%的人都不愿意，因为地面收入低，农村里一大家子都等他挣钱养活呢。正是有了这批不怕吃苦，家庭拖累又重，凭下井高工资养家的农民工，使井下生产有了充足的劳动力，蒲白矿务局的煤炭产量快速增长。

在20世纪七八十年代，我国煤矿现代化程度整体达不到50%，蒲白矿务局由于地质条件复杂，先进的设备派不上用场，全凭农民工拼体力。工作面采煤很多时候人根本就直不起腰，一个班十几个小时都是趴着、跪着掏煤。田队长在这样的环境下，带领着采煤队一百多号人，硬是凭着不向任何困难屈服的硬功夫，让全队连年成为矿、局先进。田队长以朴素的人格和过硬的作风，带出了一批又一批煤矿一线身怀绝技的斗士，现任蒲白矿业公司党委副书记、总经理的王军胜就是其中的典范。他大学毕业就直接分到田队长所在的采煤队干技术员，当过采煤队书记、队长、副矿长、矿长、矿董事长，煤矿井下没有他缺项的地方，在复杂的环境中积累了丰富的工作和管理经验。每当他回忆起那段采煤经历，都百感交集、感慨万千。三十年即将过去，王军胜总经理依然对田队长以及田队长手下的那批三线战士有着非同一般的感情，能滔滔不绝地说出在那特定环境中，每个矿工身上发生的感人故事，甚至每个人的言语表情他都能细致入微地描述出来。那段经历，是平常人无法体会也无法拥有的特殊财富，对亲历者的一生影响深远。田队长带出来的，除王总以外，还有矿级领导王选民、李耀民、奚录民、武建军，著名书画家王忠德，长篇煤矿题材小说《生命无垠》作者魏新胜，我也算其中之一。

这批曾为蒲白煤炭事业流血流汗的"三线"建设大军如今已经退休，告别了他们钟爱的煤炭事业，大部分人又返回农村重操旧业，个别人跟随儿女远走高飞，还有一部分人离不开自己曾经奉献青春和汗水的矿山，因为这里有他们的情和爱，有他们牺牲的战友，有他们熟悉和依恋的沃土，所以尽管煤矿已经关闭多年了，他们还是舍不得离去。一个曾经灯火通明、日夜作业的大型煤矿，说不行就不行了，他们想不明白这是为什么。没有几年时间，热火朝天的忙碌景象一去不复返，到处都是残垣断壁，道路泥泞不堪，一派萧条景象，透着无处话凄凉的悲伤。留守的老工人说，国家政策非常好，知道矿不行了，矿务局已经在罕井集中盖了安置楼房，非常漂亮，价钱也不高，不少的人都搬进楼房了，但是我们在这里住习惯了，离不开马村煤矿，就留下了。这里的空气好，环境熟悉，住着心里舒服。田队长在老伴去世后又找了一位新矿嫂，已经搬家到白水县城了。当年桥头那几家红火的饭店都关门了，只有个别饭店的门牌还孤单存在，被阵阵的冷风刮得咣当乱响；被称为西安金华酒店，能同时容纳好几百人吃饭的职工食堂，不知道啥时候已被夷为平地，种上了树木。留守社区的工人说，矿上在前几年已经没有吃饭的地方了，上班都是中午带饭，两头在家里用餐。原本我有招呼大家聚餐的打算，见到眼前这光景，兴头减了许多。当我拨通田队长的电话，以犹豫的语气对他说出聚餐的提议，他喜出望外满口答应，说就让在矿上住的那几个老家伙的老婆做吧，以前咱不是都在家里吃饭，不用那么多的讲究。我说："不妥吧，田队长，那时大家都年轻，嫂子们做饭没有问题，现在都七十岁开外的人了，还能让嫂子做饭吗？而且几个嫂子都不在了。"田队长唉了一声："我一激动真把年龄都忘了。"领导毕竟是领导，他立即反应过来说："矿上不行就订在罕井镇，现在交通这么方便，活人还能让尿憋死？你确定叫谁，我通知叫人。"我说："田队长掌握吧，采二队能来的都来是最好了。"电话那头答应得很干脆："好，那我就'行使权力'了。"他又用商量的语气说："那几个'懒尿'就不叫了吧，见了眼睛就想滴血。"我说："全听领导安排。"田队长说的"懒尿"指的是几个下井时爱耍奸溜滑的工人，过去了这么多年，他还愤怒不减当年。中间只隔了一天的准备时间，老同志们分别从渭南、西安、蒲城等不同的地方赶来。三十多年的井下劳动在各人身上留下了不同程度的病根，大家多多少少都有出气困难的问题，只是轻重的区别而已。我的师傅王过兵说，咱在矿里上班时，还年轻，煤矽肺没有啥感觉，年龄大了，身体抵抗力就差了，整夜哮喘睡不着觉，说不定哪天，就跟着这病走了。王师傅是从 60 里地以外的农村赶来的，就是想和大家见个面，说着说着他就眼泪汪汪的了。他还带来了自己种的葡萄，长满老年斑的手，几乎带着哆嗦地给老队友们每个人分了点儿，算是表了一份心意。

接着田队长说话了，他首先责怪师傅王过兵，多年没见好不容易聚上了，这么高兴的事，你哭尿哩！这又不是上刑场枪毙你，咱队那些年井下死了那么多兄弟，你咋不哭哩。田队长还是当年的队长作风，乱骂了一通，大家仿佛又回到了夺煤放高产的年代，听着他的骂声，竟是那么的入耳。接下来他说，我的话还好使唤，通知的三十个人除发孝电话打不通外，其他都来了。沉浸在浓浓的情谊中，大家都有一种久别重逢的亲切，但都已经是七十岁以上的老人了，满头白发，不少人走路都很吃力，再加上岁月的摧残，普遍显得比实际年龄老出了许多。当年的书记，现在也已经八十三岁了。田队长因脑出血，失去了当年的干练，一米八的个子出现了严重的驼背，不变的是说话还是那样的铿锵有力。

大家都沉浸在重逢的喜悦中，打起精神划拳喝酒，仿佛又回到了那风华正茂的青春岁月，特别是站在马村煤矿旋转了几十年，而今已经锈迹斑斑的天轮下，仰望直立的井架，大家都忍不住流下了眼泪。不知道是谁在说，这个四百多米的井筒，是我们这些"三线"战士一锹一锹地硬挖出来的。

看着队友们强打精神也掩饰不住的老态，我不觉悲从中来。是啊，一个时代即将悄然结束了，一代人也终将老去，渐渐消失在历史的尘埃中，这是任何人都必须面对，却又无力改变的自然规律。

二

蒲白，是我入行的地方。我的老家在高阳镇，距离蒲白矿业公司所在的罕井镇约 10 公里。虽然有民风淳朴、人杰地灵之美称，行政上跟罕井镇是一个级别，却没有罕井厚重的文化积淀。据说，在南宋时期，罕井被金兵南侵占领，金将完颜粘罕在此驻军，兵马人数众多，旱原缺水严重挫伤了金军继续南侵的斗志，金军休养生息，就地掘井数眼，终于掘出一井得水，缓解了水荒，于是此地被取名罕井，一直沿用至今。蒲白矿务局选址罕井，除因它是蒲城、白水两县交汇处，交通便利外，是否和深厚的历史文化有关联，不得而知。而且高阳土地贫瘠，那里的人们世代都是在土里刨食，不管怎么勤劳，只能维持温饱。我的童年处在颠沛流离、四处寻找一口饭的年代，几乎都是在饥饿萦绕的时光里度过的。某种程度上，我没有同龄人的经历，或者说，在我的同龄人中很少人有我这样的童年，从记事起，我的奢望就是吃饱肚子，我的生活就是生存。在这样一种生存状态下，能跳出农门，在蒲白煤矿当工人，成为我们这一代人的共同志向，也是最奢侈的梦想。可以说，是蒲白确定了我的人生坐标，给予了我从未期待过的宽阔平台，让我在常人无法想象的环境中历练意志，积累财富，一次一次将我推向更精彩的天地，去经风雨，阅众生，见自己。

在那段艰苦时期，我和同时代的人相比，常常自惭形秽，学习的缺失是我一生致命的硬伤，只能说我比别人在起跑线上输得更惨，连一张初中的毕业证都没能混到手，不满十八岁就投入到农业大生产运动中，庆幸的是在农村只干一年就参军了，在部队开阔了眼界，提高了认知，积累了宝贵的资本。1983 年，蒲白矿务局白堤煤矿在我们公社招收农民协议工。由于打小就有在煤矿下井当工人的梦想，所以赶上这个机会我就毫不犹豫地报了名，当时想着，只要能进蒲白矿务局，管他什么工种，照样拿工资，下井挖煤也没有啥可怕的。就这样，包括我在内的五十一名青年以农民协议工的名头，于 1983 年春节过后正式来到白堤煤矿，成为蒲白矿务局的一员。

我走进蒲白矿务局的那一天，距离今天已经过去三十八个年头，白堤煤矿后来和马村煤矿合并，名义上已经不复存在。马村煤矿在新时期资源整合、淘汰落后产能的浪潮中，改制为地方煤矿，又延续了十多年才闭坑。不管是白堤煤矿还是合并后的马村煤矿，曾经都是蒲白矿务局的台柱子矿井，是蒲白建设辉煌时期的宝贵财富。正像现任蒲白矿业公司党委书记、董事长问永忠说的那样："打造蒲白红色文化，就是要用故事说话，让人物说话，用曾经辉煌的过去说话，以文字、文学、图片的不同形式呈现，呈现历史，才能昭示后来者创造辉煌伟业。"

文化与历史是一对难以分割的孪生兄弟，只有尊重历史，并深度挖掘提炼出精髓，文化才能经得起时间的考量，才能起到传承教育的效果。

1983年的春季，在蒲白矿务局白堤煤矿，那真是一段激情燃烧的岁月。即将出正月了，村民们还沉浸在节日的喜庆之中，没有下地干活儿的意思。而沸腾的白堤煤矿，到处洋溢着热烈的劳动气氛，电线杆子上架设的大喇叭轮番播送井下工人埋头苦干的新闻，每个人心中燃烧着火一样的激情，为了蒲白的繁荣，奋斗的脉搏一刻也不止息。每天的新闻后面，都缀以矿工创作的诗作为结尾，他们满怀欣喜地赞美着这座矿山：

我愿是一场春雨／在煤海深处播撒甘露／滋润万物生灵／惊雷隆隆传递春天喜讯／希望原野涌动勃勃生机／矿山一年春好处／绝胜烟柳满皇都

在那煤炭工业大发展的年代，人们为了多出煤、出好煤，毫不犹豫地拼尽全力，挑战极限，为实现四个现代化建设贡献青春和力量。我就是这段历史真实的见证者和参与者。先从跟我一起来的四个室友说起吧，我要说的不是故事，是一个个残酷的事实，并且超出人们对煤矿井下危险程度的想象。

农民协议工，顾名思义就是和地方政府签订用工协议到井下挖煤但保留农民身份的工人。这些协议工只能在最艰苦的井下作业，别说调到条件好的地面是不可能的，就连井下一线的二线掘进工也想都不要想。果不其然，我们五十一人被分配到最为艰苦的采煤一、二、四队，我和十三名弟兄分到采煤二队，队长就是前文提到的三线战士田定运。五十一人中，最后留下干到退休的只有五人，我便是其中之一。

　　关于白堤煤矿的记载，可查到的是明末清初时由相关人士发起，民国时期股份制改造，开开停停，直至新中国成立，改为公私合营，后来民营资本被收购变成国有性质，再后来与马村煤矿合并为蒲白矿务局马村煤矿。我在马村煤矿下井十多年间，目睹身边工友被顶板冒落击中头部失去生命，体会到人生无常，明天和意外真的不知道哪个先来。当然，国有煤矿不论是工资待遇还是生活福利，当时都高于其他行业，下井使我彻底摆脱了饥饿与贫穷的困扰。我和同期的农民协议工住在同正式工一样的四合院两层窑洞里，一样地二十四小时三班倒，在工业化大生产流水线上劳作，业余时间我们也会三五成群地欣赏黄土高原层层叠叠的自然美景，有时坐在一个更高的山梁上，俯瞰矿区的壮丽。我们矿区就是一个五脏俱全的小社会，有小学、中学、医院、邮局、商店、银行、俱乐部、食堂等，各项基础设施完备。受地理条件限制，宿舍全是窑洞，建在一片低洼的宽阔地带；食堂等生活设施都是依山而建，因势造型，肩靠着肩，头碰着头。那些简易低矮的平房，则见缝插针，随意而安，在山腰上星罗棋布。华灯初上时，漫山遍野的灯光，像繁星点点，闪着温暖的光芒。近万名职工家属分散在东沟、北沟，还有叫不上名字的沟岔之间，窑洞和自建的平房混拼着，一家团聚时其乐融融。白堤煤矿和白水煤矿一河之隔，呈两山夹一川之势。井下三班倒，地面上昼夜人来人往，车水马龙，小商贩摆摊设点，卖衣服、卖小吃、卖水果……应有尽有，繁华热闹。

　　从农村来的这帮泥腿子，从来没有见过如此壮观的工业化大场景，大家生活在如同繁华都市的美景中，海阔天空地谈人生、谈理想，挖煤收入丰厚，几乎每人手腕上都戴上了明晃晃的手表，脚上蹬的是道头瘸子做的三接头皮鞋。这年冬天，大家都去白水县百货大楼买了80元一件的半截呢子大衣，皮鞋擦得锃亮，人靠衣装，这些农村娃一包装也都光鲜起来。穿着不单纯是身价的象征，也是工作的需要，比如有了手表，就能准确把握上下班时间。话题拉长了，有人提出疑问，过去没有手表，上班时间咋样确定呢？老工人说，我们那时上班，尤其是夜班时间一到，矿上锅炉房就"拉谓"，和火车到站鸣笛的声音一样。煤矿叫"拉谓"，是觉得那个声音好像牛在号叫，几十里地都能听见。我们能听到白水矿的拉谓声音，白水矿也能听到我们矿的鸣笛拉谓，尤其是零点班，人们都在睡梦之中，对方拉谓的声音经过沟壑传过来，是那样清晰、刺耳。不知是何因，两矿的谓拉在一起，井下就会发生事故。所以，半夜的拉谓声逐渐在人们心里变成晦气的象征。好在后来大家都有了手表，拉谓就成为历史了。

有时候升地面用的竖井罐笼出现故障，干了一晚上活儿的矿工饥饿难忍，等不及罐笼检修，就从斜井五百米的绞车坡爬上来，再从沟底走半个小时去澡堂洗澡换衣服。当一个个面如黑炭的矿工拖着疲倦的身体，由远及近地从家属区走来时，所有人投去的是先惊讶而后理解的目光，不知道谁在说，他们虽然浑身上下都是黑的，但他们的心是红的。

下井是高度危险的职业，没有一颗红色的心，怎么干得下去呢？当年和我在一个宿舍住的四个工友，一个生命永远定格在井下，两个命运多舛，另一个小兄弟在差点儿就能转正时失去了一条腿。那时对待协议工有了新的政策，干满三年的协议工，有15%可以转正，成为全民合同工。这个小兄弟为了转正，月月出满勤，班班干满点，终于符合条件了，却痛失良机。那天他上零点班，往外拉煤的煤溜子老发生故障，好不容易转起来了，转不了几下又停了。工人们都恨不得变成40千瓦的电机把溜子拉动起来。不转了咋办？只能把已经摆在溜子上的煤先清下来，待溜子完全转动起来了再摆上去。煤矿工人最不愿干的就是这没有效益的重复劳动，可是不愿意也只能干。我这位小兄弟性格刚烈，带着情绪做着这重复的劳动，就在他站在溜沿上准备清煤的那一刹那，煤溜子突然启动了，他来不及撤离，一条腿直接被溜子的刮板高位夹掉了。当时工友们都吓得目瞪口呆。给他送到医院，经过十多天的抢救，命总算是保住了，但只有二十二岁的他，永远失去了右腿。按当时规定，协议工井下发生事故，由所在乡镇承担，过了好几年才按工伤待遇对待。这次残酷的事故，在协议工群体中造成了很大的影响，从渭南南七、蒲城罕井招的协议工一下子走了不知多少个，从高阳招来的五十一名协议工几乎跑掉了三分之一。前几年我在高阳老家参加一个返乡农民协议工的儿子的婚礼时，看见那个安了假肢的兄弟，和他在一起没聊几句，他就拄着双拐走远了。

　　看着他远去的背影，我的心在隐隐作痛。他不再是当年那位身体健壮、浑身有着用不完的力气、下班经常活跃在篮球场上的小兄弟了，也不是当年住在一个宿舍勤快无比、开口闭口叫哥的小兄弟了。看着他笑容惨淡的样子，看着他用双拐支撑着身体渐渐远去的落寞背影，我似乎看到了自己曾经的另一种可能。以前流淌在我们之间的那种温暖的东西再也找不到了，也许被残酷的时间侵蚀掉了，我们之间既熟悉又陌生，很多东西就像滚滚流淌的河水一样，就这么永远地流走了。同宿舍的另一位工友和我同龄，在协议工转正一年后，决定继续求学，用知识改变命运，可惜天不遂人愿，怀着美好愿景的他，上班时出了神，被井下运煤的矿车轧死了，一条生命就这样在几秒之内消失于人间。人们撕心裂肺地哭，家属围着棺木不让下葬，但这又有何用呢？

　　合并后的原白堤煤矿的职工住在老矿部院的窑洞里，后面是一条很深的沟壑，树木茂密，风水极好，是矿上职工家属去世安葬的地方，也是我们上下班必经之路。在这位兄弟工亡的前半个月时间里，每到晚上，猫头鹰就在窗外不停地惨叫，偶尔还罢了，时间长了叫得整个院子的人毛骨悚然，谁知就在他将倒早班的最后一天出事了。这起事故对我产生了痛心裂肺的刺激，我每天追问自己，我能够逃脱命运的追缉吗？不知道。同乡、同宿舍四人一死一残，另外活着的一个工友也没有安度晚年，就在他差一年就要从井下退休的时候，被职业病后遗症夺去了生命，年仅五十四岁。他们就这样一个一个地终结了人生，告别了生命，这样的命运结局如同火炭一样日夜灼烧着我的灵魂。那时我已经在井下一线度过了十载春秋。作为一名最前沿的挖煤生产班的班长，我评过全矿的先进，好几年里有好几个月，我们班的收入都是全矿最高的。如果我要放弃这一切，开始新的生活，只有读书才有重新选择人生的机会。对，我要读书，即便已经离开学校十五个年头，我还是下决心要一切从头开始，我决心顶着来自各方面的压力赌一次。如果失败，说明上天把这扇大门永远对我关闭，让我在这充满挑战的行业里奋斗终生。那是一个炎热的夏季，我卷起铺盖卷义无反顾地回到农村老家复习，两个月后被一所大学的新闻专业录取。我进入了一片迥异的领土，即使后来的生活一地鸡毛，即使命运摇摆吊诡，我毕竟努力过了。

其实我也有过在死亡边缘捡回一条命的惊险。记得那是上夜班，正在出煤的溜子又被垮落的煤压死了，工友们东倒西歪累得不成样子。我是一班之长，近三十号人归我领导，在人困马乏的时候，班长必须一马当先冲在前，这样说起话来才硬气，大伙才服你。正当我把压在溜子的煤一锹一锹往下清的时候，溜子突然转动起来了，刮板弹起来把我的左腿卡在里面，溜子还在使劲地哗哗转动，那震动的声音简直让耳朵发麻。我使劲地呼喊，停溜子夹着人了，停溜子夹着人了，谁知队友一个个睡得和死猪一样，有谁能听到我的求救？我绝望了，再过几秒钟刮板机夹着腿带人从机头旋转下去，我将比掉腿的那个工友更惨。可能是老天爷不愿收我这条命，奇迹发生了，溜子被一个工友在睡眼惺忪中按下了停止按钮，就这样我活了下来。虚惊一场，尽管吓得不轻，可第二天我仍照常下井，没有影响一个班。井下很苦，像我这样险些丢性命的情况，在那时太平常了，下几十年矿的人，都有过类似的经历，也都是在侥幸中得以活到现在。我痛苦过，也大笑过，为曾经有这样的经历无比感慨，也许这种无常，就是生活，就是人生吧。

这次险些致我生命终结的原因是设备陈旧。其实因为设备造成的机械事故太多了，我通过不同的方式反映过。我心里有一种强烈的欲望，必须要改善井下的生产环境，不能再拿生命赌博，用侥幸换取没有把握的结果。我利用下班时间将这样的感受写成了《领导啊，您怎么光知道训人——一个采煤班长的苦衷》，并把这篇通讯稿照着《中国煤炭报》的投稿地址寄出去。让我万万没有想到的是，一周之后这篇稿子竟然在报纸的头版头条刊登，而且产生了超出想象的震撼作用。标题放得很大，非常显眼，还在文章下面配发了一篇很长的评论《领导要上一线多办实事》。在 20 世纪 90 年代初，报纸是大众获取信息最重要的途径，文章在蒲白矿务局引起了强烈的反响，局党政联合下发文件开展"关于'领导啊，您怎么光知道训人'转变作风大讨论活动"。这篇痛击干部作风漂浮、揭露煤矿体制伤疤的稿件，在整个煤矿系统引起了强烈反响，认识和不认识我的、熟悉和不熟悉我的人都为我捏着一把汗，这下捅马蜂窝了，吃不了兜着走吧。但领导并没有那种考虑，甚至局长还亲自约见我，鼓励我好好干，向矿长的位置奋斗，并为我以后上大学解决了工资问题。那一年还有一篇我写的调查，发表在《中国青年报》，题目大约是《蒲白矿务局职工喝酒成风》，时间已久，标题记不确切了。文章虽有贬义的映射，但是其实在那个年代，酒的确是煤矿工人的精神解压利器，因为煤矿工人一年四季在不见天日的地下作业，潮湿的环境对身体带来致命的摧残，喝点儿酒暖暖身子，驱驱寒气，让矿工感到舒服和放松。再加上煤矿地域偏僻，生活单调，工人升井后呼朋唤友喝喝酒，也是一种消除疲劳的消遣方式。我去矿工作之前是不喝酒的，自下到那黑暗潮湿的井下干活儿，喝酒就成了下班后生活的重要组成部分。越喝量越大，以至对煤矿的酒文化有了独特的感悟。煤矿井下特殊的环境造就了挖煤的人非常硬气的性格，这在酒场尤其表现得淋漓尽致。在工作中再熊，喝酒时没有半路当逃兵的，醉酒的时候才是判断人品好坏的时候，能显示一个人的豪爽、热情、实在、够哥们，能证明煤矿工人特别能战斗，谁走了大家会瞧不起的。

既然不走，只能接着喝，越喝脸越红，越喝越激情，汗水从上往下淌，舌头短了好几节，手上青筋往外暴，也从来没有人退缩。而且力度更加大了，让喝就喝，多少都行，不让喝更不行，特别是不能说喝醉了别喝这句话，越说越喝，越喝越多，越多越喝，喝酒人不会醉，醉了也不会承认喝醉，这就是煤矿的喝酒文化，用粗话说，是德行。

那时的煤矿条件有限，喝酒几乎都是在带老婆的人家里喝，轮流坐庄，谁的家属来矿探亲，最少得管大家一场酒，有时连续几天摊子不散，一个班的人喝了，还有老乡和其他相好的，而且也要宴请领导。在井下哪怕打过架，打的是血里捞骨头，上井一场酒，一切恩怨烟消云散，又成亲哥们了。当主人看大家喝得差不多了，开始上热菜，一盆一盆，一碗一碗，热气腾腾，尽管香味扑鼻，但大家醉得已经吃不出味来了。但是酒场的规矩还在，主喝者一定要端起杯子敬设摊的女主人，女主人不喝就是不给面子。主喝者口中还念念有词：嫂子/弟妹辛苦了，兄弟敬你一杯酒，感谢盛情和款待，祝你幸福到永久。陕西女人一般不喝酒，也不会喝酒，这是饮食习惯，也是思想观念，她们认为女人喝酒脸红，让人瞧不起。女主人力辞力拒不肯喝，敬酒的感到没面子又不能生气，只好自找台阶下，说一句"你不喝来我来喝，我喝全当替你喝"，脖子一仰口一张，咕咚一杯下肚了。敬完主人酒，踉踉跄跄回到桌边又开始挑战，找人单喝，爱谁是谁，看上谁和谁喝，别人不喝自己喝，一杯接着一杯喝，口中已经无味，全当喝的凉水。唉，咋回事，这酒好像没度数，直到现在还没醉，看来感情没到位，不能回家和撤退，只有两个字：喝醉。

我记忆犹新的一次酒局，是个夜班，我和一个叫李永安的小伙打眼放炮。那时我们国家还没有机械化采煤，都是用电钻打眼装炸药放炮采煤，叫"炮采"。这种方式工人劳动强度大，危险系数高。放炮采煤的工序和现在机械化采煤有很大的区别，打眼放炮工要提前两小时下井，把一帮煤成百个眼打好，炸药装上，等生产班大批人马正点下井上班，开始放炮出煤。此时打眼放炮工升井，大概四小时后，生产工序完成了，回柱工再下井回收支护的柱子，这样一个班的生产才算完成。那天我们排的班是夜班零点入井。因为是夜班，白天在地面的时间比较长，我和李永安跟上早班的几个黑哥们儿在酒桌上较起劲了，从中午12点一直喝到下午7点，谁都没有散伙的意思。到底喝了多少酒谁也记不清了，但是我和李永安要提前下井放炮，耽误不起啊。如果是生产班旷工那是个人的事情，不影响大局，放炮是岗位工，一旦缺席，一个班泡汤，损失就大了。我俩深知责任重大，说明理由要求提前退场，早班酒司令班长说，走不能走，非走可以，要有条件。我说啥条件，他说两个字：惩罚。我说，行啊，咋罚。他说，一人喝上一瓶随便走。我清楚记得喝的酒是柳林春，烈性白酒，我和李永安对了一下眼神，彼此心领神会，喝，谁怕谁啊！我俩各拿一瓶就咕咚咕咚地灌了下去，至于前面喝了多少，谁也记不清了。就这样摇摇晃晃下井打眼装药放炮，忙碌了整整一个晚上，干完后升井到澡堂洗澡，已经是第二天早晨7点钟了。我虽然感觉有些头晕，但工作过程是清楚的，而永安兄弟那真是醉了，醉得严重失忆，还问我咱昨晚喝完酒跑哪里去了，没下井影响生产这可不得了。我说："咱已经干了一个晚上的活儿，你忘了？""只记得拿瓶子吹，再以后就啥也不知道了，只要没有耽误生产就行。"这就是那个年代我们煤矿工人喝酒的真实状态。后来那个和我放炮，不叫王哥不说话的永安兄弟调到三门峡电厂去了，听说他舅是电厂的领导。

煤矿工人喝起酒来豪爽实在，跟工作性质不无关系，下井是高危职业，一旦下井能不能活着上来都是未知数，上不来就上不来了，很快大家就会淡忘。所以大家的心态就是珍惜当下，借酒发挥，把感情看得比生命重要，而感情是在酒场上喝出来的，用感情喝酒，喝了吐吐了喝，醉了倒头就睡，没有虚头晃脑的胡吹乱嗙，没有不着边际的满嘴跑火车，更没有无所不能的夸口许愿。他们没有这样的习惯，这是煤矿人的真面貌，也是煤矿人的真本质。

1994年，我由于工作调动已经离开蒲白二十八年了，准确地说是离开马村煤矿采煤二队的弟兄们二十八年了。其中有两年我在矿安监处当文书，但也是井下编制，工人身份。我深爱蒲白这方沃土，回想在蒲白马村煤矿工作的那些日子里，自己没有因虚度年华而悔恨，没有因碌碌无为而羞耻。我爱沸腾的矿山，更爱质朴的矿工，这是我工作的动力之源，一直催促着我朝着心中的目标前进。这以后无论工作如何变动，无论走到哪里，因为曾拥有蒲白那十一年的经历，心胸都保持着宽阔与强大。是蒲白让我迈开了人生最关键的第一步，积累了别人无法获取的资源。这些经历已经渗透在我心灵深处，融化在血液中，不论我走得多远，都不会淡化我和马村煤矿那些黑哥们儿的感情，他们的形象只会在我心目中愈加清晰。队长田定运、老书记侯文海、师傅李治富……他们的学历最高不过初中（大中专学生实习除外），小学以下文凭占95%以上，其中还有一字不识的文盲，他们平时说话都常常表达不充分，更谈不上什么理论

64

水平，但他们用无言的行动，树立起了各自内心世界的丰碑，这座丰碑没有装饰，甚至没有文字，有的只是在那八百米深处黑暗的世界里，日复一日、年复一年的挖煤再挖煤，永远不会被困难屈服的顽强拼搏精神。

三

蒲白，你在我心目中是地名吗？不是。是一种感觉吗？更不是。你是一种难以表述的记忆。

一年回蒲白好几趟，在不同的场合接触不同圈层的蒲白人，听到不少在蒲白发生的各种奇闻趣事，以反映蒲白上万人生存生活状态的居多。2021年，又是一个十年过去了，从1990年写自己人生第一篇新闻稿件《领导啊，您怎么光知道训人——一个采煤班长的苦衷》到2000年的《满目春色看蒲白》，再到今天，已经过了半个甲子年。三十年间蒲白走过了艰难而光荣的发展历程，尤其是在陕西进行煤炭战略调整，推行淘汰落后产能，"压缩渭北，北上陕北，建设大型现代化矿井"的措施时，蒲白和其他的陕西老牌煤炭企业一样，充分体现了国有重点企业的担当，20世纪七八十年代成型的四对骨干生产矿井陆续关闭，出路在哪里？蒲白人在艰难的探索中奋力追赶，通过十多年的探索发展，已经度过了最艰难的结构调整期，开发新矿井，巩固老矿井，这些成绩的取得，是蒲白人奋力追赶、励精图治的结果。

年轻的新一届蒲白决策层，已经把准了这个老牌企业跳动的脉搏，通过塑造蒲白文化，用煤矿工人坚韧不拔的品质体现蒲白精神，力求打造出百年品牌。如今，智慧的蒲白人已经迈开了稳健的步伐，取得了非凡的业绩。管经营的高俊杰经理说："我们在结构调整的道路上已经熬过艰难的过渡期，年富力强的新一届的党政领导班子务实创新，能根据蒲白现状，理清发展思路，始终以科技和文化为引领，增强科技创新力度，走高端蒲白发展道路，加快现有生产矿井技术改造强度，年生产煤炭已经超千万吨，实现了有史以来的最好水平。"两手抓，两手都要硬"在蒲白产生了切实的效果，他们通过重塑蒲白文化品牌，潜移默化地渗透企业文化，把全公司干部职工的思想统一到发展主题上。只要思想问题解决了，人的作用发挥出来，没有蹚不过去的急流险滩。

"科技是第一生产力"的道理谁都懂，但真正以科技的手段发展生产力，不是一件容易的事情，尤其是像蒲白这样的老牌能源企业，资源枯竭，包袱重，历史欠账多，再加上地质条件复杂，矿井规模小，又是劳动密集型产业，人海战术占主导生产，在这样的情况下，走科技发展之路，远比想象的更难，可蒲白矿业人做到了，决策层付出的智慧和心血可想而知。

末伏的天气还是那么的艳阳高照，太阳的威力没有丝毫减退的意思，直射在大地上，让人汗流浃背。但是毕竟已经立秋多时，渭北高原吹来的阵阵凉风，让人在燥热中体会到一丝凉爽。走进蒲白矿业公司机关，首先会被广场上树立的巨大照片墙所吸引，这是为建党一百周年而制作的。前来观看的人络绎不绝，除成年人以外，还有不少是暑期放假的学生，他们聚精会神地注视那一幅幅印刻着蒲白历史痕迹的照片，仿佛进入了一个会讲话的煤炭事业博物馆。有的人看了一遍又一遍，有的人注视着一幅照片久久不愿离去，还喊来同伴对着照片窃窃私语。这些记载着蒲白创业发展历程的感人至深的珍贵照片，使大家陷入了长久的沉思。这些照片记载了不同年代重要节点的重大活动和推动历史进程的重要人物，是有关蒲白红色记忆的十分宝贵的历史文献。比如毛泽东主席给早期筹办白水煤矿的李象九签署的任命状；比如跟随杨虎城秘书宋琦运来到西安筹办陕北汇得所，以资方代表出任白堤煤矿副矿长的于铭之；比如

66

时任国务院副总理的习仲勋来蒲白两县视察工作时的合影留念；还有蒲白煤矿工人为支援抗日战争、解放战争，力争多出煤、出好煤而挥汗如雨的感人场景……

一幅不是很显眼的照片旁站着一个学生模样的年轻人，在从不同的角度对着照片反复拍摄。我好奇地问："为什么关注这幅照片？"他转过头来叫了声叔叔说："照片里有我爷爷。"他告诉我，他家就在白水矿，他是在矿上念书考到西安的，现在上大一。爷爷好多年前就去世了，只听他爸说爷爷在矿上下井当过先进，遗憾的是去世后一直没有一张照片，还是听在罕井上班的叔叔打电话跟他爸爸说，矿业公司院子搞建党一百周年展览，有好多白水矿的老照片，其中一幅里面还有他爷爷呢。他爸就让他来看，找到了用手机拍清楚，让照相馆洗出来，弥补老人家没有相片的遗憾。我问他："你爸咋不来呢？""煤矿破产，到榆林煤矿打工去了，回不来。在这儿能找到我爷爷的照片，我太激动了，我小的时候他每次下班都给我带班中餐，他活着时一直没有照过照片，这下总算有了！虽然是大合影，照片很模糊，不过现在的技术处理手段很先进，总比一张没有强。"

我顺便问了一句："你大学毕业还回煤矿工作吗？那你家就是煤三代了。"他说："我们现在已经是煤三代了，我哥读的是煤矿的能源技术学校，前几年已经毕业分配到彬长那里的煤矿工作了。我高考成绩不理想，也是专科，毕业后能到煤矿上工作，也是最好的出路。"

一幅照片的偶遇，引出了一个蒲白家庭三代煤炭人对企业的感情。

在党史学习教育展览室里，一件件反映蒲白发展历程的珍贵文物，一叠叠发黄的文件资料，还有打着时代烙印的书籍、报纸，将蒲白历史的闪光点用不同形式记录下来，那么远，又那么近，透过它们仿佛能听到在八百米深处传来的煤矿工人拼搏的呐喊，仿佛能看到他们为了祖国的繁荣，甘献热血和青春的恢宏场面。这个已经走过了六十三年非凡历程——不对，从明清发掘的实物和记载的文字算起在百年以上，沉淀着丰厚煤文化的老牌煤炭企业，通过这些辉煌的历史，展现了一代一代的蒲白煤炭人在披荆斩棘的道路上，不畏艰险、勇往直前的傲人风姿和铮铮铁骨。

更为珍贵的是三十六枚公章，这是在收集文物资料时意外的惊喜。蒲白在顺应历史变化时，机构不断调整变化，但蒲白人始终保有听党话、跟党走、党叫干啥就干啥的大局观和责任感，建局以来各个时期的不同形状的三十六枚印章，是这种蒲白精神的有力印证，是党史学习教育不可缺失的活教材。

董事长问永忠说，每一枚公章的背后，都是煤矿工人的辛勤劳作和无私奉献。这三十六枚公章的故事，将承载着蒲白厚重的历史红色文化元素，代代相传，源远流长。

展览馆每一件珍贵文物都有讲不完的故事，蕴含着蒲白煤炭人对党和国家的忠诚，激励着蒲白人在转型发展的伟大征程上，再创佳绩，做出新的更大贡献。在党史学习教育中，蒲白发动职工篆刻书法家，把党的光辉历程刻成一百枚不同形状的印章，作为爱党爱国的实物教材，让所有参观者耳目一新，深受教育，也给后来的蒲白煤炭人留下接受革命传统教育的珍贵见证。

四

十五年前，作为我国"一五"重点工程的铜川王石凹煤矿制作企业专题片，我很荣幸地被矿方邀请为此片撰写解说词，闲余时间和拍摄团队去了一趟蒲白矿务局白水煤矿，专程拜访了在宣传部任职多年的老朋友毛学智老师，他当时担任矿党委宣传部部长。毛老师20世纪70年代以三线战士的身份来到白水煤矿挖煤，我1983年到白堤煤矿时就听说了他的名字。那是一个文学井喷的年代，路遥现实主义题材作品《人生》的问世，颠覆了之前偏离人性规律和禁锢理想追求的文学风格。一批新时代文学作品席卷全国，陕军文学以贾平凹、路遥、陈忠实等为代表，势不可挡的潮流涌动三秦大地，也渗透到百里煤海的八百米深处。蒲白以董川夫为领军人物，形成了一种煤文学，毛学智就是这批文学新秀中的佼佼者，他是蒲白在行业报《中国煤炭报》最早发表短篇小说并获奖的作者，并代表蒲白三万名煤矿儿女出席了全国第五届青年文学创作大会。那是个文学狂热的时代，毛学智自然就成了蒲白矿务局文学青年崇拜的偶像。我虽和毛学智不是一个矿，但作为文学爱好者，对他的名字不可能不知道。

白堤和马村煤矿合并后，煤矿文坛又出了一个魏新胜，对毛学智也是欣赏不已，他几次带领着马村煤矿的文学新军，翻沟蹚河专程拜访毛学智老师。那个年代煤矿的生活条件普遍简陋，毛老师一大家子住在一间只有二十多平方米的临时工棚里，摆一个沙发都显得十分拥挤，一个很小的茶杯也没有放的地方，但他对这些全然不在乎，谈笑风生讲他的文学梦，从头到尾话题不断，几乎没有拐弯和喘气的工夫。这样的创作环境，这样的心境，让来者非常感叹，能在这样的条件下，保持一种平常心态，静心创作出一大堆的作品，完全出于一种精神的力量。

沸腾的矿山，热血的文学青年，在蒲白煤海不同的岗位上，刻苦地做着文学功课，也因此涌现出一批很有影响的作品。魏新胜的长篇小说《生命无根》便是其一。这部作品真实地再现了20世纪70年代，一批投身煤炭事业的农村青年，以"三线战士"、支援"三线"建设者的名义在西部某煤矿建功立业的故事。主人公杨洪涛是"黑五类"的儿子，为了寻求出路，改变自己的生存环境，他顶着世俗的偏见，来到陵角煤矿当了一名井下的采煤工。杨洪涛一路走来，走得沉重、艰辛、无可奈何，假如让杨洪涛再做一次选择，他应该不会再选择煤矿了。作品可贵之处是作者以"三线战士"的身份写煤矿、写"三线战士"。作者在井下摸爬滚打了大半生，用宝贵的生活阅历绘成色彩斑斓的艺术画卷。对这部书，评论界给出了这样的评价：不少的作家写煤矿，但大多数亲历井下的时间有限，不可能对井下做全方位的真实描写，但《生命无根》却做到了，作品是对煤矿现实生活题材文学化创作的一次成功尝试。

建安处测绘工人杜连勋在工作之余，创作45万字反映煤矿与"文革"题材的长篇小说《红泪》，是煤炭系统首次表现"文革"题材的鸿篇力作，立即在社会上引起强烈反响，陕西省委党校新闻班还专门召开了杜连勋《红泪》作品阅读会，还有曹天生、高庆、鲍月琴、王云侠、张春收、安花蕊等一批年轻作家和他们的作品脱颖而出，分别以小说、散文、诗歌等题材弘扬煤炭工业大发展的光辉历程，形成了那个时代的蒲白文学现象。

书画以工会主席陶炳林为领军人物，也是人才辈出，阵容强大，作品以不同的题材在国家、省、市获奖，尤其是书法和绘画，获奖人数在全煤系统稳居前列。当时的蒲白书法、绘画、摄影、写作、音乐、体育等门类齐全，人才济济，他们根植于千米之下的煤层之中，吮吸着大自然慷慨神奇的赐予，创作出了属于蒲白煤矿工人战天斗地、"献了青春献终身，献了终身献子孙"的精彩画卷和人生乐章。如此厚重的文化传承一直延续，2018年陕西煤炭系统书画展，蒲白参评作品和人数最多，而且质量尤佳，独占各类奖项。

时间转回到十五年前看望毛学智老师的时候，话题当然以铜川王石凹煤矿纪录片为主了。当时毛部长还是矿宣传部部长，还和当年谈论文学一样地投入，而且兴趣更加高涨，由此让我对蒲白在历史长河、峥嵘岁月里的变化有了新的认识。他说，白水煤矿应该是我国历史最悠久的煤矿，明清时期就有采煤的记载，直到民国时期，白水煤矿成为早期共产党活动的据点，中央红军转战陕北，白水煤矿为共产党秘密提供大量的物资和经费。做陕西煤矿题材的纪录片，以白水煤矿为蓝本，最有说服力。听了毛部长的一番陈述，当时我们一行对这个素材非常感兴趣，回去设计出了拍摄方案，后来因煤矿效益下滑等原因搁浅。

十五年之后的 2021 年，蒲白矿业公司组成了新一届领导班子，具有丰富的煤矿管理经验和政府领导岗位工作经历的党委书记、董事长问永忠深知文化对企业未来发展的作用，他说，要让蒲白老牌煤炭企业重新焕发生机，首先要建立文化自信，树立蒲白文化品牌，在曾经的历史尘埃中寻找闪光点，提炼蒲白精神，用精神的力量激励一代一代的煤炭人奋力前行，让蒲白强起来、富起来。

为了起到传承教育的效果，蒲白矿业公司在党史学习教育中赋予蒲白元素，编撰了四本党史学习教育教材，分别是《煤炭百年》《历史的感悟》《历史的感动》《我的入户故事》，以党史学习教育的主线为引领，系统真实地再现了红色蒲白一百一十三年风雨变幻的恢宏伟业。白水煤矿起源于明末清初，在旧中国，国民党对延安红军进行全面封锁。为了筹措经费支援前线，1936 年至 1940 年期间，周恩来密派李象九出面，会同白水绅士王子中、西安绅士韩仲鲁创办新生、东源、建业煤矿（也就是现在的白水煤矿前身），有力地支援了抗日战争和解放战争。李象九是白水当地人，对情况熟悉，又是著名的"清涧起义"主要领导人之一、坚定的共产主义战士。中华人民共和国成立后，他出席了第一届全国政治协商会议，1949 年10 月 1 日，他登上了天安门城楼，参加开国典礼。中华人民共和国成立后，被委任为陕西省人民政府委员。

白水煤矿是西安通往延安红区的又一条必经之路，共产党充分利用白水煤矿的有利地形，掩护来自全国各地的进步人士冲破封锁线，到达延安参加革命。解放战争时期，陕甘宁边区派工作组驻新生煤矿，发展党组织，扩大煤矿再生产，有力地支援了解放战争。

说起于铭之，1983 年我当协议工来到白堤煤矿时就知道他，当时他已经八十岁高龄了。这位老人有着非同寻常的人生经历，在他身上沉淀着诸多的红色元素，老人一生不仅为新中国成立初期的蒲白矿务局白堤煤矿的发展呕心沥血，而且为改革开放培养了大批的英语人才。关于老人的事迹我曾经写过文章，发表在 1988 年 6 期《老年世界》杂志上。其中有这么一段："如果你稍加注意，在马村煤矿的收发室，经常可以看到于铭之老人，不知底细的人，或许会猜疑是儿女们常给他寄什么东西来，还是他给儿女们寄什么东西呢。其实都不是，于老的几个儿女都在外地工作，给他寄来的不是什么药品、高档衣服或营养补品，而是一捆捆作业本。寄来时只有蓝墨水的痕迹，寄走时却添上了红笔的批改。一本本作业，凝结着一个八十岁老人对下一代的深情厚谊；一行行红墨水下，饱含着老人的心血。"

这到底是怎么一回事呢？

原来，老人是在给来自全国各地跟他学习英语的学生批改作业，那个时候没有微信，电话只有邮局和公家有，而且要有身份的人才能打电话，信件往来是普遍的交流手段。

1984 年 5 月 3 日，于铭之老人办家庭英语辅导站的事迹在《光明日报》报道后，湖北、浙江、河南等地的学生纷纷来信求教，于老一一回复答疑，或教给他们学习的方法，或指出纰漏所在。湖北有个叫刘静萍的青年，看到于老的事迹后来信求教，于老给这位学生辅导完了初中的全部课程和高中部分课程。刘静萍把作业邮来，于老总是一丝不苟地批改，并按时寄回，四年多从未间断。这四年，没人知道他熬过了多少夜晚，倒贴了多少邮费，可他从未见过静萍的面，真可谓"育得桃李满天下，未曾识得门生面"！

我第一次见到这位耄耋老人的印象是，个子低矮还弯腰驼背，常在矿区家属区的摊点上买菜，除一把年龄外，平凡得不会引起任何人的注意，谁也不会把他和白堤煤矿曾经的副矿长、一位为党为人民做了许多工作的革命老人、一个大革命时期的老知识分子联系在一起。当时的马村煤矿宣传部老部长张志民告诉我，于矿长是有故事的人，你去和他谈谈吧，有写头。他老伴前几年去世，据说是他亲自拿板车把老伴遗体运到30公里外的火化场火化的。这在一般人很难做到。听说这是蒲城县火化场建成后火化的第一人……

深秋后一个明媚的早晨，我推开住在矿部院的于铭之老人家的门，一个不大的四合院收拾得干净利落，老人正在打理院子里种的蔬菜。我说明了来意，老人立即放下手头的浇水壶，沏茶倒水，非常热情地接待了我。因为有张部长的推荐，话题很快就转入老人富有传奇的人生经历上。

老人虽年过八旬，但思维异常清晰，记忆力过人，老人说自己一生始终怀着对党、对煤矿的一种深厚的感情。他1902年出生在安徽省蒙城县一个贫穷偏僻的小村庄，1926年在南京金陵大学西洋文学系上学期间，经同学胡华西烈士介绍加入了中国共产党，就此开始了为中华民族解放事业奋斗的革命生涯。

从第一次革命战争时期，于铭之就参加革命活动，担任金陵大学中共区分部委员，加入安徽省农民协会并兼任农民协会宣传部部长。"四一二"事变前夕，他和其他同志一起在南京秀山公园组织了万余名群众游行示威，包围了蒋介石的总司令部，要求蒋出面答复问题。

抗日战争时期，在中华民族面临生死存亡的关键时刻，于铭之跟随杨虎城秘书宋琦云来到西安，和宣传抗日的同志一起创建西北画报社。为筹集经费，他冒着盛夏酷暑，带领着人马在荒凉的渭河滩上开荒种地。

解放战争时期，他根据组织指示到耀县（今陕西省铜川市耀州区）韩古庄协建煤矿工作。在这里，他经常冒着生命危险护送部队伤员，用矿上的骡子多次给解放区运送药品等紧缺物资，支援解放战争……

新中国成立后，煤矿公私合营，于铭之作为股份代表，从耀县韩古庄煤矿来到白堤煤矿担任副矿长，兢兢业业为党工作，为白堤煤矿的扩建再生产付出了毕生的心血。

"十年动乱"，于铭之老人因有"历史问题"每月只拿四十元生活费。粉碎"四人帮"以后，年逾古稀的于老重新回到了领导岗位。白天在矿上忙碌一天，回家还要做饭照料瘫痪在床的老伴，可他似乎有使不完的劲儿，在工作之余还想搞点儿文学翻译，就托亲属买来了美国小说《根》的英文原版，开始一页一页地译，译了一百多页，一位同学来信告诉他，《根》的中文版已经由人民文学出版社出版了。这个消息，对于一个年逾古稀的老人而言，无疑是个沉重的打击。后来他看到矿上的青年技术人员英语基础差，一些简单的资料没人翻译，就想办英语辅导班。于是，在矿党政的支持下，于老就办起了"中青年技术人员业余英语补习班"。后来他又听说学校开设英语课程，师资缺乏，又办起了"家庭英语辅导站"，当了编外英语教员。

万事开头难，英语已丢了五十多年，况且过去学的是韦氏音标，而现在是国际音标，差异很大。为了上好课，他四处奔走，找资料，反复练发音，就这样，于老边练边讲，闯过了一道道难关。他备课一丝不苟，讲课深入浅出、循序渐进，很少有差错。学员提问，他总是耐心回复。不管是路上，还是饭桌上，都成了辅导场所，难怪大家亲切地称他为"编外辅导老师"。

十年来，于老在灯下完成了一本本红笔阅改的作业，送走了一批批见过面或没见过面的学生，粗略计算，已有三百多名学生在这个"辅导站"学习过，而且有许多人给他报来了喜讯：石亚利是个插队返矿知青，进矿时不认得abc，经过七年辅导，考上了北京煤炭干部管理学院英语班，在我国改革开放首次引进外资的山西省平朔中美合资的露天煤炭公司担任翻译，后来陕西黄陵矿区引进美国采煤设备，石亚利又调回陕西省煤炭厅完成了黄陵矿区的美国设备引进翻译工作，现在居澳大利亚；仅有一点儿英语基础的刘静萍，经过于老通讯四年的辅导，成为湖北省宜都县（今宜都市）光学仪器厂的外文资料翻译；黄金荣、罗云经过于老辅导，担任子弟学校的英语教师。

青年们获得了知识，增长了才干，在祖国建设行业中挑起了大梁，而这位耄耋老人付出的代价却是难以估算的！

十年，三百多个学生，于老从未收一分钱学费。为了辅导好课程，他自己花了所有的积蓄订英语杂志，随后又把这些杂志送给了学生，还把托人从北京买的英语字典也送给了学生，还有和外地学员通讯的邮资，共花了多少钱，连他自己也说不清，但他从来不考虑这些，只考虑着出人才。只要经他辅导的学生有了进步，就是对他最大的安慰，这就是一位曾经的蒲白老煤矿人、有着红色元素的老革命的人生追求。有人问于老："现在人都是为了钱，而你不挣一分，却花了几百，还得整天忙忙碌碌，一直到深夜，何苦呢？"遇到这样的好心人，于老只是默然一笑，他自有他的胸怀，一般人是难以理解的。

在蒲白矿业公司马村煤矿下井期间，我还曾非常荣幸地接触过全国人大代表马启才，他那时是马村煤矿管安全的副矿长，撰写过马村煤矿全国劳动模范获得者牒正仁、全国五一劳动奖章获得者丁全苟的先进材料，他们都是在马村煤矿一线干出来的全国先进人物，都是在国家缺煤的那个年代，和最基层的挖煤工摸爬滚打在一起，用现在人难以想象的硬功夫，冒着生命危险干出来的。曾经负责劳模材料的陕西省煤矿工会的一位女领导说，牒正仁劳模在参加几次高规格的会议时，不分场合就睡觉。问他是不是激动得昨天晚上没有睡好觉，他回答："哪能啊！井下不顺，上了一个晚上的夜班赶早开会的。""那你总不能每次开会都前晚下井啊。"他又回答："只有离开矿上，心才能放下，啥事不管了；只要在矿上，井下二十四小时成百号人在下面干活儿，操心啊！"这是一个全国劳动模范的真实心声，事实上的确如此，煤矿一线的领导干部不仅没有节假日，甚至连白天黑夜都不分，一年三百六十五天，每天二十四小时那个弦都是紧绷的，一旦井下有问题，就得立即下井冲在最前头。

马启才是土生土长的本地人，小时候就在白堤煤矿下井，从掘进工干到队长、副矿长，后来当选第八届全国人大常委会代表，是20世纪六七十年代从煤矿井下切实干出来的人民代表，是蒲白矿业公司实实在在的骄傲，也是煤矿工人实实在在的榜样。马启才说那时煤矿井下发生事故，死人是再平常不过的事情，他每次晚升井，老母亲都跑到井口等候，看到满脸乌黑的儿子上来了，才放心回家，就这样一直持续了很多年。所以他当上班长、队长以后就非常重视安全，宁愿少掘进，甚至顶着各种压力不要进尺，也不能违章蛮干，拿矿工的生命当赌注。他带领的七一掘进队年年月月被评为先进，成为全煤系统学习的标杆掘进队。

当副矿长时，马启才同志还是负责安全生产。我近距离接触马矿长是在井下一次冒顶事故，一名矿工被埋，生命危在旦夕的关键时刻，马矿长第一时间出现在现场，一马当先冲在前，亲自指挥营救被埋的矿工，并让我们后退，说是人命关天。就这样，他硬是在继续垮落的乱石堆里扒开了一条通道，刚将被埋的矿工救出来，顶板就再一次大面积冒顶，摧毁了整个现场……现场的我们都感动地哭了，这就是人民的代表，在矿工生命遇到威胁的关键时刻，不顾安危冲锋陷阵的人民代表，人民打心底里佩服爱戴的人民代表。此时的马矿长，已经超过五十五岁的退休年龄了。

抹不去的黄陵记忆

夜深多梦少年事，桥山松柏静幽蔼。推窗凝望星空月，黄陵岁月入心来。这么多年来，在黄陵的那段时光，依然深深地镌刻在我的记忆中，那里的山，那里的人，常常如电影般一幕幕出现在眼前。

——

改革开放以来，一批开采乌金的建设大军伴随时代跳动的脉搏，肩负起中国煤炭战略西移的历史使命，进驻这块神奇的土地，全面拉开了黄陵矿区建设的序幕。

如今，黄陵矿区已更名为陕西陕煤黄陵矿业有限公司，披荆斩棘，走过了三十二年曲折而辉煌的发展历程，生产能力已经由设计的年产1000万吨提高到2000万吨，成为中国西部大型现代化煤炭基地，形成煤、电、路、化一体发展的产业集群。

昔日交通闭塞、以农耕为主的山区古镇，现在已成为厂区遍地、高楼林立、公路铁路四通八达的能源重工业基地。黄陵高速公路出口便是人文初祖轩辕黄帝陵，这里山水环绕，气候宜人，风景如画。一眼望去，桥山山脉如一条巨龙，绵延起伏，伸向远方。出铜黄高速公路后，左侧便是一条宽阔的川道，过境公路沿河而修，依山势蜿蜒逶迤十多公里就是陕西陕煤黄陵矿业有限公司所在地——店头镇。装满各种矿用物资的大货车和昼夜不停的运煤车辆，一辆紧挨着一辆，常常把煤城小镇的河滨路堵得水泄不通。一到晚上，来来去去的车灯汇聚成璀璨的灯河，与沮水河畔耀眼的路灯交相辉映，令小镇的夜晚亮如白昼。50 公里长的煤炭铁路专用线上，一列列装满煤炭的火车缓缓驶出矿区后，拉着长鸣，全速前进，将从地层深处开采出来的滚滚乌金运往大江南北，让昔日贫瘠静谧的古镇，从此沸腾、繁忙，焕发荣光。

店头古镇以地下贮存的 19.8 亿吨低磷、低硫、高发热量的优质煤炭闻名于世。陕西渭北煤炭黑腰带资源枯竭，黄陵矿区承担着接续而上的重任，同神府大煤田开发一并列入国家重点能源战略发展规划。在改革开放初期，延安地方经济发展非常滞后，黄陵矿区以不可替代的地域优势，承担着振兴革命老区经济的政治责任。

当年听店头镇文化站的老站长用浓重的陕北话说，店头这地方可不一般，就说近的吧，中央红军到达陕北，店头是国民党驻地的白区，但一到晚上就成了陕北红军活动的地盘，许多追求革命理想的进步青年、爱国人士通过这里奔赴延安，走上革命的道路。运往延安的棉花、布匹，通过店头地下党组织秘密送达，尤其是店头生产的酒，叫店头大曲，成为前线壮士最好的消炎药品。老站长咳了两声，神秘地问，你知道毛主席纪念堂周围那十三棵松树吗？那是我们店头四处煤矿工人在桥山精心挑选挖送到北京，为毛主席纪念堂落成献的礼。这段经历我后来和共事的张双全部长交流过，他是亲历者和参与者。1976 年毛主席逝世，全国人民都在悲痛之中，驻扎在桥山脚下店头镇的陕西煤炭建设公司第四工程处是当时黄陵县最大的国有企业，张部长当时是公司的子弟学校老师，他说十三棵青松就长在河对面的桥山山脉上，当时他现场参加了开挖仪式，并带队组织学生护送青松 200 公里到咸阳西站上火车，现场聆听劳动模范郝树才给护送的学生做报告，讲述毛主席在延安的十三年经历。

启程的那一天，店头街道人山人海，彩旗飘扬，锣鼓喧天，承载着延安儿女对毛主席感情的大卡车，装着十三棵青松从黄帝陵脚下出发，沿途群众热泪盈眶，目送青松运往北京。迄今已经过去了三十二年，张部长每每忆起那时的情景，还是那样激动和自豪。

著名作家王芳闻说，黄陵店头的煤不是冷冰冰的石头，黄陵店头的煤是有温度的、能讲出一连串故事的煤。路遥在创作《平凡的世界》时，在铜川矿务局体验生活期间，曾两次来到店头和煤矿工人促膝相谈，并且为黄陵矿业瑞能煤业公司（前身为陕西煤炭建设公司苍斜一号井）题词："今天的努力，是为了明天的繁荣。"

煤炭的深度开发，让沉默了半个世纪的店头镇又一次沸腾了起来，迎来新一轮的辉煌。伴随着黄陵矿区三十年的飞速发展，店头已经成为我国的煤炭工业重镇、革命圣地延安市的文化名镇。店头镇的尽头便是黄陵矿区了，放眼望去，灰白相间的家属楼高度都在十八层以上，鳞次栉比，挺拔耸立，蔚为壮观。移步小区北门，又见一栋栋六层高的小洋楼，错落有致，集聚现代化建筑的流行元素。依照中国传统的瓦房建筑风格搭建的红色彩钢瓦楼顶和淡黄色的墙壁交相辉映，既美观大方，又充满时代气息。再往里走，是样式别致的公寓楼、具有超前设计理念的文体中心和壮观宏伟的选煤楼，一列列拉煤的火车，一辆辆通勤的大轿车、私家车，在其中川流不息。整个小镇在河岸摇曳多姿的绿树的衬托下，宛如仙境般美丽，仿佛陶渊明笔下的世外桃源，凡是到过此地的人，谁也不会把它和煤联系在一起。新型现代化煤矿黄陵矿区，就是这样打破了人们对矿区的刻板印象。

二

我与黄陵矿区结缘，是写了一篇新闻报道发表在行业报上，被

《中国煤炭报》西北西南记者站原站长邹善治发现，他极力推荐我去黄陵矿区工作，并说新矿区能锻炼人，是年轻人大展抱负的地方，并一再强调机会不能错过。邹站长在新中国成立以前就在陕南山区打游击，转业到地方后担任铜川矿务局的第一任宣传部部长。

老站长对我的栽培，用恩重如山来形容也不为过。我们素昧平生，仅仅通过一篇新闻报道，他就多方协调关系，推荐我一个挖煤的工人上了大学。毕业后，他又打消了我回老单位上班的念头。他说，老矿区潜力有限，黄陵是新建矿区，还是国家投资体制改革和管理体制改革的试点单位，你在那里更能发挥作用。正是老站长的极力推荐，让我告别了工作十年的老单位，直接到黄陵矿区搞宣传工作。有站长的推荐，调离和报到非常顺利。到单位的第一天，时任黄陵矿区办公室主任的黄旭就把我领到矿区管委会主任赵利仁的办公室。赵主任是一个久经煤炭建设沙场的老领导，黄陵矿区建设当时正处于如火如荼的关键时刻，找赵主任汇报工作的人排成了长队。但是，赵主任还是以长辈般可亲的话语对我嘘寒问暖，特别让我感动的是，当老主任知道我家属还是农村户口时，马上给管户籍的保卫组打电话解决我家属农转非的问题，并说，这样小王你就没有后顾之忧了，好好把精力用在工作上。

我的直接领导黄旭主任也十分注重对我的培养。他是西北政法大学毕业生，文字功底深厚，手把手地很快教会我适应工作，让我成为能独当一面的宣传干部。

我调入黄陵矿区时，正是建设的非常时期，一切还都在忙乱的探索中，机构设置均是临时以组为单位。除工程和规划投资以外，剩下的一摊子业务都归办公室管。我来之后，人事才从办公室分离出去。办公室还有一个副主任姓贺，人非常好，没有官架子，初见之下我就被他那种莫名的亲和力感染。打印室和档案室都是女同志，办公室带通讯员只有五个人，除两位主任以外，我成了年龄最大的新同志。

秘书梅方义是 1990 年分来的第一批大学生，老家在安徽凤阳。凤阳人豪爽而细腻、头脑清楚、说话爽快直接的特点，在梅方义身上表现得非常充分。他个子不高，做事精干，虽然学者味道浓厚，但也豪气十足，大学毕业分配到这偏僻的穷山沟里，很快就适应环境，并且凭着很高的文学天赋，挑起了新矿区材料写作的大梁，为决策者争取国家投资、优化工程项目、调整预算资金和日程工作汇报提供了坚强的后盾，不仅在黄陵矿区，就是在全国四个煤炭重点建设项目的材料撰写上，梅方义都是非常硬实的笔杆子。他出版的散文集《煤苑寄情》，是黄陵矿区建设以来，第一部展示煤矿建设历程的文学作品。

王镜宾毕业于中国人民大学汉语言文学系，之前在延安革命教育展览馆工作，斯文幽默，知识渊博，又经过延安革命教育展览馆工作经历的熏陶，对红色文化研究挖掘深刻透彻，他讲述的毛主席转战陕北那匹小白马的感人故事，让我至今记忆犹新。故事是这样的，当时主席要过黄河了，小白马却迟迟不愿乘船离开陕北，饲养员硬拽着它上船。可是当船划行至河中央时，小白马借一个浪潮的翻滚，又跳入黄河，游上了对岸。两岸人民无不为小白马对这方沃土的留恋而感动。新中国成立后，小白马饲养在北京南苑农场，寿终时对着中南海连呼三声。如今毛主席骑坐的小白马标本安放在延安革命教育展览馆供游人参观，向一代代后来者转述这段动人的历史逸事。

王镜宾和梅方义负责材料撰写，本职工作以外，也研究煤炭业发展形势。镜宾借调到陕西省委政策研究室三个月，其间他写了许多与煤炭发展态势有关的深度报道，在《陕西日报》整版刊登。

张建军是在我来之前，从地方学校调到办公室的，负责各种事务的协调处理。他秉持着细致耐心的工作作风，在建设期间凌乱繁忙的工作中，一丝不苟，尽职尽责。

矿区建设工作千头万绪，生活设施简陋，交通不便，信息闭塞，全矿区只有办公室的一部直拨电话能够对外联系。在这样的情况下，搞好职工的文化体育活动显得尤为重要。周兆江从韩城矿务局调来，专门协助贺志敬副主任搞工会工作，丰富职工业余生活。卡拉 OK、台球、篮球比赛等不同形式的文体活动，由小周牵头组织，搞得有声有色，使偏僻山沟里的矿区建设者们也拥有了精彩纷呈的业余生活。

黄陵矿区作为国家多项改革发展的试点单位，文件材料直接上报国家各部委，对格式和形式的要求都非常严格，因此打字油印室成了矿区的要害部门。这样的重要岗位当时由五位女将担纲。个子不高的张红娥，长着一副方方正正的脸盘，加上皮肤白皙，自有一股轻灵之气。她那双随时都能爆发出美丽火花的大眼睛和自带热情笑容的说话方式，让她展示出一股别样的魅力。她经常怀抱一本厚厚的小说，津津有味地看。

郑凤琴是从铜川焦坪煤矿挖过来的专业打字员，个子高挑，为人热情，做事利落，说话永远不给对方留情面，大伙都说她是办公室里的"男子汉"，被称为办公室五朵金花里面的"炮筒子"。

侯琴玉来自煤城铜川，戴着一副金丝边眼镜，说话带有浓厚的铜川口音，不过她很少说话，永远给人一种文静谦恭的感觉。

付巧云皮肤不黑不白，有一双透着锐利的眼睛，但说话办事总是给人以蕴含智慧的亲切和温润的真诚之感。在酒场上，她豪气干云，从来不落下风，既能活跃气氛，也能适时为领导解围。

张冬弘生在与盛产美女的米脂县相邻的子洲县，具有陕北姑娘天生丽质、贤良淑惠的优点。她善解人意，工作中和气质朴。如今二十多年过去了，黄陵的人遇到一起，还不时谈起冬弘那张阳光灿烂的笑脸。

都说三个女人一台戏，况且这还是各有特色各有主见的五朵金花，在一起难免发生碰撞和矛盾，奇怪的是，我从来没有见过她们之间有忍让、妥协的，不管是谁，都不愿放弃自己的观点，经常是针锋相对，争吵个没完没了，可是过后也从来不记在心上，事情一过又亲如姐妹。

二十五年前，黄陵矿区办公室就是这样一批从四面八方汇聚而来的年轻人，在黄旭主任、贺志敬副主任的领导下，为了一个共同的目标，在各自的工作岗位上奋战。即使岁月流逝，光阴似箭，当年在一起工作的情景依然历历在目，充满力量，令人唏嘘回味。

建设初期的黄陵矿区办公室，大家在工作上没有你我之分，没有分内和分外之说，尤其是当国家紧缩银根、压缩基建投资规模、优化投资项目时，矿区建设资金短缺，项目停建、缓建，各种矛盾重叠，给办公室工作增加了不知道多少倍的难度，但是大家毫无怨言，心往一处想，劲往一处使，遇到难事、急事抢着干，工作中没有推诿和刁难。面对各种不确定的因素，置身复杂的上报材料和工作汇报中，硬是凭着一种毅力、一股韧劲，在干中学，在学中干，练就了在非常条件下处理各种复杂问题的能力。

这是一个充满激情和富有创新力的战斗集体，工作中大家相互帮助协作，工作之余大家又聚在一起尽情地玩乐，用心地生活。记得有一个周末，梅方义说这周大家都辛苦了，老在矿区待着没意思，要不出去换换心情。我问去哪里，他似早有规划，说，沿供水线路到子午岭感受一下自然风光，夜住水厂，在放松中也许还能写出一些感悟文章。

炎热的夏天，阳光灿烂，草木蓊郁。我们一行七人乘坐一辆工具车，一路欢歌笑语。车轮飞奔，扬起一溜烟的灰尘，偶尔的鸣笛声，惊得道路两旁林子里的鸟儿飞蹿，叽喳乱叫。通往子午岭的是一条偏僻的山路，非常颠簸，但是大家毫无疲劳之感，沿途参观了灵幽深藏的千佛洞，身临其境地感受了佛教文化的博大精深，也见证了 34 公里矿区供水战线上工人的艰辛付出，享受到了久违的大自然美景的熏陶。两天的休闲旅行，犹如一次团建，增强了大家的凝聚力，也激发了大家的灵感，写出了一批赞美自然风光、歌颂供水人事迹的文章，发表在省内外报纸杂志上。

三

黄陵矿区办公室伴随着矿区建设度过了后期建设最艰难的三年时间，而这三年也是我人生最精彩的三年。

1995 年 3 月，新一届的黄陵矿区领导班子组建，管委会与一号煤矿合并，办公室与一号煤矿办公室合并，一号煤矿办公室的张积发主任带领年轻的大学生韩华东、黄红侠充实了办公室的力量，从此黄陵矿区建设进入一个非常的转折时期，矿井建设由基本建设开始向投产生产转移，办公室也根据矿区发展的需要，把人员分流在不同的岗位上担任要职。

在黄陵矿业公司的发展历程上，初期的综合办公室存在的时间非常短暂，它就像大海中的一滴水珠，在阳光的照耀下瞬间消失，但是在那个特定时期扮演的角色、承担的责任，令人永远铭记。

我有第一线的煤矿工作经历，如今在一个更高的平台上适应环境、胜任工作，是黄陵矿区办公室给予了我这样的机遇和平台，使我人到中年，由挖煤工，变成了一个新闻战士、文学工作者，命运发生了根本性的转变，还结识了那么多的同事和朋友，这一切都成为我人生的宝贵财富。

参加黄陵矿区建设的这群人，有来自老矿区的管理干部、熟练的技术工人，有全国各大中专院校毕业的学生，为了建设黄陵矿区这一共同的目标，大家从四面八方聚集在这里，知识的碰撞、观念的融合、思路的创新，碰撞出一盏盏正能量的火花，在一定范围内冲破了条条框框的限制，也将我带入了一个从未预见过的学习环境。我像海绵一样，孜孜不倦地吸收来自不同方面的营养，塑造出了一个连自己都不敢去想象的自我。

我的直属领导黄旭主任从写材料起步，走上了大型煤炭企业宣传部部长的位置，所以对宣传的度把握得精准到位。有这样懂行的领导对我手把手地指点，使我不得不勇敢地迈开步子朝前走，一刻不敢停歇。来矿区的第一个月，赶上黄陵矿区大中专学生驾驭美国连续采煤机组创下了月掘进井巷七百米的世界纪录，为此召开新闻发布会，正好给我写新闻积累了大量的素材，我采写的《黄陵矿区大中专生踊跃下井当矿工》《黄陵矿区井巷掘进突破万米关》等文章陆续在《陕西日报》《中国煤炭报》发表。

黄陵矿区管理委员会（简称"黄管会"）是国家按照投资和管理体制改革需要设置的机构，作为国家重点项目落户陕西，还被列入二十项兴陕工程当中，但因当时在社会上的知名度并不高，所以因其简称闹出了不少啼笑皆非的事情。有学生拿着学校发的派遣证前来报到，问询到黄陵县，竟有人以为是扫黄打非管理机构；管委会主要领导去政府部门办事，竟然被理解为是"黄河管理委员会"来的；更有甚者，理解为"黄色录像管理委员会"，并反问："啥时候成立的机构？我咋不知道？有必要吗？"种种迹象说明我们的宣传严重滞后于项目建设发展。领导当笑话说这些事的时候，我这个负责对外宣传的深感内心有愧。在我的建议下，黄陵矿区首届通讯员培训班开班了，地址选在黄帝陵脚下的铁路运输公司招待所。这可不是一般的企业内部宾馆，地理位置非常优越，紧邻黄帝陵所在的桥山北麓，沮水三面环流，山体浑厚，气势雄伟，林木茂密，拥有中国最古老、覆盖面积最大、保存最完整的古柏群，在当时高速公路还没有通到黄陵县的桥山脚下，这里就成为接待领导的最佳之地。

通讯员培训班聘请新华社著名记者和具有煤矿实战经历的通讯员授课，组织通讯员沿34公里的自营铁路线实地采访，赴黄河壶口瀑布接受大自然的熏陶。一周的新闻培训班是短暂的，但是调动起了生产建设一线通讯员新闻写作的积极性。

黄陵矿区建设初期，由办公室创办的油印《黄陵矿区简报》已经满足不了通讯员发稿和承载矿区建设发展的需要了，于是《黄陵矿区简报》改名为《黄陵矿区通讯》。通讯员采写反映生产一线的人和事的文章在《黄陵矿区通讯》上发表后，寄往和矿区建设有关联的上级部门和新闻媒体。黄红侠、赵成平、侯庆彬等一批参加培训的通讯员的稿子被《陕西工人报》《中国煤炭报》《延安日报》转载。通讯员刘文岗、付超峰则走上了另一条成才的道路：刘文岗博士毕业后进京，成为某部委专家级的研究员；付超峰在大学教授的岗位上为国家培养了一批批优秀学子。他们在后来的工作中，都给予了我很大的帮助。

经过不懈的努力，黄陵矿区的新闻宣传工作在陕西煤炭系统终于有了成效，后来在陕西煤炭厅和全国煤炭系统的新闻宣传表彰会上，黄陵矿区得到表彰。

黄陵地下蕴藏着丰富的煤资源，随着水、路、电的修通，这块地区的小煤窑如雨后春笋般大批涌现，南川、北川、石牛沟、撒撒沟、双龙、仓村塬，凡是能叫上名字的沟壑，全都布满大小不同的煤窑。每当夜幕降临，一道道沟壑、一条条绵延几十公里的川道灯火辉煌，一派繁荣忙碌的生产气象。但是，小煤窑没有节制的挖掘，也造成了严重的环境污染，树木庄稼变成了黑颜色，房屋顶变成了黑屋顶，黄土地变成了黑土地。据不完全统计，20世纪90年代店头镇有证没证的小煤窑有一百多家，将还未形成规模效益的优质煤田挖得千疮百孔，非法矿主为了互抢资源，打通了沮河河床，以致河水灌入地下，黄陵矿区一号煤矿井下一片汪洋，停产治水长达一个多月，幸亏没有造成人身伤亡事故。灾情如此重大，迫使政府提起重视。为准确掌握非法小煤窑的一手资料，延安市地矿部门组成调查组，进行了长达一个月的深度调查，我有幸作为矿方代表参与其中。之后的事实证明，这是一次难得的机遇。

　　三伏的天空，日头高照，燥热难耐，落满尘土的树叶纹丝不动，调查组一行人全然不顾沉闷得烤得人喘不过气来的天气，不放弃任何有嫌疑的地方，都在汗流浃背地赶进度，同时还要应对小煤窑主的纠缠和威胁。调查前后长达二十多天，一百多个小煤窑我们查访了七十多个。小煤窑设施简陋，没有安全保障，我和调查组的专业技术人员冒着生命危险下井，实地察看了三十多个小煤窑，拍摄了一百多幅珍贵照片，得到了翔实可靠的第一手资料。

　　在这次的调查中，我目睹了小煤窑挖煤矿工的生存惨状，惊诧于小煤窑主的没有人性和没有底线，也刷新了自己的认知，收获了鲜有人能掌握的写作素材。我从心底里认识到非法小煤窑百害而无一利，这块毒瘤不切除，黄陵矿区将永无宁日。

　　我下决心写出揭露小煤窑践踏人性、破坏资源和环境、使国有大矿被迫停产的黑幕的深度报道。稿子形成后，我交给领导审查。领导有所顾虑，担心揭露面广，触碰地方政府的利益，今后没有好果子吃。领导的担心不无道理，我们作为企业，和地方政府的关系一旦出现裂痕，以后的事情很难办，必须权衡各方面的利益。但令我们没想到的是，调查组代表地方利益，却同意我利用掌握的材料，通过新闻舆论造势，为政府制定政策提供依据。

　　有了地方政府的大力支持，领导也消除了顾虑，于是我撰写了大量文章，配图刊登在内参和不同媒体上，如《小煤窑，还要这样"小"下去吗》《八亿资产泡水中，治水方案未出笼，黄陵一号井危在旦夕》等，有的还被新华社转载。这些文章引起了各级政府的高度重视，延安市陆续出台关闭非法小煤窑的一系列措施，整顿不规范地方煤矿。由于措施得力、针对性强，连续几次的轮回执法，彻底遏制住了非法小煤窑乱挖滥采的非法行为，维护了国家大矿的利益。从此，黄陵一号煤矿转入正常生产。

对我而言，在黄陵的日子是一段激情燃烧的岁月。在那里，因共同的志向和一致的目标，我结识了一批肝胆相照的好朋友。黄陵建设初期，职工生活设施简陋，只有家属区拐角处七间临时房供应快餐，其中三间还是理发店、超市、打印部，大家小聚只能在家里，或者到镇上餐馆。餐馆其实也十分简陋，拉煤的大车过后，餐桌和墙壁都落满了煤灰。就是在这样的环境下，大家在一起大碗喝酒，大口吃肉，海阔天空，谈天说地，建立了深厚的感情。

现在杨世英、张明珠、由育信已经退休，王玉侠、孙亚玲、熊超、吕春山、杨宗义在矿区一直干到退休（离岗），张健博冰、李绪强、张文化、张文龙、王中兴、陈勇、刘永乾调离黄陵，在不同的岗位上历练着。虽然大家天各一方，但每一次的相聚都还是亲热依旧，难舍难离。

四

黄陵矿区建设初步设计年生产量为 1000 万吨，我国首次成功使用连续采煤机组的新闻发布会的召开，引起了整个行业的震动，全国各地的煤炭企业络绎不绝地前来取经，根据各自的地质条件，优化开采工艺。神东煤炭集团学习以后，广泛使用连续采煤机组，创出了超越黄陵的世界领先水平。

后来，黄陵矿区进入结构调整期，加上国家压缩基本建设投资规模，切断建设资金，矿区建设残留的诸多半截子工程还在消耗大量投资，生产经营举步维艰，420 万吨年产量的一号煤矿勉强只能生产 30 万吨煤炭。受市场低迷因素的影响，生产出来的煤炭还运不出去，职工家属有时一个月都听不到拉煤火车的鸣笛，工人工资也难以正常发放。

所幸，低潮中的黄陵矿区最终等来了新千年的煤炭黄金期，新一届的决策者敏锐地抓住了这一千载难逢的历史机遇，顺应市场规律，理清发展思路，用资源换资金，弥补资金的短缺，加快矿区建设速度，开足马力建设二号煤矿，尽快让停建的坑口电厂复工。同时，加速年产420万吨的一号煤矿达产，形成规模效益，降低管理成本，发挥国有企业的责任和担当。

彼时的黄陵矿区工业广场彩旗飘扬，锣鼓喧天，黄陵矿业公司一号煤矿建设投产仪式的隆重举行，标志着这个国家大型煤炭建设项目翻开了新的一页。而作为宣传部门，鸣锣开道，当好矿区宣传新发展的排头兵，义不容辞。对外宣传主要由我和黄红侠策划，编印宣传画册，撰写专版文章，新闻发布会消息当天见报的媒体用稿在《新华每日电讯》《陕西日报》《陕西工人报》刊发，中央电视台第二天《新闻联播》做了报道，遗憾的是，将年产360万吨误播成36万吨。

当时的时间是2011年11月3日，一个月后我调到了新单位，告别了在黄陵矿区2896天的峥嵘岁月，留下了人生最精彩的一段记忆。

遇见煤城

　　遇见煤城，是我生命中最珍贵的情缘。煤城铜川的历史是一曲雄浑的交响乐，艰辛而豪迈，光荣而辉煌，英勇而悲壮。在这个平凡而伟大的地方，我领略了新中国煤炭工业奠基阶段的艰苦奋斗精神，见证了煤矿企业为国家经济建设竭力贡献的赫赫业绩，读懂了矿工兄弟的悲欢人生和精神境界。我是替煤城讲故事的人，更是与矿工血肉相连的一分子。煤城是我的第二故乡，是我成长成熟的生命摇篮。我是含着泪水写下这篇文章的，但愿雪泥鸿爪，能为亲爱的煤城和矿工兄弟，刻录一缕深沉的记忆。

　　蜿蜒的河流犹如一条绿色的丝带，在时宽时窄的川道里隐约闪现，两条窄长的街道依河而建，一群穿着时尚的人们在夕阳的余晖里悠闲散步，让煤城这个北方并不起眼的小城市在山水相依间有了自己的味道。

　　这里山川相缪，沟壑纵横，盛产煤炭，因为煤质优、储量丰、开采历史悠久而扬名。早在唐宋时期，人们就依山掘洞或平地下挖取煤；元代出现方型立井采煤；明代已有专业挖煤和农闲季节采煤的分工；清乾隆年间出现工场手工业炭窑，并有挖煤纳税之记载；民国时期新煤窑不断开办，引入机器，使得煤炭生产效率大幅提高，咸铜铁路的修通，使煤城生产的优质煤炭源源不断运往前线，为抗日战争和解放战争提供动力资源；中华人民共和国成立后，煤城义无反顾地担当国家能源供应和建设重任，入驻煤城的全国十大煤炭建设公司，在煤城地域上建设了十三对大型矿井以及与之配套的城市公共设施，让这个人口不足百万的小城成为名副其实的工业性城市、繁华的煤都。

一时间，这里成为紧随省会城市西安之后的全省第二经济重镇，成为人们瞩目和向往的地方，南来北往的有识之士带着梦想纷纷涌入这里，形成了独特的文化和繁荣的经济，也铸就了煤城的荣光。拥有26万职工与家属的煤城矿务局从新中国成立初期发展到新时代的今天，累计为国家生产煤炭30亿吨，广泛应用在钢铁、电力、化工和国防工程中，点亮了大江南北、长城内外的万家灯火，给工业化建设和城市发展送去了光明与温暖。

我有幸能投入煤城的工业化大生产中，增长才干，锤炼意志，为自己积累了一笔超出寻常意义的财富，也见证了这座城市的变迁，亲历了它的腾飞与辉煌。我热爱这座煤城，更热爱煤城的煤炭事业，尤其对煤矿工人充满了无限的感激之情，深觉自己有责任对在煤城这段充满激情的生活经历，留下一些记录性的文字，让煤城这座用创业者的智慧和汗水铸起来的丰碑，在时间的星空中闪烁。

一

20世纪50年代，煤城丰富的煤炭资源引起了苏联专家的关注，他们不远万里来到中国，在煤城勘探煤矿。煤城丰厚的煤炭储量让他们大加赞叹，雄心勃勃地规划建设具有国际水平的大型煤矿。专家们的勘探数据，引起了中共中央的高度重视，决定在煤城建设我国西北地区最大的现代化煤矿，项目被列入国家"一五"重点工程。同时落户煤城的还有一项重点工程，那就是耀县水泥厂，这是当时亚洲最大的水泥厂。此后，煤城一度成为国家煤炭、建材生产的一面旗帜，在共和国成立初期，义无反顾地担当起国民经济建设能源原材料生产的重任。

曾任王石凹煤矿党委副书记的田战强回忆说，苏联专家在煤城的两年时间几乎是夜以继日地工作，在队伍撤走后，许多专家一生的夙愿，就是能回王石凹看看。他们为何这么留恋煤城呢？

《唱支山歌给党听》的词作者姚筱舟是煤城一名普通矿工，工作终年三班倒，在伸手不见五指的黑漆漆的矿洞里冒着生命危险不停地采煤，他是以什么样的信念创作出了这首红遍全国、影响几代人的红色经典呢？

还有著名作家路遥的不朽之作《平凡的世界》，为什么能够诞生在煤城，也值得深思……

只有在煤城铜川生活过，尤其是在煤矿工作过、有下井经历的人，才能真切体会到这方热土的神奇。

铜川在1958年以前是铜川县，自1953年1月20日开始改属省人民政府直接领导。在计划经济时期，陕煤建司和铜川矿务局隶属原煤炭部，是驻扎于煤城的央企，行政级别和煤城铜川平行，均是市级建制。1958年4月5日，国务院决定撤销铜川县建制，成立铜川市，归省管辖。当时煤城铜川的非农业人口占当时城市总人口的80%以上，是典型的以煤炭、建材为主的工业化城市。铜川的市政府、文化宫、宾馆、医院等重要城市建筑的风格渗透着俄罗斯元素，和苏联人过来援建煤矿有一定的关系。

我的工作单位陕煤建司于1954年成立，比铜川设市早四年，比铜川矿务局成立早一年。陕煤建司除矿建以外，下设四个工程处和一个水泥厂，有为施工配套而建的管件厂和安装公司、技工学校和职工医院，能承揽矿建、铁路、公路和市政建设，为煤城建设了十三个大型煤矿和市政水利工程，其中就包括苏联援建留下的半截子工程，因而被誉为煤炭建设铁军。

煤城地质条件复杂，建矿直接受地下水、火、瓦斯的威胁，再加上油、气与煤并存，严重影响施工速度，安全生产压力巨大。煤建人通过科技攻关，优化工艺，在前人没有走过的道路上开新路，闯难关，开拓巷道连续三个月，刷新世界纪录，几十年无人超越，取得的成绩被编入大学矿建教材。

直至今日，陕煤建人都清楚地记得1976年毛主席逝世时，为了表达延安儿女对毛主席的感情，纪念堂周围设计了十三棵青松，寓意毛主席在延安十三年的经历，而采挖青松这一庄严光荣的任务就由煤城建设公司驻黄帝陵脚下的第四工程处完成；唐山大地震发生后，由陕煤建人组成的陕西支唐指挥部四百余名工程技术人员开赴唐山，利用八年时间，在废墟中重建了一座大型煤矿，为开滦矿务局全面恢复生产奉献了陕煤建人的智慧和力量。

作为煤城两大国有企业之一的陕煤建司的一员，我见证了煤城发展过程的一段风雨春秋，实属荣幸。初识陕煤建司，是20世纪90年代，当时我还在黄陵矿区工作，和给毛主席纪念堂敬献青松的第四工程处同处一个街道，共饮一河之水，共享桥山天然美景，故而对他们的传奇故事有所了解，还幻想过有一天能去陕煤建司工作。2001年，梦想终于成为现实，那一刻我激动的心情无法用言语表达。

我时常告诫自己：在人生岁月的长河里，我当以陕煤建人的奋斗精神去战胜人生道路上的种种坎坷，驱除生活里的尘埃，不管遇到多大的困难，也要记住，坎坷与困难都是激发我奋斗的动力源泉，我一定要把根深扎在煤城的黑土地上，披荆斩棘，有所作为。身兼《中国煤炭报》记者一职的我，深知重要的新闻源就在铜川矿务局，责任重大，唯有忠实地记录，积极地报道，几十年如一日地努力，才对得起自己的职业。

煤城的铜川矿务局所辖十三对矿井年生产煤炭1000多万吨，占渭北黑腰带统配煤矿产量的50%。铜川矿务局的煤炭产量直接影响着国家煤炭市场。铜川矿务局的第一任矿长是由周恩来总理签署的任命状。很长一段时期，煤城铜川的市委书记、市长，铜川矿务局的党委书记、局长，都由一人担任。

王石凹煤矿由苏联列宁格勒设计院设计，设计年生产能力为120万吨，这在计划经济时期，技术和生产水平普遍非常落后的情况下，领先中国西部所有煤矿。苏联专家撤走后，王石凹煤矿由陕煤建司承建，1961年建成投产后，受复杂的地质结构和市场的阶段性影响等诸多不确定因素制约，很长时间达不到设计年生产能力。后来通过技术改进，实现机械化开采，解放和发展了生产力，产量开始连年攀升，多次刷新全国煤炭生产纪录，为缓解国家缺煤的状况做出了巨大的贡献。改革开放以来，煤炭市场低迷，成本居高不下，销量跟不上，煤炭积压，王石凹煤矿再次陷入困境。四十周年矿庆时，时任矿长的种欣睿说，四十年非同一般，是对曲折艰难历程的总结，也是承上启下、重塑辉煌的起跑线，是继往开来，为煤炭事业再立新功的加油站。

我以记者的身份驻煤城采访的第一站即是亲历王石凹煤矿四十周年矿庆，这是煤城在煤炭市场经历了长时间萧条，开始进入好转期的一件大事，是鼓舞士气、振奋精神的一次盛会，全矿非常重视，邀请众多新闻记者现场报道，我也在受邀之列。

王石凹煤矿位于陕西省铜川市东郊12.5公里处的鳌背山下，上午10点钟在矿俱乐部举行矿庆活动，媒体同行一大早从煤城出发，沿一条弯弯曲曲的山路行驶约半个小时后，再绕过一道山梁，就隐隐约约看见了矿区生活区全貌：层层叠叠的建筑占据了一座山，依山而建的家属楼鳞次栉比。隆冬时节，晨阳照耀下的矿区是那么的美丽、雄伟。煤城人说王石凹是他们的"布达拉宫"，果然名不虚传。在这个不大不小的鳌背山头上，分布着小学、初中、高中，在校学生2000多名，98%以上都是王石凹煤矿的职工子女，农贸市场和矿务局的第二医院也建在这个山头上。矿办公楼、选煤楼、俱乐部、坑木场、出煤的生产区域在山下。这里有着号称亚洲最长的职工宿舍楼，能容纳1000多名单身职工入住，至今在全亚洲也是独树一帜。从山上到生产区约1公里的路程，上下班可乘坐专门铺设的轨道车，四分钟一趟，昼夜不停地运转，接送工人上下班。整个建筑布局巧妙紧凑，处处彰显大工业化的恢宏气势。20世纪50年代，国家经济非常困难，在能简就简、勒紧腰带过日子的情况下，煤矿建设总体指导思路为先生产后生活，把有限的投资用在刀刃上，基本都是矿井已经转入正常生产，还没有一处像样的住宅区，而王石凹煤矿能有可容纳800人的矿工俱乐部和职工食堂，可见它的地位的显要。

矿庆在欢乐喜悦的气氛中举行，偌大的工业广场人山人海，锣鼓喧天，整个矿区成了一片沸腾的海洋，上级领导、劳动模范、历任矿领导陆续到场，主席台除主持人和发言的矿长外，坐了不少白发苍苍的老人，他们是在各个时期为王石凹煤矿做出过突出贡献的功臣。随着时间的流逝，我已不能清晰记得他们是谁了，但其中一个细节，给我留下了非常深刻的印象。老同志们充满感情的轮番发言已经超时，主持人提醒，由于时间关系，最后请老矿长雷保生发言，大家把目光又一次集中在主席台，富有传奇色彩的老矿长已经八十岁高龄了，依然满面红光、精神矍铄，他满头银发，面带笑容，整洁的打扮给人一种自然的亲和力。会场顿时响起了雷鸣般的掌声。雷宝生是个老革命，战争年代随刘邓大军南征北战，参加过抗日战争、解放战争，战功卓越，新中国成立后被安排在国家部委的重要岗位担任领导职务。国民经济建设时期急需能源支撑，需建设大型煤矿，雷保生身居高位，知道煤炭对百废待兴的国家的重要性，所以他不顾组织、亲人和同事的挽留，毅然放弃北京优越的工作环境，举家迁到煤城，无怨无悔地住在临时搭建的简易房子里，以老一辈

95

革命家的精神风范努力工作，为国家的煤炭事业奉献出了宝贵年华。雷矿长主管生产期间，连年亏损的局面得到扭转，苏联专家撤走后的半成品工程也成了全国煤炭系统先进。即使"文革"期间被打成右派受到冲击，他仍然坚守工作岗位，永不懈怠。

主持人说，雷保生同志对党无限忠诚，工作兢兢业业，是我们爱戴的老革命、老矿长。雷矿长动情地回忆起在王石凹工作期间的点点滴滴，说到激动时，几度哽咽，讲话多次被掌声打断。随行老伴让工作人员递条提醒。雷矿长顺手拿起条子，声音更加洪亮地说："让我注意身体，说要点，那我再说三个问题。"会场再次响起热烈的掌声。雷矿长说："建设王石凹煤矿，苏联专家是立了大功的，我们不能忘记啊！地质勘探规划设计全是人家没日没夜搞出来的，专家撤离时，流着眼泪将详细的地质资料交给我们，还再三叮嘱需要注意的地方。"雷矿长说到这里，再次提高了嗓门："撤走专家是苏联政府失信，两国人民是友好的，我们永远要铭记。王石凹煤矿能在各种条件不具备的情况下，简易投产，你们不知道中间遇到过多么大的艰难困苦，是我们的矿工弟兄们硬是靠一种为国家争气的狠劲拼出来的，是大家一起流血流汗，牺牲了那么多矿工的生命换来的，我们永远不能忘记长眠在鳌背这沟沟岔岔的那些在井下生产中遇难的矿工弟兄，我们一定要善待他们的遗属子女，让他们的魂魄得到安息。工人们卖着命在井下干活儿，矿党政不能空喊口号，必须给他们办实事，不然作为领导心里也过意不去。那时交通不便，生活用品匮乏，购买生活用品要去煤城，足足8公里的路程，全靠两条腿走啊！为了解决大家生活上的不便，矿上仅有的一辆吉普车既是工作用车，也是全矿职工家属的生活用车，不管是矿长书记、军代表，谁去煤城办事，回来的车上都塞满了给职工捎带采购的油盐酱醋的坛坛罐罐，当时的朝鲜电影《卖花姑娘》首次在煤城演出，总共只安排了四场，为了让三班倒的井下工人都能看到《卖花姑娘》，矿党政千方百计协调做工作，在我们矿就为职工连续演出了三场……"

顿时，雷鸣般的掌声久久不息。

辛勤的付出，结出了丰硕的果实。王石凹煤矿在雷矿长等前辈们"一不等，二不靠，三不埋怨，四不叫，埋头苦干往上搞""安下心、扎下根，团结起来闹翻身"的精神感召下，采煤五区连续七年荣获"全国高档普采甲级队"的荣誉称号，涌现出了四十多位省部级以上的劳动模范，曾是全国人大代表的全国劳动模范张金聚、梁思云受到了党和国家领导人的接见，他们的事迹和精神，激励着煤城人向更高、更远的目标砥砺前行。

老一辈煤城人的奋斗经历深深地感动着我，让我产生了浪涛般的激情，我以矿庆作为切入点，写出反映王石凹煤矿解困脱贫的新闻稿《王石凹煤矿三年解困》，刊登在 2001 年 2 月 1 日《人民日报》一版。

这篇新闻稿的概要为：我国"一五"期间建设的 156 个重点工程之一的王石凹煤矿，深化改革，走科技发展之路，三年累计实现利润 3920 万元，一举甩掉了亏损帽子。

他们在煤炭市场持续低迷时，奋起直追，以科技为动力，实现二次创业，挤出资金购买综采设备，实现机械化采煤，全矿日产由往日的 100 吨左右上升到 5400 吨，全员工效由"九五"初期的 1.05 吨/工，提高到 2.41 吨/工。他们坚持信誉至上，全面落实质量管理体系，制订完善了煤质奖励办法等一系列行之有效的配套措施，提高煤炭质量，深度强化服务意识，千方百计为用户生产适销对路的产品，赢得了用户的信赖，并创造了连续安全生产 400 天的好成绩，为西北地区老矿区脱贫、实现二次创业走出了一条新路。

新起点、新征程、新千年的煤城王石凹人，继承了老一辈"特别能吃苦、特别能战斗、特别能奉献"的优良传统，走科技创新之路，向机械化要产量，向精细化管理要效益，连续十六年超额完成生产任务，安全生产创造了全矿务局的最好水平，直至 2017 年政策性关闭。如今的王石凹煤矿作为国家遗址公园，正在建设之中，一座全景式浓缩新中国成立以来煤炭工业史的遗址公园即将对外开放，游人可乘坐罐笼到井下八百米深处实地体验王石凹煤矿人曾经的艰辛伟业。

二

陕煤建司这支煤炭建设铁军，伴随着我国煤炭工业发展的步伐，立足煤城这块黑土地，挑战极限，完善自我，转战大江南北、长城内外，凡是神州大地有煤的地方，几乎都留下了煤建人闪光的足迹。六十余年峥嵘岁月，也为煤城的繁荣发展书写了恢宏篇章。我作为这支队伍里的一粒沙子，书写了"矿建铁军"的文章，我所经历的只是六十年历程的冰山一角，而那种适应环境、忍辱负重、不为任何困难所屈服的拼搏精神，才是这座城市永恒的财富。

20 世纪 90 年代，受全球经济萧条影响，我国煤炭生产严重过剩，煤城的铜川矿务局和陕煤建司陷入最严峻的寒冬期，陕煤建司欠发工资六个多月，下属的铁路工程处欠发工资三十三个月，数九寒冬，偌大的机关办公大楼烧不起暖气，新华社记者走访贫困家庭，每走一户，都是泪流满面，于是记者们自掏腰包，一户一户地发钱。在南方承揽的工程，因厂家拖欠工程款，工人回不了家，几千公里沿途乞讨，有的职工还变卖随身家当凑路费……

多少心酸多少泪！煤矿人的苦楚与艰难是许多人不愿回首的痛，好在煤炭企业的困难引起了党和政府的高度重视，时任国务院副总理的朱镕基亲临煤城，破解煤炭发展困局，省市各级政府开药方，尽一切办法让企业走出困境，让煤城重塑辉煌。

市场倒逼煤城产业转型，突破单一的发展思路，进行产业结构调整，走多元化产业之路，已经迫在眉睫。陕煤建司理清发展思路，按照市场发展需要，调整管理机构，在各地承揽工程。市场竞争是残酷的，市场从不相信眼泪，陕煤建人已经做好了思想准备。

茫茫的新疆大漠、古丝绸之路上的河西走廊、处于生命禁区的祁连山之巅以及秦巴山区和拥有复杂地貌的喀斯特地区，都留下了陕煤建人的足迹，都有陕煤建人洒下的辛勤汗水。

位于青海东北部与甘肃西部边境的祁连山高耸挺拔，长年冰雪融化形成流淌的河流，滋润河西走廊的万顷绿洲，依托祁连山赋存的优质矿石资源，酒泉钢铁公司（简称酒钢）在这里诞生。随着酒钢的扩能增量，祁连山的开采逐渐向纵深发展。但是，含铁量最高的优质矿石赋存在海拔 5000 米以上的镜铁山，那里气候寒冷，终年积雪，人迹罕至，想在这里开采铁矿谈何容易！

酒钢到全国对投标单位进行业绩考察，发现陕煤建阅历丰富，既有煤炭铁军的美誉，又有创造世界矿建纪录的硬业绩，于是决定把这项挑战人类极限的任务交给陕煤建。这对于正在找米下锅的陕煤建人来说，无疑是莫大的机遇，他们将其形容为"送温暖工程"，就是有再大的困难也能克服，给甲方、给钢铁行业交出满意的答卷，他们的口号是"干酒钢工程，树陕煤丰碑"。

镜铁山黑沟矿区海拔为 5250 米，陕煤建人经受高海拔、高严寒、高辐射、低气压的严峻考验，在料峭的悬崖峭壁上开凿出了一条通往工地的盘山公路，道路两旁是悬崖峭壁，蜿蜒曲折，怪石嶙峋，途中常有巨石挡路。行路难只是一个方面，这里气温常年在零下 30℃ 以下，冰雪终年不化，最要命的是海拔高气压低，让这些平原来的汉子吃不消……但是，建设者们从没想过放弃，安营扎寨 800 多个日日夜夜，开凿出了一条直径 5 米、深 580 米的竖井，保质保量完成了施工任务，刷新了冶金系统竖井施工海拔最高、井筒最深、月进度78.9米三项全国纪录。

时间过得真快，一晃眼，一周就过去了，对陕煤建司第五工程处酒钢项目部的采访也结束了，我恋恋不舍地告别长年奋战在"三高一低"的镜铁山工地的弟兄们，带着深深的敬畏和感激，匆忙赶往酒钢的另一项新的工程所在地。新项目的工地在新疆哈密，这是陕煤建人开拓市场、挑战极限的又一项艰巨工程。

工地说是在哈密市，名称也叫哈密项目部，实际距离哈密市还有二百多公里，已经深入罗布泊无人区。陕煤建人承担这样的工程，施工的困难程度可想而知。

哈密项目是在罗布泊的无人区建设的第一座铁矿。这里地下的铁矿石听说是20世纪90年代，飞机在天空中用仪器勘探发现的，由于科技水平不足，加之恶劣的环境路水不通，铁矿一直到新千年才得以开建。听说第一批进入建设工地的矿建公司里，有一个员工喜欢收藏石头，而罗布泊遍地都是各种形状的石头，于是他忘乎所以地约同事骑摩托去捡石头，结果迷失了方向，工地人员找到他们时，他们已成干尸。陕煤建工人就是在这样一种恶劣的生存环境中，住地窝，战酷暑，斗严寒，苦干三年多时间，建成了罗布泊的第一座铁矿，也淘到了解困脱贫的救急资金。

我至今都清晰地记得，那是一个酷暑难熬的三伏天，气温大概在40℃以上。镜铁山项目部的胡书记开车四个多小时将我们送到嘉峪关火车站，我们又乘火车从距离罗布泊工地最近的哈密站下车。项目部的刘经理前一天就从工地赶来等着接我们。下了火车，大家寒暄几句，刘经理说先在哈密登记房子住下吧。我说项目部不是在哈密吗，随便住就行了，没必要花冤枉钱。刘经理说："说是项目部，实际是空名，我也得住旅馆。"我说，那就直接往工地赶吧。刘经理说："你们一路风尘仆仆，不要急，先休整几天。"我和同行的张主任都说，坐车不累，咱不用住了，直接到工地吧。刘经理却说：

"今天、明天都去不了，工地距离这里还有300公里的路程，而且几乎没有路，咱这车根本就没法跑，得赶当地汽车公司专门为工地开设的班车，三天只有一趟，早上7点发车，今天这趟已经错过，就得等三天以后的了。"

新疆和内地时差有一个半小时，7点钟在内地农民已经干了半晌的活儿。我们只好耐心地等待。三天后，等我们赶到哈密汽车站，天还没有亮，霓虹灯闪烁处是哈密的短途汽车站。刘经理说："我们乘坐的是短途班车。"同行的张主任不解："300公里，还短途？""对，在新疆1000公里以上才算长途。到塔城、和田有2000公里以上，路程可以跨越内地几个省。"刘经理说。

车上已经满员，我们三人的座位全是中间的加座，就这还是刘经理在三天前预订的。除满员外，工地生活用品、施工配件等把车的前后座位下面塞得满满的。班车在平坦的柏油马路上行驶了150公里后进入了罗布泊。

一眼望不到尽头的戈壁滩让人仿佛进入了另一个天地，满地黑色的碎石，像农民用火烧过的麦茬地一样黑黢黢的，正午阳光悬头高照，使整个车厢燥热难忍。班车在乱石堆里绕来绕去地艰难行驶，哪里是路、哪里有路司机全凭经验。看着司机那么慎重地试探着方向缓慢行驶，有性子急的乘客质问司机："你长年跑这里还不知道路？"司机师傅头也不回，眼睛只盯着车的前方，不紧不慢地说，罗布泊没有路也就没有方向感，今天进去车轱辘碾出了一条道，晚上一场大风刮过，道就不见了，长年跑的也拿不准。而且下面的石头像刀子一样锐利，稍不留神轮胎划破了，一车人都得困在这里过夜，谁都走不了。

下午6点，班车终于开到了工地。

这里简直就是另外一个世界。晴朗的天空飘着云彩，一望无垠的戈壁滩上是繁忙的工地，轰鸣的机器运转声划破宁静的旷野，抬头仰望那划破天空的绿色井架、飞转的天轮，它们在蓝天白云的衬托下是那么的壮观。置身其中，脑海里对罗布泊神秘又恐怖的印象，被建设者们用智慧和汗水绘制成的美好画面一扫而光。

我们忘记了一路的舟车劳顿，奔跑起来四处找拍照角度。我们忙碌地拍了两个多小时，已经过了下午8点钟，罗布泊的气温仍在35℃以上，太阳还是那样火辣辣地烤着大地，晒得人汗珠直往下滚，云彩好像被太阳烧化了，此刻消失得无踪无影。

甲方的唐经理知道我们来了，忙赶过来招呼我们到指挥部，说："这么毒的太阳，初来这里，一下子适应不了，容易中暑。"随行的张主任说："我们被这热火朝天的劳动场面感动了，已经忘记天气的炎热了。""内地人第一次到罗布泊都有那么点儿新鲜感，时间长了就受不了了，不信你问一下刘经理，他肯定恨不得明天干完就离开这'鬼'地方。"唐经理也是陕西人，说话比较随意，从东北某钢铁学校毕业后，分配到这里已经六年时间了，一年才能回一次家，因此有很多的感触。在介绍工程概况时，他对煤建人大加赞叹。我说："是不是有老乡感情的因素？"唐经理毫无忌讳地说："有，当然有，是乡党干得好，给我争光，我才当上这个经理，他们在工作上可给我帮大忙了。这里环境艰苦，没有人愿意来，工程安装有三家公司中标，两家吃不下苦，受不了罪，走了，现在只留下陕煤建司这一家了。他们不仅吃得了这份苦，还能保质保量完成任务，为我们公司开疆拓土、进驻罗布泊做出了大贡献。我非常感激陕西老乡，所以尽量给大家提供一切方便。"

甲方的赞誉，让我们非常欣慰。结束对甲方的采访，从罗布泊工地回到项目部已是晚上10点多了，太阳还没有完全落山，这时的罗布泊在夕阳余晖的映衬下，分外耀眼，大地像披了层厚重的红纱，温暖而隆重。随着太阳落山，罗布泊成了黑色的世界，只有井架上

102

那旋转的探照灯闪烁着灿烂的光芒。我们借着一盏灰暗的电灯走进食堂，这是临时用绞车房隔开的一个空间，非常狭小，堆满了生活用品，也兼作小卖部。餐桌是用矿泉水箱子代替的，师傅说："这还是因为你们来特意准备的，实际根本就没有餐桌，工人都端着碗蹲在露天吃饭，遇到刮大风，碗里全是沙子。"

晚上，罗布泊的温度已从中午的 40℃ 下降到了 10℃ 左右。住在六人间的招待所里，也许是乏了，我一夜睡得安稳，起来已是上午 9 点多了。送我们出罗布泊的司机齐师傅是土生土长的新疆人，长年穿行在罗布泊的戈壁滩上为工地服务，已有三十年驾龄了。齐师傅善言谈，工地上的工人都叫他"活地图"。我一路上跟着他学到了不少新疆的地理知识，听了许多当地的风土人情和罗布泊神奇的传说。

结束了嘉峪关和新疆罗布泊工地的采访，我们马不停蹄赶路程，坐了两天两夜的火车，又转乘四个多小时的公共汽车，再次追随煤建人的足迹，开上了勉宁高速公路。

"蜀道难，难于上青天。"唐代大诗人李白曾用诗句形容秦岭的艰险。终于，当迎来 21 世纪第一缕曙光的时候，国家规划在秦巴山区打通蜀道天险，穿越秦岭重丘，开凿第一条高速公路，陕煤建人荣幸中标了。

据勘探资料分析，勉宁高速公路是除川藏公路以外，地质条件最为复杂的一条试验高速公路。陕煤这是第一次承建高速公路工程，而且中标的是最复杂的 11 标段，2.9 公里的工程量就有 5 座大桥，以及被交通部列为科研攻关项目的双连拱隧道。施工还面临复杂的地质结构威胁，桥梁是在水流湍急、涨幅无规律的玉带河上架设，难度可想而知。甲方在开工动员会上已经挑明，勉宁高速公路 11 标段的复杂程度在高速公路建设史上实属罕见，尤其是全线最长的铁锁关双连拱隧道，国内没有先例……

没想到的是，实际情况比预想的还困难得多。陕煤建人按照预定的开工时间进入工地后，设计图纸一再变更，造成工程比正常开工时间晚了 150 天，但是全段竣工、通车时间确定不变。时间紧，任务重，地质条件复杂，再加上第一次进入高速公路领域施工，诸多的客观困难摆在了陕煤建人的面前，有人担心说："你们甚至都没有高速公路施工经验，这么硬的骨头，你们能啃动吗？不如转让承包出去。"但陕煤建人没有这样想，也不能这样做，他们的口号是"宁愿脱皮掉肉，也不能拖延工期"。

摆在他们面前难度最大的就是铁锁关双连拱隧道。从数字上看，在高速公路建设里程上，这个隧道很不起眼，长度只有 234 米，断面 206.82 平方米，距离地表层 7 米……那为什么被列为交通部重大科研攻关项目，而且施工还要进行全过程监控，记录翔实的质量检测数据呢？实践经验告诉陕煤建人，在复杂的地质结构下施工，塌方、泥石流是常态，如果按照设计方案，两条隧道并列施工，很有可能破坏山体压力结构，坍塌将会是不可避免的。但开弓没有回头箭，陕煤建不断地调整施工方略，派出一名有矿井施工经验的经理助理带领工程技术人员坐镇现场，他们经过现场取样分析，发现如果按照甲方要求的工艺施工，在预期的时间内根本完不成任务，必须创新工艺，调整方案，将矿井施工采取的回填、支撑泄压等工艺，应用到隧道施工中。实践证明，新方案效果非常明显，抵消了压力集中点，确保了施工期间山体压力结构不受破坏，加快了工程进度。再通过前探检测、超前加固的方式释放压力，破解了地表岩石结构复杂，导致来压规律无序的重大技术难题。最终，这个全线最让人担心的卡脖子工程成为最放心的工程，在晚开工五个月的情况下提前贯通，被评为国家优质工程二等奖，也为国家在同类地质条件下施工积累了宝贵经验。

桥梁的建设难度也很大，标段内的桥梁均在水流湍急的玉带河上架设，两改一的王家塘大桥施工根本就没有路，人员进工地都异常困难，建设者们硬是在陡峭的山体中开凿道路、平整场地。不巧的是，工期正赶上连阴雨，河流涨水频繁，架设的模板反复被冲塌，开挖的桥墩基础不知道被淹没了多少次……面对不利因素，陕煤建人发挥主观能动性，排除一切干扰，不断优化施工工艺，最终还是用令人敬佩的智慧克服了困难，用汗水和心血树起了又一个丰碑。

三

我在煤城煤建司工作的十五年间，本单位的宣传工作是主业，完成报社下达的写稿任务则是责任。为了做到两全其美，我几乎没有休过节假日，在煤城这座井喷式的新闻富矿里，尽情地畅游、吸收营养，为煤炭新闻宣传事业尽自己的微薄之力。我利用业余时间，几乎跑遍了煤城的涉煤企业，参与了陕煤司和矿务局 50、60 周年的大型宣传报道，每年见报稿件在 200 篇以上，除在行业和省市报纸刊登外，多篇被《人民日报》《经济日报》和新华社采用。内容以反映煤城火热的生产生活中涌现出来的先进人物和事迹为主，也有涉及这座城市在转型发展中的困惑、不利于发展的因素的报道，比如隐瞒生产事故、小煤窑胡挖滥采等。写负面报道是有代价的，遭到攻击、威胁是常有的事。无论如何，作为一名新闻工作者，我肩负着一定的社会责任，能通过自己手中的笔，运用人民提供的平台，为煤城的快速发展做一些事情，我感到特别欣慰。其间出版了两本新闻作品集，为记者生涯画上了不规矩的休止符。

岁月如梭，转眼间已离开煤城十个年头了，记者经历已经成为我人生中美好的过去，但是每每想起在煤城一起工作的新闻同仁、领导同事，想起日夜奋战在井下八百米深处的矿工兄弟，总觉得有所亏欠。特别是想起经历过矿难的同胞，总会让我犹如撕心裂肺，无所适从。曾经主政煤城的一位书记，在城市最显要的位置，树立了一组矿工雕像，这是煤城的象征，更是对煤矿工人的尊重、对殉职矿工永久的纪念。

魂牵梦绕朱家河

朱家河并不是一条河，而是渭北黄土高原一个不足百户人家的小村庄，因白水河绕村而过、村子多数人皆为朱姓而得名。

朱家河进入人们的视野，并一度成为社会关注的热点，还得从渭北黑腰带蕴藏的丰富煤炭说起。20世纪50年代，国家就在距离我们村不到1公里处勘探建设了一个叫圣山庙的大型煤矿，听说还是苏联专家确定的方位，但不知是什么原因，1960年突然就停工了，直到20世纪90年代，国民经济建设需要煤炭，圣山庙煤矿重新开工又被提上了日程。但是由于设计的变更、铁路运输的限制，矿址不在以前的位置了，矿名也由圣山庙变成了朱家河，采的还是我们村周围这块煤田。从此朱家河开始热闹沸腾起来。

朱家河煤矿是我国煤炭工业由半机械化向全机械化开采过渡时期，设计建设的高标准现代化煤矿，当然需要一流的矿建队伍，而蒲白矿务局谢绝了一切外援，坚信自己有能力建成一流的现代化矿井。矿务局大包大揽总承包，组成了强有力的筹建领导班子，上千人的队伍浩浩荡荡地开进了这里，修路架桥，改造河道，拆迁村庄。没过几年，一座现代化矿井的雏形在这块空旷的河川大地上开始显现，昔日的乡间便道成了宽敞的柏油马路，不同功能的建筑拔地而起，一列列装满各种井下采掘设备的大型机械通过火车、汽车源源不断地运进矿区。新矿设备先进，地质赋存条件好，投入生产需要大量的工人和管理人员，老矿区不论是干部还是工人，都想尽一切办法托人找关系往里调，周边的村民也不外出打工了，铆着劲儿等待招工下井挣大钱。朱家河，这个曾经不起眼的小地方，成为许多人的梦想之地。我也有了调入朱家河、在家门口下井挖煤的幻想，可阴差阳错，失去了良机，这也成为我终生的遗憾。

蒲白人在自己的地盘上给自己建矿，速度和质量破多项工程纪录，按期投产的矿井焕发着勃勃生机，安全生产、企业文化建设走在了全省煤矿的前列，甚至在全国名列前茅。滚滚乌金被一列列火车运载着，奔向全国各地，也带动当地农民走上了致富之路。仅我们一个百户人家的小村庄，就有二十多人在朱家河煤矿下过井，我回村时遇见人打招呼，都很自豪地说自己在朱家河上班，能在朱家河工作已经成为方圆几十里村民的一种荣耀。后来也有人通过技校培训学习转正，走上了领导岗位。

朱家河煤矿 1992 年开工建设，1999 年投产，到 2016 年政策性关闭。存在十六年期间，产能由起初设计的年生产 90 万吨扩能改造到 150 万吨、180 万吨，等于再造了一个新矿井，这在渭北复杂的地质条件下是个奇迹。朱家河对我们村 190 户实施了整体搬迁，高标准的设计、整齐划一的建筑，让祖辈居住条件脏乱差的状况得到根本性改变。对于长期在外工作的我而言，回农村老家是一种享受。

朱家河给地方经济、周边农民带来的福祉远不止这些，它在十六年间沉淀的无形资产，成为新朱家河人不断挖掘、继承和发展的精神财富，也是煤矿关闭后引领他们二次创业的动力之源。蒲白矿务局充分利用煤矿的现场资源，作为技工学校学生的实习基地，使学生身临其境地学习掌握现代化煤矿操作技能，领略矿区风采和煤文化的魅力，加深了对煤矿事业的热爱，很多同学毕业后投身煤炭事业，在不同的岗位上展现着自己的价值。

朱家河新能源产业中心利用煤矿关闭后闲置的土地资源发展生

态农业，让土地由黑变绿，生长出长势喜人的生态新产品，其中血麦、黄花菜已成为畅销产品，吊篮西瓜、阳光玫瑰葡萄也已经形成规模。每到黄花菜成熟的季节，我们村上的男女老幼和矿工一起采摘，又形成了一道独特的风景。新能源产业中心不断扩大产品品种和种植规模，租用农民土地，科学种田，带动当地农民一起富裕起来。

为了让朱家河人用智慧和汗水创造的财富在时间的长河里永续传承，成为煤炭人的精神文化支柱，激励一代又一代蒲白人奋发图强，蒲白矿业联合陕西省能源化工作家协会，在朱家河成立创研基地，吸引作家来这里体验生活，创作属于煤矿转型题材的文学影视作品。朱家河成为煤矿转型发展的典范，成为展示煤炭人精神世界的一本写不完的书。

康巴什：草原上崛起的一座美丽城市

一座城市的崛起，必然有地域内在的因素、历史的选择、特殊的事件、体制的演变、新型产业的出现、强大的能源储备等原因，这些都可能在某一个时期，造就一座城市。每一座城市的发展，也必然为这个城市沉淀下无穷的底蕴，是带不走、用不完、挖掘不尽的潜力，是这个城市逐渐走向辉煌的基石。

以煤而兴的鄂尔多斯新城——康巴什，和 20 世纪 50 年代国民经济发展时期的煤都陕西铜川、辽宁抚顺，钢都甘肃嘉峪关、四川攀枝花一样，不是按照传统"因市而城"的城市起源标准而建的，因为这里本不具备成为城市的条件，但新中国建设需要大量的工业原料，成千上万的建设大军便聚集到这里，随之就变成了一座城市。有所不同的是，鄂尔多斯康巴什新城的崛起，是有强大的资金流推动的，是先有城，后有人，即所谓的"鬼城"。

初见与初识

七月流火，我们从古城西安出发，穿越整个陕北黄土高原，车辆行驶在茫茫的毛乌素沙漠之中，打开车窗，瓦蓝色的天空上点缀着几朵棉花样的白云，来自遥远西伯利亚的凉风吹散了车内的燥热，让人心旷神怡。在世界级煤炭基地神东煤炭公司稍做休整后，我们继续驱车前进，天黑时分，到了一座城市，本想擦肩而过，谁知由于路线不熟悉，车在城里转悠了两个多小时依然没出去，这座城市，有人说是东胜，有人叫鄂尔多斯，直到深夜街道已无可问路之人，一箱油即将耗尽，才终于出城上了高速。

后来才知道，鄂尔多斯和东胜是汉族和蒙古族两个不同的叫法，实为一个城市，由于城市发展速度太快，道路在不断地扩修，再加上城里大部分都是外地来这里淘金的生意人，所以每个人对这座城市都是一知半解。

这是我与这个正在崛起的草原城市的第一次邂逅，时间是 2008年夏天。

2009 年，还是七八月份，我在结束了神东煤炭公司的一次采访之后，直奔位于鄂尔多斯管辖之内的纳林庙二矿，因为那里有我认识的队伍在承包矿井生产。承包生产的是一家很有知名度的央企，而煤矿是当地的民营企业。央企给民营企业打工做乙方，在当时还属于新鲜事。

开车的司机是当地人。进入内蒙古界，晚霞刚刚散尽，夜幕还未降临，一条柏油路迤逦向北，从两边停靠的大型修路设备上可以看出，这条连接草原深处的马路还没有竣工。路上很难见到一辆车，而道路两旁设计别致的太阳能和风能发电路灯已经亮起来，像两条灯带指引着我们前进的方向。一个多小时后，汽车经过一个正在建设的城市，密集的塔吊在太阳的余晖下显得宁静而壮观，好一幅草原崛起的工业大画面。司机师傅说，这就是外界传说可以同香港媲美的鄂尔多斯新区——康巴什新城，距离鄂尔多斯市中心20公里。

当夜，我们到了鄂尔多斯市中心。第二天一出门，我就感受到了这个城市的富有、文明与和谐。宽阔的路旁没有停车线，所有的停车位都在道沿上，线条画得非常整齐，司机说，在这里停车压线都要被罚款，如果违章驾驶，拘留 15 天，更是没有商量的余地。我大略扫视了一圈，入目所见，几乎全是 50 万元以上的高档名车，世界各国的名车在鄂尔多斯的街面上都能找到，这座城市，仅仅"轮子上"的财富就让人咂舌。

朋友说，这几年牧民发财了，而老牧民不愿进城，虽然有钱，还住在牧区，一是照看牛羊方便，二是游牧民自由惯了，哪里有水草，哪里就是家。而他们的子女却不愿过这种漂泊的生活，特别是上学、就医都不方便，他们渴望从世代游牧的生活中走出来，过上和城市人一样稳定的现代生活。所以，年轻人开着名车，在城里买了房子，将他们父辈创造的财富，源源不断地输往这座城市。还有一类是靠煤矿起家的煤老板，他们在这座城市尽情挥霍他们的财富。可以说，在鄂尔多斯没有穷人，没有巨大的贫富悬殊。

刘某原在北京一家企业工作，因为一次偶然的机会到这里开煤矿，几年之后发了大财，本想在北京投资些项目，但一回到北京，同学朋友之间就议论起来，"成煤老板了，老婆换了吧""煤矿危险，要注意身体和安全啊"之类的话层出不穷，尖刻的言辞让刘某一气之下，断了回北京投资的念头，在当地盖起了酒店，发展餐饮事业。

到了中午吃饭的时间，朋友为了表示好客、热情，拿起菜单报了好多稀有的地方特色菜，这时，服务员突然插话了："你们几个人已经够吃了，再点就是浪费。"现在其他地方还在依靠行政的力量推行"光盘行动"，而杜绝食物浪费在当时富有的鄂尔多斯就已经形成一种意识。

鄂尔多斯的文明程度还更多地体现在人的行为上。朋友说他的同事在这里办煤矿，将整卷的高压线分别运输到不同的地段，准备分阶段架设，总长度 21 公里。可供电所突然来电话，说要停电检修一个星期。沿线架设所需的许多设备都得用电，没电自然架设不成了。朋友找到供电所所长商讨 21 公里铝线运到目的地的安全问题。

所长拍着胸脯说:"在我们鄂尔多斯的地盘上,请你放心,你的东西不会丢失,就是放一年,也不会丢,丢一卷我给你赔十卷。"

亲密接触

2011 年 4 月,鄂尔多斯国际煤炭博览会在鄂尔多斯康巴什新城举行,我有幸代表陕西煤业化工集团参加了这次博览会。这是我第一次深入到这座外界传得沸沸扬扬的"鬼城"——康巴什。

宽敞的街道之间高楼成群,办公场所和活动绿地连成一片,富有蒙古特色的城市雕塑给人带来彪悍与壮实的直观感受。无论从哪方面看,这都是一座相当漂亮和现代化的城市新区。然而走在街上,我却很少能看到市民,只有交警和零零散散的环卫工。

设计展厅的张悦经理向我抱怨说:"布展的一切材料都得从 900 公里外的西安运来,这里没有,到 20 公里外的东胜采购,价格高得简直让人接受不了,住宿、吃饭也得去东胜……"看着空荡荡的街道,我深以为然。

此次博览会在新落成两年的会展中心举行,接待我们的鄂尔多斯市煤炭局领导,向我们详细介绍了康巴什的过去与现在。这片在 2004 年还是一片荒漠的土地,被设定为鄂尔多斯市的政治、文化、金融、科研教育中心和汽车制造业基地后,便随着鄂尔多斯市政府驻地的迁入,掀起了一场声势浩大的"造城运动",仅用了八年时间,就建成了一座高规格的、具有相当规模的现代化城市。

我感叹于这足以媲美"深圳速度"的发展速度,同时一个个疑团也在脑子里浮现:这个城市是如何以这么快的速度建起来的?尤其是资金来源、规划设计和手续的审批等等。

现场的一位工作人员这样解释:"在我们这个地方,规划设计很简单,荒无人烟,你想咋规划就咋规划,没有那些人为的障碍。在审批的手续上，除少数民族省份享受国家许多优惠政策外，康巴什是举鄂尔多斯全市之力建设的，完全是政府行为，能不快吗？在资金方面，除政府投资外，还有许多财团看好这里的发展前景，因而民间资金占去了城市建设的重要份额。据不完全统计，鄂尔多斯有100多个地下钱庄参与新城建设，它们是康巴什建设的重要资金保证。虽然外界说我们是"鬼城"，连美国《时代》周刊也这么说，说没有比这个问题更让众多经济学家、投资者和银行家们夜不能寐的了，可他们说他们的，城市的楼房还不是一栋栋在建吗？因为投资到这里有回报啊！在这里创业能发财。"

这话当真不假。

给此次展会供花的老板是一个二十岁刚出头的关中小伙，西北农林科技大学毕业，学的是畜牧专业。小伙子说，他这个专业就业面很窄，找了一年多也没有找到工作，结果谈了个四川的女朋友，她父亲在离康巴什不远的一个工地上当包工头，所以他就来这里发展了。建了两个大棚花房，四年下来，除一辆新买的丰田越野车外，手里还有二百多万流动资金。

这是 2011 年 4 月在康巴什的见闻。

狂热过后

此时 2008 年的金融危机已经过去了三年多，那场"风暴"没有对这个新兴城市的建设带来多大影响，地下钱庄庞大的资金流依旧支撑着这座城市不断向外扩展。

就在同年的 9 月份，一个陕北从事煤炭生意的朋友路过铜川，向我表露了他的担心。他说这几年参与个人融资，越陷越深，把多年的积蓄，还有亲戚朋友的积蓄，一共 4000 多万元，都投到康巴什城里去了。集资的老板据说有 12 亿的流动资金，现在是每周都要开会，一开会就吵架，说要不就退款，要不就降息、停息。朋友说，他这4000万里他自己的只占很少一部分，大头都是亲戚朋友的，现在风声鹤唳，连觉都睡不安稳，这次回去得尽快把资金撤出来，看来通过这个渠道发财风险太大。

朋友还向我透露，康巴什建设的资金筹集，已经辐射到周边的陕西榆林等地，不仅涉及煤老板、财团，而且已经遍及工薪阶层、小商小贩，甚至挖煤的农民协议工等。

与朋友的这次谈话过后不久，鄂尔多斯、陕西榆林就不断爆出民间集资资金链断裂的新闻，尤其是赶上煤炭市场动荡，煤炭价格持续下跌后，媒体开始从不同角度对这一地区民间集资现象进行披露，所有的关注者在这轰炸式的媒体报道中，都感受到鄂尔多斯民间集资出大问题了。后来我前往榆林，想了解一下民间集资的新情况，当地人三缄其口，当地的媒体朋友说，这事牵涉面太广了，实在敏感，不建议我再进行采访。

不过在闲谈中我发现，每一笔资金链的断裂都与煤炭价格的下跌有关，而资金流的去向又和康巴什的房地产联系紧密。在陕北，我又碰到了上次在铜川交谈的那位朋友，接上了上次的话题，他说多亏他意识得早，4000万元本金收回了一半，没有血本无归已经算不错了，剩下的只能慢慢还。现在他手里还有康巴什抵账的两套房子，价格远远超出当地平均房价，但是卖不出去，还得缴纳物业费。

鄂尔多斯官方信息反映，康巴什新区建设虽受煤炭价格和全球经济下滑的影响，但鄂尔多斯的能源经济有足够的能力支撑起这座正在建设的新城。

官方的消息被在康巴什做煤炭生意的张女士所证实。她说，虽然外界都在传，资金链的断裂导致这座城市真正成了"鬼城"，但康巴什的房价并没有降，所有的商铺、门面房都卖出去了。真正赔钱的是在康巴什租门面房做生意的外地人，原因是康巴什城市发展还没有达到预计的规模，城市功能还没有真正发挥出来。像我知道的煤城铜川新区曾经也是这样子，走在大街上很难见到一个人，出租车都很难搭上。铜川新区经过二十多年的建设才达到现在的水平，这里短短几年时间，形成这么大的规模，难道不是奇迹吗?!

第三辑　我曾遇见那样的自己

"做你自己，因为别人都有人做了。"

我在煤矿下井的那些年

我 20 世纪 80 年代从工程兵部队复员时，农村已经实行土地承包生产责任制，煤矿也推行用工制度改革，在农村招收大量的剩余劳动力，作为"农民协议工"去井下挖煤，农民协议工不改变农民身份，待遇和固定工有本质的区别。我当时二十出头，意气风发，很想干一番事业，毫不犹豫地报了名，成了蒲白矿务局白堤煤矿（后和马村煤矿合并，现已破产）采煤二队的一名协议工，开始了我井下长达十年的煤海生涯。

一

第一天下井，队长田定运在班前会上做动员。田队长高挑的个子，稍显驼背，他紧绷着脸严肃地说："你们是协议工，我们那时是轮换工，实际都一球样，咱们都是农村来的，因为穷才下井挖煤，不然谁愿意钻这黑窟窿。大家都不容易，来了都是一家人，没有协议工和正式工之分。这行命都归阎王爷了，干活儿相互照顾点儿，不然石头不长眼，也不认人！命大的多挣几年钱，日子过得差不多了就赶紧收摊子，倒霉了断胳膊缺腿是轻的，死了也没有人说你是英雄……"

既来之则安之。命交给谁都一样，没有退路可走。说是这样，可胆怯的心还是怦怦跳个不停。新工人下井必须师傅带徒弟，这是

119

煤炭生产一条铁的纪律。分配给我的师傅叫李智富，是1980年矿上招收的最后一批正式工。师傅高个子，话不多，眉清目秀，说一口陕北话，给人一种坦诚的感觉。他跟我说："井下没有队长说的那么可怕，多长点儿眼就行了。我已经来三年多了，一天工伤都没有休过。咱们都一样，我们老家比你们这儿还穷，但凡能活下去，我都不来下这苦，以后相互照顾着，没事。"师傅的话让我悬着的心有了一丝安慰。

我跟着师傅下井上第一个班就是在工作面打眼放炮、清煤、打柱子。四十米长的工作面分四个作业段，班长在班前会上说，我俩负责溜子尾十二节槽子，师傅还和班长争执了几句，大概意思机尾顶板不好，我又是新工人第一次上班，工作量有些大，需要调整一下。最终班长没有同意，李师傅的话在班长面前没有搁住，脸上流露出不满的表情，但言语上没有任何反驳。井下分工很细，有掘进、采煤、通风、运输等多个工种，我虽然在学习期间下井参观过，到过采煤工作面，可也只是走了一遍，东西南北都分不清，所以关于工作面是啥样，压根没有概念。对于班长的分工、师傅的争辩，我完全没有理解。在班前会上看到大家都是懒洋洋没睡醒的样子，就连值班队长点名也懒得搭声。我是接受过军营训练的人，看到眼前这种境况，心里很不是滋味，也不敢想象以后会发生什么。谁知班前会刚一结束，大家就像换了个人一样，走起路来蹿得比兔子还快，换衣服、领矿灯、下井交工牌，不顾一切地往黑暗的尽头赶，瞬间就消失在我的视野之中。五百多米深的井筒、摇摆的罐笼，还有像下暴雨一样的流水，打在罐笼上噼里啪啦地直响。通往工作面的主巷道悬着龇牙咧嘴的石头，脚下高低不平，进进出出拉煤的电车丁零咣啷地从身边擦肩而过，直流电线摩擦出的弧光刺得人眼睛都睁不开……这些似乎和他们毫无关系，他们身上背着各种工具，走起路来叮当响，行进速度不受一点儿影响。

白堤煤矿是公私合营时从民族资本家手里接管的国有煤矿，具有上百年的开采历史，地下条件异常复杂。我在下井参观时看到那种艰苦和危险的程度，也曾产生过退缩的念头，但上第一班看到"黑哥"们步履如风，杂余的念头就被抛到九霄云外，只剩一个紧紧追赶的心思。我有当兵的老底子，上坡下坡，走轨道，过风门，穿溜子巷，基本没有掉队。

第一班在李师傅的指导下，我们相互配合干得很默契。师傅是个慢性子，而我性子急，我们优势互补，把活儿干在了前边。第二天开班前会，队长还专门对师傅进行表扬，说师傅带徒弟有方，手底出活儿。

攉煤、移溜、打柱子，我跟着师傅干了四年，成了生产班的大班长，师傅还是干他的老本行，日出日落，兢兢业业，无怨无悔。

在矿上，我们协议工因为没有编制，被人叫作"二等公民"，仿佛低人一等；但是在井下，我们从来没有二等公民的感觉，因为挖煤的大部分是从农村出来的，都非常珍惜这份计件付酬的工作，干起活儿来劲头十足，不怕吃苦也不分你我，就像在同一个战壕的战友，时间久了亲如兄弟。

我们每天六点起床吃早饭，七点钟开班前会，接受安全教育，领生产任务，七点四十分换衣服、领矿灯、自救器，八点钟准时下井。工作面劳动八小时，加来回路上两小时，正常升井就到下午六点钟，七点洗澡换衣服，八点钟吃晚饭。赶上白班，两头不见太阳，遇到工作面冒顶或事故，工时延长，就没有个准确下班时间了。有一年的大年三十上早班，算好时间六点钟下班回家过年，谁知工作面冒顶，成堆的主梁柱子和交接顶梁压在里面，如果不及时刨出来，下一班就难以正常生产。于是，大家都把过年的事先搁置，鼓足浑身的力气，一直干到凌晨三点，把柱梁全部回收出来，才拖着疲倦的身体升井，再骑自行车赶二十公里的山路回家。到家时天已麻麻亮，周围响起了新年的鞭炮声。

下井是二十四小时三班倒，最难熬的是上夜班，半夜十二点就得起床，那种疲惫困倦难以形容。而我那时年轻，反而喜欢上夜班，因为白天可以骑自行车到处逛，农忙季节还能回家干一整天的农活儿，上班、种田两不误，着实让村里人羡慕。

20世纪80年代初期，煤矿生产条件非常落后，放炮、拉煤、回柱放顶全靠人工劳动。这种超强的体力劳动，工人几乎都是光着膀子干，因为如果穿工作服，身上就没有干的时候，而且全是汗臭味。这些我都不在乎，在农村干活儿也一样卖力流汗，可是在井下卖力是为国家做贡献，还能领到优厚的工资，干得好了大会小会表扬，让人感觉汗不白流，内心很光荣。

我们矿具有上百年的开采历史，井下生产条件异常复杂，和现在的榆林煤矿开着汽车下井，操作键盘出煤，那简直是天壤之别。没有经历过的人，无法想象在我们这种恶劣环境下，是咋样采出煤来的。在煤矿下井的那十多年，生产难度再大再苦我也没有怕，也没有抱怨，几次与死亡擦肩而过，我也没有退缩，不过有一点生活小节确实让我犯愁过，那就是洗澡换衣服。那时的煤矿后期保障设施简陋，不像现在煤矿有淋浴，有洗工作衣的烘干房，更衣室还有暖气。那时我们矿只有一个大澡堂，有时水几天也不换，脏得能当写字的墨汁用。工人每天必须从里面过一遍，那种感受可想而知。冬天相对还好些，遇到夏季，那刺鼻的腥臭味，几乎令人窒息，感觉洗和不洗差不多，出来之后眼圈和耳朵全是黑的，十多年来天天如此。所以到现在谁说洗澡，我身上都起鸡皮疙瘩。换衣服也差不多，更衣房有窗户没窗帘，玻璃也碎得七零八落，暖气基本是摆设，夏天无所谓，但到了冬季，横冲直撞的西北风打在正换衣服的身上，简直像刀割一样难受。再将湿漉漉的衣服穿在身上，那种钻心的刺痛让人不愿再回想。

我们农民协议工在井下跟正式工一样干活儿，受同样的罪，却不能和正式工享受同等待遇，想起来心里有说不出的委屈。比如工伤住院，正式工是免费的，而我们协议工就得先缴纳住院费，然后再协调所在乡镇报销，因为劳务输出是矿方和乡镇签订的集体合同，明确有一条就是发生工伤事故由公社负责，矿方从每人的工资中提取17%交公社支付工伤医疗费。说是这样，可真发生了工伤，矿上不管，找公社基本上都是一推六二五，不认账，公社变镇后更没有人管了。这个情况挫伤了大部分协议工的心，许多人不辞而别，一时间造成井下用工尤为紧缺。尽管如此，我还是很珍惜这份工作。

二

在很多人心中对挖煤有一种偏见，认为挖煤是粗活儿，也是粗人干的，只要能下苦就行，不需要文化，实际并不是这样。新中国成立以前暂且不说，新中国成立以后，国家非常重视煤炭生产，不断提高对煤矿工人的素质要求，矿领导几乎都是从专业学校毕业的，生产工艺设计规划非常精细，尤其对安全生产抓得很紧，新工人入矿须先进行脱产培训，坚决做到不安全不生产，无论协议工还是正式工都一视同仁。

"师带徒"就是一个提高工人素质的有效手段。采煤工作面，班长将工作量分为若干段，两人一段，师傅为"段长"（有煤矿叫茬长）。每段都需要在有限的时间内完成打眼、装药放炮、攉煤、架棚、移溜子、回收高空浮煤等工序。刚开始，我只能抱柱子、攉煤、帮师傅拉料，一个月后开始学打炮眼、装炸药、移溜、打柱子和拉大锹，三个月后就成了段长。在一次局组织的技师考评测试中，我们师徒俩干了十二米的活儿，产煤五十吨，创造了单段全矿生产最高纪录，我也被评为全矿先进个人、矿务局优秀团干部。

在我当段长期间，身边曾经发生两起重大安全事故，给我的心灵造成很大冲击。

贾师傅是 1968 年从陕北革命老区志丹县招收的正式工，说话家乡语气重，一般人不太听得懂，所以他很少说话。他不认识字，井下看工具只能画圈，不过秉承了陕北人吃苦耐劳的优良品质，非常能干。我们在一个时间段上班，但分工不同，他干的是井下采煤工作中相对比较轻松安全的打缺口，是为生产做准备的，而我是出煤段长。有一次，我们到工作面时里面正在放炮，大家都聚在缺口等待，此时我们的马班长正在滔滔不绝地讲他的黄段子，突然从缺口密柱夹缝中掉下来一块磨盘大的石头，直接砸在贾师傅脊梁骨上，只听"哇"的一声，我一时慌了手脚，不知所措，还是马班长有经验，顺手用有放顶的千杆把手头慢慢地撬起来，再叫我刨垫在贾师傅背下面的煤，其他人缓缓地将人拉了出来。马班长放下千杆摸了摸贾师傅的脉搏说，人还活着，马上三步并作两步跑到溜子头，给调度室打电话汇报，请求紧急派医疗救护队下井救人。为争取抢救时间，同时安排我和另外两名工人用溜槽将人从工作面往外抬。可是此时溜子巷全堆满了煤，人都要爬着往里走，何况抬人。我说开溜子往外拉吧，班长狠批我说："溜子拉人是严重违章，你还想自作主张拉工伤，让矿上知道了肯定开除。"我说："这是万不得已，我本身就是农民工，不让干了马上拍屁股走人。"

正是因为我果断"违章"，为抢救赢得了宝贵的时间，贾师傅最终活下来了，但神经线已断，下肢瘫痪，再也不能站起来了。三个月后，我再次去矿务局医院看望他时，贾师傅已经坐在轮椅上，身边吊着个尿袋子，和那些同样在井下受伤坐轮椅的工友在院门口晒太阳。我还没有想好安慰的话，贾师傅老远就看到我了，向我招手。我快步上前握住他的手，一时不知该说些什么。他先开口了，用浓厚的陕北口音说："这下完了，和你嫂子干不成那事了……"一句话惹得旁边坐轮椅的工友笑出了声。我笑着笑着眼眶一下湿润了，若不是亲身经历，我都不敢相信后半生都要在轮椅上度过的瘫痪矿工，竟有这样坦然的心态，也许贾师傅从下井的那一天起，就已经把自己的生命置之度外了。

还有一位何师傅，是1973年从咸阳某县招工来的，放井时一锤敲下去，老顶来压大面积垮落，瞬间把他埋在石头堆里，没了任何动静。从石头缝往里看，有一丝微弱的灯光，人就在那里。矿领导和医疗救护队紧急赶到现场，可咋样把人救出来成为大问题，上面的石头还在不停往下落，人命关天，时间就是生命。我年轻，一股脑冲在前，硬是用一个多小时从石头缝里挖开了一个小洞，可霎时间顶板再一次大面积塌陷，覆盖了大半个工作面……何师傅由于伤势太重，内出血，最终没有抢救过来。班长跟我说："要是再慢十分钟，你也和老何一样，去阎王爷那儿报到了。"

朝夕相处的两位工友就这样在我的眼皮底下轰然倒下，确实让我胆战心惊了好一阵子，而老工人还和平时一样该说的说，该笑的笑，像什么都没有发生过似的。在他们的感染下，尤其不时想起贾师傅坐在轮椅上还开玩笑的样子，我也慢慢变得豁达，走出了事故的阴影。

两起特大安全生产事故的连续发生，引起了上级重视，矿领导大会小会上点名批评，并亲自跟班到现场，下决心改善生产流程，把发生安全事故的可能性最大程度降低。采煤队打眼装药放炮、回柱放顶不再以段为生产单位进行安排分配，而是以班为单位将打眼放炮单列出来，成立回柱放顶班，段专门出煤。调整后效果比较明显，不仅加快了生产进度，伤亡事故也大幅度减少。

三

1986年是我下井的第四个年头，由于业绩突出，越过了副班长这一级，直接从段长提升为班长，管全班五十多人。我把全部心思用在了生产上，带领全班月月出满勤，班班干满点，严格按章作业。可生产任务还是赶不到前头，大家跟着我苦不少下，月底开工资和其他班差好多，所以怨气很大。每次开班前会，领导也会转弯抹角批评我，我非常苦恼烦躁，甚至怀疑自己是否有当班长的能力。这时老班长告诉我，在井下不违章，就别想出煤，我听了他的歪理，也冒险干活儿，产量确实提高，可工伤事故不断，连我自己也好几次和死亡擦肩而过。

记忆最深刻的是一次上夜班，工作面的煤拉不出去，因为拉煤的溜子开不到一圈就停下来了，而工人急于干完活儿升井，把煤都攉在溜子上，压得溜子几乎转不动，44千瓦电机嗡嗡直叫。作为班长，我比谁心里都急，急起来顾不上危险，借着溜子缓慢开动的余力，我站在上面将溜槽的煤一锹一锹地往外刮，随着负重的减轻，溜子一下超速运转起来，把我的一条腿夹在溜槽的夹板上。此时开溜子的副班长睡着了，再晃灯溜子也停不下来，眼看人随溜子转到了机头，若从电机上滚过去，那我就真的要和这个世界告别了。就在危急时刻，一名攉煤工路过听到我的呼喊，及时按动了停止开关，我才捡回一条命。在当时的那种环境下，对于这种事，大家差不多都麻木了，一起把当班的任务完成，就和什么事没有发生过一样，第二天照常上班。只是多年以后回想起来，才感觉那是侥幸躲过一劫。

我非常珍惜班长这个兵头将尾的小官，每次开完班前会，我都是一路小跑比工人提前十多分钟到工作面，根据生产现场实际对班前会分工临时调整；快下班时，我再将工作面检查一遍，不给下一班留隐患，然后电话给队值班室汇报当天的生产进度。我也从来没有为这种危险、单调与辛苦产生过烦恼，不管领导咋样安排，条件多么艰苦，都是满口答应积极接受，哪怕是在最艰难时期生产任务上不去，也是任劳任怨，没有条件创造条件，人手不够一人当作两人用，千方百计地完成矿上下达的生产任务。可以说我这个班长当得很尽职，问心无愧。

在我当班长的五年中，带领全班月月超额完成生产任务，曾连续六个月工资收入全矿第一，有三年都超过全矿四个采煤队职工的平均收入。工人们都争先恐后地往我们班里调，我也成为白堤煤矿采煤二队最引人注目的班长。

我下井十年，侥幸的是没有发生过大小工伤，但有时也为了工作不得不采取一些过激的行为，几乎造成严重的后果，现在回想起来也感到后怕。有一次矿里从陕南招来一些新协议工，分给我们班几个，有一个到井下就睡觉，开始几个班我说了几遍，但他屡教不改，实在没有办法，我在骂的同时动了手，这在井下是再平常不过的事情。谁知这小子记仇，下班后不知从哪儿找来一把菜刀，趁天黑冲到宿舍，抢起菜刀就向我砍来，还好那时我年轻灵活，躲避得及时，只是手腕划破了一道血口子。我没有报案，想单独做做小伙的思想工作，陕西贫困山区的，能招工来矿上多么不容易啊！谁知这小子当天就逃之夭夭，再没见了踪影。

还有一位和我一前一后来矿的协议工，说话非常和气，总是班长、班长叫个不停，就是有赌博的坏毛病，打一天牌来上班，到井下就睡觉，而且找的地方很隐蔽，一般人难以发现。再怎么骂都是哈哈一笑，就是不干活儿，谁拿他也没办法。大家意见很大，尤其是新招收的职工子弟，本来就难管理，看我拿这人也没辙，就放出风凉话，说："我以后下井也光睡觉不干活儿，看他能咋样。"我暗下决心，必须用绝招制服这个光睡觉的，杀鸡儆猴，震慑八方，不然以后工作都无法进行下去了。一次夜班，下井时我紧跟在他身后，发现他一到井下就关掉矿灯，倒在机尾回风巷睡觉。我盯准目标心里想：治你小子这坏毛病的时候到了。本来先从机头开始放炮，我专门让从机尾开炮，放炮工不知道我的用意，当然，也不能让他知道，这是人命关天的事情，一旦出现意外，我一人担当，不能连累放炮工。炮声一响，那小子哭喊着从里面爬了出来，满脸是血，虽然没有伤着要害，但脸上留下了永久的伤疤。我只能当面道歉，撒谎说不知道里面有人。他倒是明白，说："我知道你是故意的，但还要感谢你，不是班长你那一炮，我打牌的坏毛病就改不了，井下睡觉早晚要出大事故的。"这番话让我亏欠的心情稍有些平复，后来我们还成了终生的好朋友。

农民协议工这种用工制度尽管存在不少弊端，但促使大批农村闲置的青年劳动力来到煤矿工作，缓解了井下生产一线缺员的危机，所以很快得到了全省煤炭系统的肯定。省煤炭厅把协议工用工制度存在的问题提到了议事日程，副省长针对此事专门到白堤煤矿（马村）调研，并提出：煤炭生产是国家经济的支柱，协议工政策的实施，为一线生产增添了新生力量。为了让这股新生的煤矿工人留得住、安下心、有奔头，每年选拔15%的协议工转为全民合同工。

这个政策的实施调动了全省煤炭系统协议工的积极性，我们采二队三个协议工班长均符合转正条件，我是其中之一。

四

我在没有影响上班的情况下，办理了粮户转移关系，终于脱掉"二等公民"的外衣，成为一名正式的合同制工人。从此我走路昂着头，见人面带微笑，用眼神传递一种信息——我已经不是协议工了。有了主人翁的心态，工作上更加积极，我浑身上下像打了鸡血一样，有使不完的劲。那时没有什么物质奖励，送贺信就是至高无上的荣誉，我们班出煤多，贡献大，使全队月月超额完成生产任务，矿党委副书记带队，敲锣打鼓将贺信送到了班前会，我也因此在矿上小有名气。除大会小会表扬外，队长还私下找我谈话，说："现在咱队还缺个副队长，你是最好人选，我已向矿上推荐，估计没有啥问题。"有了队长的肯定和承诺，我工作更加努力，工作面搬家任务很艰巨，我连续三天两夜没升井，饿了啃馒头，喝凉水，困了打个盹再干，带领弟兄们硬是在条件不具备的情况下，赶时赶点完成任务，矿上的大喇叭连续播送宣扬了好几天，那种强烈的荣誉感让我精神抖擞了好一阵子。

80 年代初期，国家鼓励煤矿多出煤，极大地调动了煤矿工人的生产积极性，白堤煤矿原煤产量刷新历史纪录的捷报频传。但是，煤炭运输系统滞后，机车拉不出去，严重降低了出煤效率。为了完成当班生产任务，36 度 60 米长的绞车跑坡，我一个班为了拦拉煤的机车，不知道要跑多少个来回。

煤运不到地面，生产任务就完不成，工人就拿不到工资，矿务局大会小会点名批评，但是不从根本上解决运输系统老化的问题，出煤少的问题就得不到根本解决。大家辛辛苦苦上一个班，白辛苦还要受批评，心里也非常委屈。

煤出不来，工人发牢骚，作为班长我急得恨不得多长几条腿，就是跑死累死，只要能把煤运出去，也无怨无悔，但是近 10 公里的运输线不归班长管，而且系统老出问题，谁也没有办法。领导不问青红皂白，拿生产班说事，搞得班长们老鼠进风箱——两头受气。一气之下，我写了一篇《领导啊，您怎么光知道训人——一个采煤班长的苦衷》的新闻稿，寄给了北京的《中国煤炭报》，万没有想到一周后在头版头条发表，还加了《领导要去一线办实事》编者按。这下真是火了，身边的人说，你闯大祸了，别说当上副队长了，开除你都很有可能，因为你在全国煤炭系统揭露了矿上的阴暗面。事情有这么严重吗？我反问自己。无论怎样，事情已经发生了，必须镇静下来，就当啥事都没有一样照常上下班，做好随时被开除的思想准备。

谁知一切都朝出人意料的方向发展，矿务局局长亲自到矿上找我，认为我有思想，有水平，是个干煤矿的好材料，要求矿上将我作为提干对象重点培养，并在全矿务局范围开展关于《领导啊，您怎么光知道训人——一个采煤班长的苦衷》的大讨论活动，促进干部作风的根本转变。我当时犹如做梦一样，由衷地钦佩领导非凡的管理智慧。从那以后煤矿井下运输系统得到了彻底的改善，我也从中悟出了一个道理：努力的事不一定能成功，但是要想成功必须努力。特别是在遇到困难和挑战时，责任心能使人坚持，并能激发出更大的勇气，使人从被动走向主动。

我做班长在矿上干出的是小名堂，一篇文章让我在矿务局写出了大名气，《中国煤炭报》领导找到矿务局让我当驻省站记者，矿各部门争先要我这个所谓的"笔杆子"。

一年以后，我服从调动到矿安全监察处当秘书，安监处也下井，但属于二线，每月只有几次下去例行检查。就这样，我在下井十年之后，彻底告别了井下挖煤生活，开始吃"煤"文字这碗饭。转眼四十年过去了，我出版了五部文学作品，写了五百多篇新闻稿件，多数都与煤矿息息相关，细细想来，正是那十年的煤矿挖煤经历给予我莫大的鼓励，让我这个农村娃有了冲劲，有了为煤矿、为矿工发声的勇气和担当。

《黑与红》创作随笔

一

《黑与红》是我历时三年多完成的一部三十余万字的长篇小说。故事描述了 20 世纪七八十年代，主人公从黄土高原一个偏僻的山村，到鳌北煤矿工作、生活的经历。

1982 年年底，我从部队复员回到了农村，几年的军旅生涯使我无法再适应日出而作日落而息的农村生活。但出路在何方，我不知道，于是陷入苦苦的思索中。很快，命运给出了答案，那年刚巧赶上煤矿来招工，我便成了一名井下挖煤的煤矿工人。弹指一挥间，我已经在煤矿工作了三十六个年头，浑然不觉居然要退休了。匆促的岁月，许多事情还没来得及仔细琢磨，就已成了过眼浮云。我在颠沛流离中不知不觉到了知天命的年岁，曾经的无限风光、美好的记忆、豪情万丈的幻想，都被岁月冲得无影无踪。

儿女们在别人羡慕的目光中长大成人，我为此自豪，大学毕业在外人眼里是多么的荣耀。然而光环之下，面临的是找工作的难题，这是决定一生命运的大事。自古以来，没有天上掉馅饼的好事，想要找个好工作，需要打通各种关系，全身心投入协同作战。屋漏偏逢连夜雨，我万万没想到，已在知天命之年的我，竟然也因为单位

131

的改制，而需另谋生路。没有背景，没有社会资源，谈何容易？经历多了，原本强大的内心，慢慢由于现实接二连三的打击，损耗到快要无法支撑。

我徘徊在都市街头，对酒当歌。喝吧，眼前只有酒可以让孤独的灵魂得到暂时的安抚。喝，喝了多少全然不知，喝到一动不动躺在马路边的花坛上。不知过了多久，身边围了不少的民工，对于一个烂醉之人，他们瞬间闪现出恶念。朦胧中只感觉有刀子在割我的裤兜，我心里虽然明白，身体却没有丝毫反击力。听天由命吧。我想，他们也是弱者，只是看到露宿街头的醉汉，胆子才突然大了。

待完全清醒时，已不知是几点，发现裤兜被拉破了半尺长，幸亏农民工给足了面子，刀子有眼，没有伤到肉体，他们只是拿走了我的手机和公交卡。清冷的宽阔的大街，出租车看到我这个东倒西歪的酒鬼，油门一踩消失在宽阔的大路上。夜深人静，没有嘈杂，突然想，人若能长期生活在这样的夜色里该多好。

经过一段时间的静心思索，突然坦然了许多，我不能继续颓废下去，我要沉静下来，重拾多年的梦想！

以前从事企业宣传采访，积累了煤矿一线矿工素材，一直没敢动笔，多年来，只写了一些新闻报道，底子薄，加上惰性的弱点，错过了文学创作的最佳年龄段，现在不能再错过了。

二

有人说，写作原本是一种精神的宣泄，对我来说，还有一个原因，是我对这个行业的感情。我从事行业报记者二十余年，经历了煤炭工业翻天覆地的变化，采写了无数的人和事，为这个行业留下了近千篇的新闻报道，算得上是煤炭发展历程的参与者、见证者、记录者。印象最深的是煤老板和矿难。煤老板属于特殊群体，从发家到没落几乎是他们必经的过程。我亲历和采访过的矿难不下十起，深知那种灾难对一个人乃至家庭的毁损，是无法用语言描述的。我通过我的小说、我的文字，唤醒人们对地下八百米深处煤矿工人的理解。

一个人的教养，取决于他怎样对待底层人民。我也曾身处底层，从农村到部队，又到煤矿井下挖煤，这样的经历是珍贵的，所以我要拿出百分百的勇气，记录在我身边发生的故事，记录煤矿井下这个非同一般的行业里的喜怒哀乐。

创作过程是痛苦的煎熬，无数次问自己："我能行吗？"

"能行，认准的路必须走下去。我当过农民，挖过煤，卖过炭，用架子车拉煤换粮食，又是煤炭记者，有能力写，有义务写。"我对自己如是说。

提笔方知，文学创作不是新闻报道，它需要强大的文字功底、丰富的生活素材，还有深度的主题思想。提笔之前先对创作中涉及的人物脉络做了梳理，一年后，我用键盘敲出了这部长篇小说的第一个字。书名当时定为"煤炭世界"，因为路遥在《平凡的世界》中描写的那个煤矿，恰恰跟我在小说中要写到的那个煤矿相邻，而我们笔下的故事又是同一个时代的事情，自然就想到跟他这部作品相类似的名字。

小说除了讲故事，更重要的是反映一个时代的缩影，用人物的命运衬托一个时代，展现这个时代中人的生活轨迹和生存状态。他们说作家的第一部作品，会把积累的生活素材用得淋漓尽致，我也尝试如此，从过往经历找到切入点，从周围人的命运展开故事，铺垫必要的背景，使作品在追求艺术效果和可读性的基础上，呈现最真实的一面，打动和吸引读者，产生感染力和影响力。

改革开放初期的 1983 年，是国民经济建设快速发展的一个时间节点，国家需要大量的煤炭储备作为基础能源支撑，于是在鼓励政策的引导下，一批又一批踊跃的农民工，投入到缓解国家缺煤之急的历史进程中。随着科技突飞猛进的发展，生产工具越来越先进，生产效率大幅提高，这些文化素质普遍偏低的农民协议工很快被淘汰。我曾经就身处这股时代的洪流中，被裹挟，被推动，我不希望这段经历被淡忘，不希望那些人和事就此不再被提起，不去用笔和纸将之记录下来，或许将成为我一生的遗憾。

办公室里各种声音掺杂在一起，一边有客户谈生意想买煤，一边是报社反映问题，要求解决煤矿纠纷。就在这乱糟糟的环境中，我整理着陈旧的记忆，开始了自己的长篇创作。

三

当作品第一章即将完成时，我所在的煤炭网络公司董事长因癌症不在了，从发病到走一共两年时间。他发家于煤，鼓励我写煤矿题材的作品，并承诺拍成电视剧。失去朋友的悲伤，使我有一年多的时间深陷其中无法自拔。忍痛帮他的家属处理公司的后续事务，一时间失去了写作的心情。

随后我所任职十多年的老牌企业在各种资源整合中，被"整合"掉了。我本来是完全靠工资养家糊口的，没有了工资，大多数人会放弃爱好先考虑生存。但是在惶惑中我对自己说："必须写，只有写，你的灵魂才能平和安宁。"

为了克服倦怠，我给自己制订了计划，每天最少写3000字，只许多不许少。这招果然奏效，最多的一次我一天完成了1.4万字。

腊月的一天，我赶路一百多公里去参加战友孩子的婚礼，往返三天。为了不影响写作进度，我用柴火把土炕烧热，趴在炕上敲键盘，谁知土炕烟囱堵了，烟全倾在房子里。我只好把窗户打开，东北风吹散了死烟，却也带来了寒冷。条件再艰苦，我也要赶时间。

我不管不顾地写，沉浸在小说人物的命运之中，不知不觉地趴了五六个小时。等我从小说里走出来已是凌晨，倒在缸子里的开水已经结成冰块，此时，我才感觉到肚子的饥饿。

农村的婚礼主宴比城里晚两小时，算起来从下午两点到现在已十一个小时，一桌本是十个人的位置，被带着孩子的硬挤成了十三个，菜盘子还没等服务员在桌子上放稳，十多双筷子早就上去了。我是在这样的环境中长大的，虽早有思想准备，但这会儿的肚子就是感觉怎么也填不满。我找遍了所有能想到的地方，什么吃的也没有。半夜饿得眼前金星直冒，硬撑到天亮，赶到镇上的水盆羊肉馆，要了双份肉，吃了四个馍。

四

煤矿作家杨智华老师提议，把书名改为"我的兄弟我的矿"。杨智华老师自己出版过多部煤矿、军旅题材的高质量作品，产生了很大影响。他还掌管着当时西部最大的煤炭企业——铜川矿务局文学作品的发稿大权。他把发现作者、培养作者、提携文学新人当作使命，使我们这些写作新手有了机会。杨智华老师说，小说写的全是井下一线矿工的生活，用"煤炭世界"做书名有些题文不符，会影响后面的创作思路。不如直接面对矿工，写矿工，那样会更得心应手，写起来不至于偏离主题。

第三章完稿后，在河南作家袁海英公众号"行苇春秋"编排刊发，得到了煤炭战线上文学爱好者广泛的好评，同时被大型期刊《五月》转载，这更增加了我完成这部作品的决心。

天太热了，我又偏胖，受不了热，于是将空调的温度调到18℃，直接对着肩膀吹。就这样度过了整个三伏天，也度过了创作最艰难的时期。但是我的肩肘和颈椎却被空调吹出了问题，严重到早上起不来床、夜里睡觉不能翻身的地步。剧烈的颈椎疼痛，迫使我停止了写作，为此我跑遍了西安不少专科治疗的医院，尝试了各种专家医生的治疗方案，以及各种按摩推拿的方法，症状不但没有减轻反而还在持续加重，重到抬头看电脑都很困难，手放在键盘上手筋抽得发麻，坐不到半个小时就痛得一身冷汗。我本来就重度偏高的血压也来添乱，那段时间数值直线飙升。身体的不适造成的痛苦，导致我的情绪再次跌到了低谷，医院最终诊断说只有动手术这一条路了。

纠结中，一天早上散步，城墙边的一堆垃圾旁边，七八个人光着膀子，身上扣了不同数量的竹盒子，里面冒着烟。我问了情况，满口河南音的年轻小伙子说是用艾灸治颈椎，包治包好。又让我脱了衣服，"诊断"症状说，只用十天两个疗程，保证手到病除。我还在犹豫之中，"郎中"已经对我下手了，用一个比刷墙的铁刷小的刷子，直接向我的肩膀扎去，又用火罐拔出浓浓的黑血，再用艾熏灸。我本来没抱多少希望，谁知"单方气死名医"的事情在我身上竟然应验了。五天之后我已经没有任何疼痛的感觉，一周之后，本想继续把最后五天的疗程完成，可是从此以后再没有见到那个小伙。身体恢复之后，我沿着这条文学的山路，继续吃力地向上攀登。我深知，作为一名作家，无论身处何方，创作出有深度的作品，才是硬道理。

五

不管别人怎样评价，我认为自己是一个没有远大理想的实用主义者，辍学当兵就是为了跳出农门，吃上国家饭，当协议工下井也是抱着挣固定工资的目的。只是从事了文学创作以后，随着视野的开阔，内心世界逐渐丰富，提高了选择的能力。是文学把我从实用主义者变成一个梦想与实用相结合的人。如果选择安稳，五六年后退休，就可以走遍祖国的大好河山，陶冶情操，那何尝不是一种美好？可我的文学梦总在敲打着我，不容我有丝毫的懈怠。我已到了奔六十岁的门槛，不管别人怎么想，我一定要抓紧时间把我所经历的故事写下来。人生本就无常，艺术生命更是短暂，趁还来得及，完成一本有价值的书，也不辜负自己喜欢的文学，也算在世上没白走一趟！

我的小说讲的是在煤矿井下巷道里所发生的事，里面有许多煤矿工人的专用名词，比如，电缆接头不规范，绝缘层外漏，叫"鸡爪子羊尾巴"；活儿没有干利索升井，叫"胀人"。每个矿的叫法还不尽相同，但都能表达同一个意思。我们矿新调来一位矿长，在调度会上听到汇报说某生产班活儿没有干完，就"胀人"了，他以为"胀人"是人名，非要严格追查，严肃处理，当场闹了笑话。

在创作中，我一边编辑科技期刊，跑市场发行，拉广告，给编辑部人员挣工资，一边要完成作协安排的工作任务，参加会议，从这样的紧张忙碌中挤时间写长篇，我只能努力调整状态，协调时间，保证写作工作两不误。业余作者都是这样，必须把八小时以外的时间运用到极致，一般节假日和周末有充分的时间保证，写起来思路不断线，如果没有杂七杂八的事情，周末两天就可以完成三万字。我喜欢去老家，周五晚上回家，周日下午赶回城，两天里几乎都是只吃一顿饭。就这样焚膏继晷地赶，我的这部三十多万字的处女作终于写出来了。

六

这部小说以我 1983 年到蒲白矿务局（白堤煤矿）后在采煤二队的工作经历为蓝本。这个白堤煤矿之前是属资本家私有，中华人民共和国成立以后公私合营，到底开采了多少年，没有史料记载。那个年代受开采设备和技术的限制，开采操作不规范，加上地下条件异常复杂，我们这批农民协议工在井下的艰难可想而知。改革开放初期，体制机制不完善，人的劣根性在物欲刺激下被放大，这在作品中有不同程度的体现。在故事情节、人物构架形成的基础上，我又把作品的骨架叠加在铜川矿务局王石凹煤矿采煤五区上，因为王石凹煤矿是"一五"期间由苏联援建我国西部的第一座大型煤矿，采煤五区又是连续获得煤炭部高档普采五连冠的功臣采煤队，把故事放置在这样一个载体上，意义可以更加凸显。

第一次去王石凹煤矿，应该是 2001 年，这个矿成立四十周年庆典，我以记者的身份应邀参加。从此以后，和这个矿结下了不解的情结。我对矿区的过去、时下和未来了解得非常透彻，写起来得心应手。初稿完成后，我曾采访过的一位矿工迫不及待地让我把电子版发给他，几天之后我问他能看下去吗，他惊讶地对我说："你没有在我们矿下过井，咋知道那么多井下的事情？太亲切了！你写了我们这一辈人，里面有我，有我的妻子，还有我的母亲。"陕煤集团宣传部任郭英副部长看了初稿后非常感慨，他说对这本书的第一印象，是它还原了那个年代矿工最真实的生活，是矿工们的一部创业史，承载了他们朴素的生活理想，真挚、自然、浓烈，令人回味无穷、难以忘怀。

七

一部成功的文学作品是语言和艺术的综合表现，而我恰恰在这方面有所欠缺；从技巧方面说，我写了二十多年的"本报讯"，新闻稿的要求是"短些，短些，再短些"，长期下来使我养成言简意赅的写作风格，但文学作品需要大量的心理剖析、环境描写和肖像刻画，从不同的侧面立体地烘托主题思想，所以，有的人看了后说你的作品和报纸上的新闻报道差不多，不同的就是长了些。我知道自己读书太少，语言匮乏，写出来的全是干巴巴的叙述，没有生动的描摹，达不到想要达到的效果。虽然清楚问题在哪儿，却也不知道具体怎么修改，只能请知己文友阅读，提出详细的修改意见。

付建卿老师说，他一句一读地读完了作品，感觉不对劲的地方不管是否合适，都顺手改了。他说作品干巴巴的原因是功夫没有下到，要出像样的作品，只有下苦功夫，静下心来十遍八遍地改，功到自然成。付建卿老师的忠告令我茅塞顿开，想要作品成为精品，就必须拿出煤矿工人死都不怕的精神，千锤百炼，认真打磨，打破急功近利的幻想，在初稿的基础上改他个十遍八遍，达不到理想的效果决不罢休。

修改期间我读了大量的名著和类似的文学作品，在风格上抹除新闻报道和报告文学的痕迹，增加文学语言的艺术性。心想，我就不相信造不出一部自己满意的作品来。半年时间四易其稿，到了第五稿改到一半的时候，我已经不知该怎么改。文友看后说，反不如初稿了，他说你的作品就好比是一台农用的四轮拖拉机，你硬要把它改装成奥迪，结果什么都不像。又过了一遍，我便将书稿交给新来的大学生小张，让他在语法和标点符号上把关，我是一个字也不想再看了。小张年轻手快，又是校对专业，不到一个星期，他认真地过了一遍，对不妥的地方用修改符号密密麻麻标记出来，传过来让我看，我说："不看了，你直接处理。"广西期刊出版传媒出版集团原总经理沈伟东和中国矿业大学文学院的史修永教授看了最后的定稿后，给予了中肯的评价。沈伟东总经理是在矿山的子弟学校念的小学、初中和高中，对王石凹煤矿有着深厚的情感，这部作品大都写他的父辈，写他们小时候在矿上的经历，所以他感到分外亲切，提出了不少诚恳的修改意见，并推荐给出版社。他建议把书名改为"王石凹"，我听取了沈总的建议。史修永教授推荐《王石凹》参加中国工业文学大赛，获得入围。

《王石凹》成稿后投向省内外不同的出版社，在出版审查严格的情况下，除了退稿就是大刀阔斧的修改意见，我最担心的语言问题倒没有异议，问题大都集中在内容上面，说涉及矿难非常敏感，恐怕不合时宜。

是啊！煤矿井下事故惊心动魄，事故代表煤矿最为敏感的一根神经，人们谈论煤矿，首先和死亡联系在一起。但是在高危环境中，煤矿工人出生入死、不怕牺牲的高尚情操，正是我要赞扬的；在灾难面前，在死亡面前，矿工展现出的人性光辉，正是我想歌颂的。如果没有对矿难的描写，这部煤矿题材的作品就失去了真实感、立体感，体现不出它应有的价值。

还有的出版社编辑说，作品选题很好，内容新颖，就是通读后，让人感觉不像小说，建议下些功夫改成报告文学，他们再报选题出版。这下说到了要害，但是，改，谈何容易？内容全部由虚构变成真人真事，要有大量的事例支撑，反面描写涉及的当事人必然对号入座，这引发的麻烦将如何收场？我的初衷并不是想批判或者揭露什么，我只是想用小说的表现形式，抒发我对煤矿、对煤矿工人的一种情感。不过听过这些意见之后，我还是下决心继续改。接下来的一个月，我按照小说的表现手法，对作品进行了深度加工，然后交给了中国文史出版社，等待最后的"判决"。

出版社编辑薛媛媛认真通读作品后，提出了小范围的修改意见，同时建议换个书名。她说，书印出来是给大众读者看，不能把读者局限在煤炭行业，更不能局限于一个城市一个矿。知道王石凹煤矿的人毕竟还在少数，普通人看了《王石凹》这个书名很可能会误以为是一部人物传记。一本书要想取得广泛的社会效益，首先要让更广泛的读者读到它，不能把受众面圈得太窄。货卖一张皮，要抓住读者，书名给人的第一感觉很重要……总之，大道理套小道理，说得非常在理。后来经过反复推敲，一致觉得《黑与红》不仅符合内容也暗扣主题，书名就这样确定下来了。

著名作家贾平凹看了作品概要和样章后，评价说："王成祥的《黑与红》，是对煤矿工人的炭笔素描。文笔粗犷大气，率真又饱含深情，是一幅反映当代矿工生活的斑斓画卷。阅读它，就像用粗瓷大碗豪饮西凤酒，香在嘴里，烫在心头，热到脚底。"

当代著名小说作家刘庆邦阅读作品并作序，他在序中说："《黑与红》讲述的是改革开放初期，在国家大量需要煤炭的时代背景下，一批追求梦想的农民工，来到鳌北煤矿八百米深处演绎人生。作者不拘泥于小说传统的写作手法，不刻意追求故事情节的跌宕起伏，而是以叙事的口吻层层道来，将生活中真实生动的一面呈现给读者。粗犷、豪放、激情、凄美，是作品的主色调。阅读它，就像乘坐着矿工下井的罐笼，一步步深入到那黑色而神秘的世界，走进矿工斑斓多彩的生活。

"如果说，哲学是理性的思辨，文学就是情感的表达。缺乏情感的文学作品是不能打动读者的。在这本书里，作者把对煤矿工人的深厚感情融入字里行间，写活了一个个血肉丰满的人物，写活了一幕幕感人至深、催人泪下的情节，使读者从内心深处感受到煤矿工人的艰辛与伟大。"

全国十佳电视剧导演姚远说："这是一部紧扣时代最强音的现实主义题材的优秀作品，改编为电视剧，是我国工业题材、特别是煤矿题材电视剧的重大突破。"

《黑与红》的影响到底如何，需要交给市场去考量，交给读者去评说，我只有拭目以待。

主编岁月

距离《陕西煤炭》第五任主编余子彤将主编这个重担交给我，已经七个多年头了，记得当时老主编对我说："我已经'超期服役'，在这个岗位上干了十个年头，精力和观念已经不能适应媒体发展需要了。你年轻，又有从事报纸记者工作的经历，一定能把《陕西煤炭》办得更好。"老主编语重心长地说完这番话后，又用敏锐的目光注视了我好长时间，使我顿感浑身上下很不自在。我知道这目光里不仅饱含着对我的信任，还有对我满满的期待。陕西作为煤炭大省，面向国内外公开发行的技术应用类期刊只有《陕西煤炭》这一本，主编的担子很重啊！

很早以前我就知道《陕西煤炭》，但我供职的是政工宣传岗位，撰写的多是新闻宣传稿件，而《陕西煤炭》主要发表科技论文，专业性特别强，隔行如隔山，所以我与这个期刊的接触甚少。自己在新闻宣传岗位上干了二十年，从没想到有一天会转口煤炭科技领域，而且又是在陕西煤炭系统乃至整个煤炭行业都知名度很高的期刊，不得不说非常偶然。

2015年7月，一个骄阳似火的下午，我和现任执行主编谈美娜推销当时供职单位的《煤炭》杂志（内刊号），路过陕西省煤炭工业协会会长朱周岐（时任陕煤集团副总经理）办公室，顺便敲门进去，自报家门。朱会长拿着新出版的《煤炭》杂志连声称赞，并喜出望外地说："《陕西煤炭》你们知道吗?""是评职称、发表论文的阵地,煤炭系统的人都知道。""知道就好,这本期刊是协会主办,目前编辑部正在新老交替,老编辑要退下来,急需懂行的新人接班,我正愁找不到合适人选,你们正好办杂志,有经验,愿意接这活儿吗?"我在没有任何思想准备的情况下,不假思考地答应下来。

出了朱会长的办公室,我仔细一想,感觉答应得缺乏考虑。长期的经验告诉我,办杂志是一项非常艰苦的工作,不能有丝毫的懈怠。况且我还担任着《煤炭》杂志的主编,也脱不开身。还有一个致命的问题,《陕西煤炭》是技术类期刊,其稿件性质决定编辑要有能力识别图标和密密麻麻的数据,所以前几任主编几乎都是煤矿专业的,有着科技工作岗位经验,在这方面我完全是个外行。再者,技术应用类科技期刊的考评标准和我之前任职的社科杂志有着本质的区别,我对自己是否能够胜任这类期刊的主编,可以说没有丝毫的把握。

思前想后,终于打了退堂鼓。正在为说出去的话怎样收回来而焦心时,我给煤炭专业的老同学打了电话,顺便说了《陕西煤炭》的事儿。老同学毫不犹豫地说:"这活儿绝对有内容,赶快接下来,比你干巴巴地编新闻报道充实多了。"我知道卖瓜的不会说瓜苦,只好重申,技术类的东西我根本不懂。"不懂有人懂,可以聘请懂的人干,小说都能写出来,这算啥?"老同学加重语气说。

就这样,在老同学的鼓励下,我糊里糊涂地挑起了《陕西煤炭》主编的大梁。

一心不能二用,我很快处理好与《煤炭》杂志的关系,在《陕西煤炭》走马上任。视《陕西煤炭》为生命的余子彤主编和我进行了认真细致的交接,并希望这份期刊通过我的努力再上新台阶。煤炭系统的老领导曹文甫,一直关心期刊发展并在转型期为刊物做出重要贡献的高新民副会长、宁新民秘书长,就如何将这份期刊办得更好，在陕西煤炭系统发挥更大的作用，找我进行了专门的谈话；陕西省煤炭研究所领导为期刊办公无偿提供便利，使我更加了解这份刊物在陕西煤炭系统的分量，无形增加了我对办好《陕西煤炭》的责任感。

临危受命担纲一项十分陌生的工作，我的压力之大可想而知。当时大多数老编辑已经离开了岗位，仅剩的一名老编辑还在休病假，眼下只有一位从西安煤矿设计院聘任的王普舟老师，以及新聘来的一名外语专业的大学生苏颖，我的新工作就在这样的条件下展开了。

我们没日没夜地干，边干边学，不厌其烦地向老科技工作者请教，经过半年的摸索，终于在断层式的接班后，没有影响期刊的正常出版。等休假的李俊莉副主编和招聘的新人先后到位时，期刊工作已经重新走上正轨，期刊的质量和包装都得到了煤炭系统科技工作者的一致好评。

然而，受各种因素的影响，《陕西煤炭》办刊宗旨不太明晰，新闻出版主管部门也多次指出，这个问题得不到解决，会影响刊物质量。这个问题历任主编不是没有考虑到，但它有一些历史渊源。期刊是在 2001 年才变更为现名的，名字虽改了，但是内容上仍保留了关于经营管理的部分，导致杂志的定位模糊。随着新技术和新产品的不断应用，煤炭企业现代化程度不断提高，已经逐渐转变为科技型的高产高效数字化安全矿井。我结合新形势新变化，确定了"传播煤炭科技信息、促进煤炭科技交流、推动煤炭科技创新、服务煤炭科技人才"的办刊宗旨，将《陕西煤炭》定位为重点为生产一线服务的技术应用类科技期刊，从此《陕西煤炭》有了明确的发展方向和目标。通过和编辑部同志七年来不懈的努力，期刊发表的高质量论文数量显著增多。随着期刊社会影响力的明显提升，论文刊登量已经无法满足受众的需求，我参考同类期刊的载文数量，将期刊页数由 144 页增加到现在的 200 多页，载文量由每期 45 篇增加到 54

篇左右，在封面设计和印刷上也做了必要的调整，同时强化三审三校制度的严格执行，期刊的社会认可度不断提高。

质量是期刊生存发展的立足之本。一代一代《陕西煤炭》人秉承质量为王的理念，努力将期刊做精做好。作为后来者，我不敢有丝毫的松懈，只有在创新中继续前行，才能不负使命。在陕西省煤炭工业协会的大力支持下，我从体制创新入手，建立良好的用人机制，面向社会招聘年轻编辑，打破长期以来聘请离退休人员的格局。同时，外聘专业技术人员兼职审阅稿件，扭转了编辑队伍老化、专业知识薄弱的现状。通过七年多的运行，取得了显著的效果，编辑部实现了新老编辑的平稳交接，90后已经成为编辑部的主力军。

《陕西煤炭》原来是轻资本、低费用运行，一度经营异常困难，被新闻出版主管部门下达了限期整顿通知。如何才能摆脱经济困境？首先，恢复了已经停止五年的广告刊登业务，外聘广告公司承揽广告，核算运营成本，提高期刊定价。并将自创刊以来的免费赠阅改为订阅、赠阅相结合，当年就取得了明显效果，确保了编辑部的正常运行。尤其是杂志订阅措施，不仅取得了可观的收益，最重要的是扩大了期刊的影响力和覆盖面，也缓解了制约期刊质量上台阶的稿源短缺问题。编辑有了更大的选择余地，稿件录用率由85%降低到20%左右，基金项目论文数量同步成倍增加。同时，响应国家关于融媒体发展的倡导，我们注册了陕西煤炭杂志广告文化传播有限公司，充分利用《陕西煤炭》积累的资源，拓宽为基层、为一线、为煤炭行业科技服务的空间。公司承揽书籍出版、报告文学创作、画册策划印制和各种视频脚本的撰写、论文写作培训等业务，先后和知名的文化公司横向合作，为煤炭企业拍摄专题片，和中国煤炭机械工业协会（《中国煤炭工业》杂志）联合举办征文活动，和大型煤炭企业及装备制造企业签订了推广新技术新产品的长期协议，取得了良好的社会效益和经济效益，受到了上级领导和同行的肯定。

为了适应融媒体未来发展的需要，应对互联网对传统媒体的挑战，结合《陕西煤炭》实际情况和陕西煤炭科技发展的现状和愿景，我们又创办了陕西煤炭网，注册"能源起点"公众号，并面向社会招聘新媒体编辑人员，使《陕西煤炭》能够多条腿走路，实现真正意义上的融合发展。期刊的知名度和影响力指数直线上升，综合排名跻身省级同类期刊的前列。

当记者的那些年

说句真心话，我并不觉得自己是一块当记者的料子，搞新闻是需要悟性和灵气的，我灵气不多，傻气倒不少。有时连自己都觉得，粗粗壮壮的身体，粗粗大大的一双手，很适合在农田里扛锄头、在井下挖煤，而不应该待在房子里做什么文章。我生在偏远贫穷地区，文化基础很差，更没有接受过正规大学的系统学习，最基本的专业素质都不具备。我这样的条件，与《中国煤炭报》这样高层次的平台差距太大。从哪方面说，也不许我有什么非分之想。

我之所以能吃上记者这碗饭，不仅因为和《中国煤炭报》的结缘，更要感谢引我入行的两位启蒙老师——已故的西安中心记者站邹善治站长和陈昶老师，他们改变了我的人生坐标，硬把我扶上这匹快马，一程一程地送行，使我从心理上消除了自卑感，不仅学会了写新闻，还多次获奖，并有两部新闻作品问世，还有一部以新闻手法撰写的长篇报告文学，在中国作家杂志刊登，由陕西旅游出版社出版发行。

距离初识《中国煤炭报》已经二十多年了，许多刻骨铭心的记忆，并没有随着时间的推移而淡化。

记得那是我当煤矿井下采煤班长的第八个年头，也就是1989年，一次在区队长的办公室偶然看到了一份《中国煤炭报》，一种无形的亲切感油然而生。趁别人不注意，我情不自禁地把报纸折起来装进口袋，回到集体宿舍一连几天不知看了多少遍，并按照报纸上的模式，将自己在生产一线亲身经历的事情写成《领导啊，您怎么光知道训人——一个采煤班长的苦衷》，步行 4 公里到镇上的邮电局寄出。当时自己也没有当回事，不敢想能在报纸上发表，谁承想一周后，竟然接到报社陈昶老师的信，他说我的稿子写得很有代表性，最近就要刊用，和我商量是否用真实姓名……

从此，我就和《中国煤炭报》结下了不解之缘，《领导啊，您怎么光知道训人——一个采煤班长的苦衷》在该报 1990 年 1 月 8 日的头版头条发表后，引起了广泛的影响，《中国煤炭报》西北中心记者站站长邹善治看到报纸后，及时和我取得联系，并亲自来矿务局要借我到记者站工作。在各方面条件不成熟的情况下，老站长又想办法将我送进大学的校门，进行为期两年的马列主义新闻观知识脱产学习。

有了陈昶老师的推荐启迪、老站长邹善治的倾力帮助，以及报社各位领导和编辑老师人格魅力的感召，我这个井下一线的挖煤工从此认准了《中国煤炭报》，认准了这片有可能实现自己人生价值的沃土。在此之后的二十多年里，我曾经四次调动工作，六次调换岗位，但始终都是站在《中国煤炭报》的工作角度思考问题。也曾经有机会离开煤矿，调动到地方去做更轻松的工作，但我转念一想，那样就离开了煤炭行业，远离了《中国煤炭报》，光是想想，就感觉到一股浓烈的失落感，毕竟也在这个行业最艰苦的地方奋斗了十多年。老站长知道了我有调动的想法，但又恋恋不舍煤炭这个行业，尤其是这份行业报纸时，尽心尽力站在我的角度帮我想办法。没过两个月，我从原单位调到了国家"八五"重点工程的黄陵矿区管理委员会，就是现在的陕煤黄陵矿业有限公司。这是一个在国家改革开放初期，实行煤炭投资体制和管理体制改革的试点矿区。入职后，从办公室到党群工作部，我始终站在整个中国煤炭行业的角度，站在中国煤炭工业对黄陵煤田开发的依赖程度上思考和分析问题，八年时间，我撰写了六百多篇新闻报道，在全国各类大型报刊发表，为黄陵矿区积累了一批鲜活的建设史料，也将自己的眼光和境界提升到一个崭新的高度。在新世纪来临之时，迎来新一轮的煤炭生产过剩，黄陵矿区被列为"九五"缓建项目，煤矿生产受困，职工生活困难，"找米下锅"成为陕西国有大型煤炭企业的当务之急。因煤而生的铜川市两大国有煤炭企业——铜川矿务局和陕西煤炭建设公司加起来有31万职工家属，生活都陷入了窘境，这种局面引起中央和省市领导的高度重视。当时我觉得这是当前和今后相当长一段时间需要关注的报道焦点，也是一个记者需要亲历的重大热点事件，深思熟虑后，我和报社联系，达成共识后，放弃了黄陵矿区优厚的待遇，调到已经连续二十三个月开不出工资的陕西煤炭建设公司报社。这个决定遭到家属埋怨，同事、亲友不理解，只有我自己清楚，在这里一定能写出三十一万铜煤职工家属解困脱贫的壮丽赞歌。有《中国煤炭报》领导的支持，有《中国煤炭报》应允的版面，我的想法一定能够变成现实。在铜川煤矿生存最困难的时期里，我先后在《中国煤炭报》和其他全国主流媒体上发表了《困境中方显英雄本色——寻觅陕煤建人足迹报道之一》《用汗水灌注时代精品工程——寻觅陕煤建人足迹报道之二》《艰难的探索——寻觅煤建人足迹报道之三》《半停产的特困企业是如何摆脱困境的》等一批反映铜川煤矿职工生活困难以及他们在解困脱贫中创造业绩的感人事迹。我还多次随煤建施工队伍去大漠，走戈壁，深入到无人区的罗布泊采访，在《中国煤炭报》整版刊登《西部建筑市场上的陕西煤炭建设公司》。随着煤炭市场的好转，煤炭投资市场也持续升温，针对陕北煤炭市场无序开采，造成环境恶化、资源浪费的严峻局面，征得报社同意，我无数次去神府煤田采访，克服重重困难去西南贫煤区采访，写出了《中国煤业"科威特"》《陕北煤田现状调查》《陕北煤田呼唤科学和谐发展》《煤田开发引发深层次问题暴露在神木》《在理性思考中打造中国煤电载能第一县》《建设具有国内一流能源服务型城市看榆阳》《和谐创新发展看横山》《陕煤挺进榆林战"疆场"》《建设具有世界重量级煤炭基地》《都是小煤窑惹的祸》《广能集团攻克世界性难题》《松藻煤电：山城重庆不再限电》《吃干榨尽看永荣》《松藻煤电："视觉文化"规范矿工安全行为》《松藻煤电后勤市场化为何"回炉"》等深度调查报告，在《中国煤炭报》连续发表后，引起社会的广泛关注。

之所以在新闻这条并不平顺的道路上，披荆斩棘一干就是二十多年，并且取得了使自己感到欣慰的一点儿成绩，最基本的动因是《中国煤炭报》，是它让我知道了怎样去走近一个人、了解一个人、写好一篇文章。

新闻采访是一门学问，而采访的基础应该是平等的沟通与交流。因此，对上不必诚惶诚恐、随声附和，要敢于质疑，在共同求证中获得真知；对下不能颐指气使、居高临下，要善于倾听和学习，在共同探讨中升华思想。你平等地走来，别人就会平等地待你，人与人之间的真正了解便由此开始。新闻需要理性，也需要感情，因为没有一篇稿件是对事物自然性的描述和"摄影式"的再现，一定夹杂作者的观点和意向，所以记者必须对其中的是非曲直、真伪表里做出自己的思考和判断。

新闻书写现实，折射背后的故事，新闻写作必须紧跟时代大潮、反映时代变化，所以记者要具备以点带面、以小见大的能力，只有胸中装着全局，才能写出视野更大的文章。也是《中国煤炭报》，让我懂得了紧跟时代、站在全局的高度看问题。

虽然我已经离开《中国煤炭报》记者的岗位好多年了，但那些年的记者生涯给我培养出来的好习惯，使我受益至今。

第四辑　曾感动我的那些人和故事

"被雨淋湿的狗崽，和那天的晚霞，让我活着。"

解甲归田之后

一位姓史的朋友说他年底就要解甲归田了。我说："古时候军人卸去盔甲回故乡种地，称为解甲归田，现在已经步入工业化时代，退役军人只有很少一部分归田，还有相当多的人退伍后走向了不同的工作岗位，何谈归田？你是退休工人，又是矿二代，连自己的老家是哪儿都说不清楚，解的什么甲，去哪儿归田？"

这位朋友六十出头，在一起时间久了，我就亲切地唤他"老史"。老史插队下过乡，后来一直在煤矿的宣传部门修广播，提前几年就吆喝："解甲归田的时候快到了。"我开玩笑地说："干了几十年，连个干部身份都没混上，退休了就好好享受生活，不要再乱折腾。"他用骄傲的眼光盯了我好一会儿，不服气地说："正因为瞎混了这么多年，没甲可解，后半生才要换个活法，过上田园生活，优哉游哉地享受人生，不能就拿着退休工资那几毛钱等死，不然这一辈子白活了。"本以为他只是开玩笑，说说就过去了，谁知一年没有见面，他竟然说自己在距离矿区二十多里地的荒山野岭里开辟出了十多亩地，并说有地就有钱（田），这是过田园生活的基础，还一再邀请我到他那儿去"指导"。以我对他的了解，他修广播确实是一把好手，但种地是苦力活儿，和在单位上班完全是两回事。听说他还研制出了什么肥料。我心说，农业是一篇大文章，要连你都能研制，那些农业专家干什么的，这不是在搞笑吗？所以我也没有抱多大期待，就当个玩笑听听。后来听同事说，那家伙还真厉害：自己出钱引了一公里多的高压线，通上了电，还盖了一排彩钢房，建有肥料生产车间，技术自己研发的，正在申请专利；还在自己开发的土地上种出了无公害蔬菜，不少人前往采购，说品质非常好。

耳听为虚，眼见为实。那是一个酷暑难熬的夏季，处在黄土高原的这座北方小城从来没有这样闷热过，走在大街上的人们喘气都很困难，我拿着还没有"满月"的驾驶证，开着朋友一辆长期停放的富康车，按照老史电话描述的路线，穿过熙熙攘攘的人群，行驶在城郊的盘山公路上。已经记不清当时拐了多少道弯，车才开到了山顶。关掉空调，打开车窗，一股凉风扑面而来，顿时让人清爽不少。下了国道还有七八公里的乡间道路，而且都是穿越在起伏的丘陵之间，两边是绿茵茵的庄稼地，映衬得乡间道路别有一番情致。沿途的车辆和行人很少，随处可见的是在田间耕作忙碌的农民，车子过了一道弯，再绕过一道墚，看到的景色更加秀美，仿佛陶渊明笔下的世外桃源。

穿过一个叫云梦村的地方，再北上过了两道墚，隐约看见朋友在路边等候。望见车的影子，他就使劲招手，大声地打着招呼，我的心也放下来了。这一路经过的风景，让我不由得佩服老史的眼界和胆识，居然能选到这么好的地方。见面寒暄之后，跟着他从路边的一个岔路下去，眼前的一幕让我感到惊讶，大门竟然是用枣刺捆绑而成的，仿佛一下子回到四十年前的农村。听到脚步声，院子里面是鸡鸣狗吠，好不热闹。进了院子，有十多亩平坦的土地，种满了各种蔬菜，周边栽着樱桃、杏、核桃等果树，正赶上收获的季节，果实挂满枝头。紧靠山坡的是一排绿色的铁皮简易房，里面澡堂、厨房、客房一应俱全。十多亩地被山包围着，一边是望不到底的沟壑，最北边是新搭建的厂房，周围种满了叫不上名的花草树木。满院子都是花草的芳香，再加上从沟壑里吹来的阵阵凉风，着实叫人陶醉。我说:"你咋找到这块风水宝地的?住在这儿时间长了真成仙了。"他自豪地说:"能不成仙吗?鬼谷子曾经就在这里修成正果,成了大思想家、军事家。咱是凡人,沾点儿光成个半仙不成问题吧。""你吹吧。""这可不是吹呢,前边几公里处就是鬼谷子庙,虽然是穷乡僻壤,交通不便,但香火旺着呢,全国各地的人都赶来朝拜,世界上第一所军事学校遗址就在那儿。你路过的乡叫云梦,再往前走有一个村子叫棋盘,这都是有历史渊源的。"

是啊!开车只是走马观花,但总感觉这里的山和别处的山有所不同,茂密的植被、空旷的山野、宁静的乡村、别具一格的地名,给人一种启迪心智的精神熏陶。我问:"花了多少钱购置到这么一块风水宝地?""一分钱都没花,就是盖房、架高压线花了三十万,去年一年都挣回来了。""又开始吹了吧,哪有这么好的事?能挣三十万你早都不干了,还上班挣每月那几千块钱。""在你面前扎势(打肿脸充胖子)说大话吹牛皮那就没有意思了,你不知道,这块地是修上面公路取土时留下的,包括沟里这百亩山林,四十年前就被一个外地人承包了五十年,之后再没有见承包人来。村主任是我 70 年代插队时认识的,这么多年虽然没来往,但友情在,听我要用,二话没说就把这'已经嫁出去的姑娘'让给我免费使用二十年。"他继续滔滔不绝地说,"你路过的樱桃园,知道用的是哪儿的肥料吗?"我说:"那是人家的事儿,用什么肥和你我有关系吗?""肯定有呀,大部分的肥料是用咱生产的无公害有机肥,成熟的樱桃个头大,颜色鲜艳,口感好,客户都赶到地里上门收购……""你这肥料……"没等我的话出口,他就接过话茬说:"你知道我在农村插队时就对庄稼感兴趣,庄稼一枝花,全靠肥当家,之所以那时农民种地不打粮食,问题就出在肥料上。当时我就有想法,一定要想办法研制出来一种化肥让地打粮食,让老百姓有饭吃,所以上班这三十多年,把一半的精力用在本职工作,毕竟要挣钱养家糊口嘛,另一半的时间和精力就花在了肥料上。这种有机肥通过两年的使用，达到了我预想的结果，除了樱桃，还有苹果、葡萄、各种蔬菜都用上了我的无公害肥料，农民大丰收呀。"

听了他的讲述，我是既感动又佩服，说："现在我才意识到为什么你在工作中经常心不在焉，受领导的批评，原来你是为肥料而生。"他肯定地回答："可以这么说，单位上班一天都待不下去了，做梦都是退休，解甲归田和土地、农民打交道。过两年在院子最南边靠山坡上盖一栋三层的小楼，你夏天可以来避暑，住上一段时间，正儿八经地过过田园生活。"

此地、此情、此景，我只能满口答应，并说："需要帮忙，只管开口。"他面带微笑："有你这句话就够了，欢迎'领导'经常来指导工作。"临走时还给我车后备厢装满了蔬菜，其中一个萝卜就有五六斤重，我在车上放了好长时间，遇见熟人就拿出来显摆。此后我们不管是电话还是微信联系都频繁了，缺人手我还介绍熟悉的人去帮工，还扮演义务推销员的角色，将他生产的肥料推销给亲朋好友。大家普遍反映效果很好，苹果和葡萄园拿它做底肥，产量高，品质口感好，深受商家欢迎。市场非常看好这款肥料，有的农户还成了当地的肥料代理商。知情人说，老史非常乐观，说起来一切都无所谓，可心劲大着哩，既是老板又是员工，生产、销售、装卸，都是自己送到用户家里，并教果农如何使用。在这些闲聊交谈中，我对这位解甲归田的朋友有了一层敬仰之情。

人这一辈子，回顾所走过的路程，有的事情在预料之中，按照你的步骤进行；有些事情却难以预料，甚至超乎自己的想象。因为工作繁忙，有一阵和老史没有联系了，总感觉人家也不容易，帮不了啥忙，不能老去打扰。一次偶遇另外一个朋友，无意中提起老史，他说那家伙满腹的抱负让身体给糟蹋了。我惊讶地问咋回事，朋友说得了不治之症，已经到了晚期……我连忙四处打听老史在哪儿住院，得到的准确消息是在化肥厂静养。处理完手头的事情，当天我就赶去探望，不可思议的是，眼前站着的人光着膀子开动着抓斗机，正在聚精会神地搅拌肥料，看不出一点儿生病的样子。我就怀疑地问他生病这事是不是以讹传讹。看见我，他边停下机器，边顺手拿肩膀上的毛巾擦汗，脸上堆满了笑容说："啥风把你给吹来了？差一点儿都见不上了。"我说咋回事，他说得了癌症，差点儿走了。我说："你胡说啥呢，壮得像头牛一样，有啥病？"此时他认真地对我说："检查出来已经到了晚期，老婆和女儿不跟我说，我感觉有问题，就说啥情况跟我说，最坏不就是晚期嘛，人总要走那条路，但你们要相信我的毅力，也许还会有办法。她们说了实情后我说回家，第二天就打听到周至有个老中医，医术很高明，我立马起来二话没说就赶去周至，果然，前来看病的人排成了长队。我连续去了三次，坚持服用他开的中药，身体没多大感觉，和往常一样该干啥干啥，几个月后去医院复查，肿瘤不仅没有扩散，而且在变小，老中医说再服几个疗程就好了。"

我真为他感到庆幸，也被这种豁达所感染，更重要的是被中医的博大精深所折服。我说："除中医医治外，跟这里的环境应该也有关系。"他说："是啊！不然早都没命了。"在随后的时间里，他的身体一直很好，生产没有受到丝毫的影响，只是归田时那雄心勃勃的宏伟设想有所减弱，盖三层休闲楼的事情也不再提了。除简单地维持生产以外，他主要的精力放在学习研究中医、宣传中医，无私帮助左邻右舍解除疾病的痛苦上。经常自己驾车载患者去周至治疗，自己还给老中医送锦旗表示感谢。

那段时间里，他还像着了魔一样要求我读四大名著，还将有声小说版发给我，大谈他阅读的感受，并且对《易经》《黄帝内经》《本草纲目》进行研究，畅谈自己的观点，往往在微信和电话中和我争论得不欢而散。但是，我打心眼里为他开阔的胸怀和做事认真的精神而折服。他对中医已经到了着迷的境界，我村上一个人得了不治之症，情绪低迷，告诉他后，他开车一个多小时到患者家里，以自己的亲身感受给患者做思想工作，并提出治疗建议，让患者和家属增加了战胜疾病的信心。尤其在疫情居家隔离期间，我们电话交流得更加频繁，无所不谈，谈疫情、谈人生，通话从来没有时间概念，不论扯到什么话题，都能以昂扬向上的话语给出答案。年过花甲，身体的零件或多或少都会出现这样那样的问题，我把身体出现的异常状况说给他听，他竟然能给出和医生差不多的医治方法。特别是我有段时间失眠比较严重，折磨得我对生活失去了信心，他给我开出了不知道多少治疗的土方子，确实有效。虽然因为疫情居家隔离，我们见不了面，但治疗效果一有变化我就不由自主地给他打电话，他也总能给出满意的回复，减轻了我居家隔离还失眠的心理压力，把他自己还是一个癌症晚期病人的事都忘得一干二净。

偶然说起自己，他说："有朋友专门开几十里路到厂里给我针灸，治疗腰椎突出的毛病，手艺非常好。疫情解封了，你来我这里，我让朋友给你针灸，保你能睡好觉。"后来打几次电话没有人接，但我也没有放在心上。再过几天，电话通了，他还是声如洪钟地说："前段电话没有及时回，主要是疼得要命。"我问："还是腰椎的毛病吧？""这次严重了，检查发现老病已经扩散到骨髓里面了。"我先是一惊，很快冷静下来："那咋办？"他说："死马当活马医，朋友的针灸医术非常高明，没事。"我跟朋友说，老史病情复发很严重，都说死马当活马医。对方说，没事，他爱开玩笑，经常这样说，那家伙心胸开阔，死不了。别人虽这么说，但我心里总有一种不祥之感，几次拿起电话又放下了，没有勇气拨通。

在担忧中，我拨通了熟悉之人的电话，询问他和老史最近是否有联系。对方说老史已经走了，我不敢面对现实，还追问他："走哪儿去了？""到阎王爷那儿报到已经一个多月了……"我沉默了好久

158

好久，说："你咋不说一声啊？"对方说他刚开始也不知道，前几天碰见老史老婆说人已经走了。他老婆说他知道自己已经不行了，不让跟任何人说，尤其是朋友。是搬回陕南老家安葬的，矿上也没有几个人知道。

走了，老史真走了，只有六十二岁啊！退休归田只有几个年头，一腔热血刚要开始大展拳脚，就被病魔无情地摧毁了。也许他早有预感，于是维持现状，不做扩展性的发展，把挂念留给别人。老史自己匆匆地走了，走得是那么清醒、那么豁达、那么突然，走得让人难以承受。

老史和芸芸众生一样，是一个再平常不过的凡人，亦如大海里的一朵浪花。可凡人也会有不凡的经历，有超凡的远大目标和理想。但是，作为朋友，他在我心里翻起的是一股巨浪。每当有关他的记忆在我平凡的生活中翻涌而过，我的心都被拍打得隐隐作痛。

煤城烟雨

路遥名著《平凡的世界》里孙少平当矿工的铜城，就是现实中的陕西煤城铜川。由于地下埋藏着丰富的煤炭资源，铜川被誉为陕西黑腰带上的"煤都"。这里人杰地灵，英贤辈出，有创作出经典红歌《唱支山歌给党听》的矿工作家姚筱舟，有受到周总理三次接见的煤矿救火女英雄冯玉萍，有十三次受到毛主席接见的著名全国劳模张金聚，还有党的九大、十大代表杨栋、梁思云等许多非凡人物。

铜川产煤久矣，古老的《山海经》里就有记载。追溯到抗战时期，陇海铁路已经分支到了铜川，为前线源源不断地输送煤炭，为抗战和解放战争的胜利做出了卓越贡献。中华人民共和国成立后，邀请苏联专家来到这里考察勘探，建设了西部地区超大型机械化矿井，累计扩建、新建十三对大中型国有矿井，形成千万吨的年生产规模，作为大西北能源脊梁长达四十年之久。从缺煤的国民经济建设初期到中国特色社会主义新时代，煤城铜川累计为国家输送 30 亿吨的优质煤炭。

进入 21 世纪以来，陕西神府、彬长等特大型煤田陆续开发，铜煤的地下资源随着开采逐年枯竭，煤炭经济在本地经济发展中的作用逐渐减弱。面对新形势，铜川的新一代决策者与时俱进，积极转型，在新的发展道路上砥砺前行。故事翻开了新的一页，但历史的天空依然璀璨，那是几代矿工用血汗绘就的图腾。

一

我调来煤城第一天，赶上采访王石凹煤矿建矿四十周年庆典。记者一行从铜川出发，沿一条弯弯曲曲的山道，慢坡上下爬行约半个小时后，车绕到一个山梁上，隐隐约约地看见矿区生活区全貌，层层叠叠的建筑占据了一座山，依附山体的家属楼鳞次栉比，在寒冬初升太阳照耀下，是那么的耀眼、壮观，真是百闻不如一见，怪不得人们称这里是煤城的"布达拉宫"。不大不小的山头上，除职工生活区外，还建有小学、初中、高中，2001年在校学生2000多名。铜川矿务局的第二医院也落脚于此，办公楼、选煤楼、坑木场、井口在山下。亚洲最长的职工宿舍楼，至今也是独一无二。经济困难时期，国家没有钱，提出先井下后地面、先生产后生活的发展思路，就是在这样一种建设资金非常有限的情况下，王石凹煤矿有容纳800人的矿工俱乐部和职工食堂，可见其受重视程度。

王石凹煤矿四十周年庆典活动的这一天，偌大的工业广场上，人山人海，锣鼓喧天，整个矿区仿佛成了红色的欢乐海洋。省市主要领导，参加王石凹煤矿建设发展的历届领导、劳动模范，白发苍苍的建矿元勋，纷纷就座于主席台上。当主持人请老矿长雷保生发言，人们立即将目光投向主席台。老矿长已经八十岁高龄了，但满面红光，精神矍铄。场上响起了一阵雷鸣般的掌声，随后又肃然无声，煤城人都知道，雷矿长1938年跟随刘邓大军打日本，八年转战太行山；参加解放战争，千里跃进大别山，是战功卓越的老革命，也是新中国最初的建设者。他是主动放弃北京优越的工作环境，坚决请缨来到王石凹煤矿的。人们不会忘记是雷矿长主管生产扭转了连年亏损局面，将苏联专家撤走后的半成品工程搞成全国煤炭系统先进。他在"文革"中被打成右派两次受到冲击，始终葆有坚强意志，对党和人民忠诚奉献了大半生。雷矿长动情地回忆起了自己身处煤城的点点滴滴，往事说到激动时几次哽咽。讲话几次被阵阵掌声打断。随行老伴怕他身体吃不消，让工作人员递条提醒。雷矿长顺手拿起条子声音更加洪亮地说："让我注意身体说要点。我还要说三个问题。"会场又响起激动的掌声。"当初设计王石凹煤矿的苏联老专家撤离时，将详细的地质资料交代给了西安煤矿设计院，再三叮咛需要注意的地方，然后才难舍难分地离开了他们为之奋斗两年多的王石凹煤矿，这能说明什么？"雷矿长提高了嗓门说，"两国政府关系虽然出现了裂痕，而人民是友好的，其中一位专家人生最大的心愿就是能再到中国，来煤城，回到他们曾经付出心血的王石凹。王石凹煤矿之所以在各种条件不具备的情况下，简易投产，克服了常人难以想象的艰难困苦，实现达产，是一线工人干出来的，矿党政把职工利益放在第一位，这不是空喊口号，是有实际行动说明问题的。矿上仅有的一辆吉普车是工作用车，也是职工家属的生活用车，不管是矿长书记、军代表，谁下铜川办事，车的后备厢都塞满了给职工捎带采购的油盐酱醋坛坛罐罐。当时的朝鲜电影《卖花姑娘》首次在铜川演出，总共只安排了四场，为了让三班倒的一线职工都能看到，矿党政千方百计做工作，在王石凹矿就连续演出了三场……"

会场再一次响起了热烈的掌声，大家为老革命、老矿长对铜川煤炭事业倾注的深厚感情而激动、喝彩。

王石凹煤矿在雷矿长等前辈们提出的"一不等，二不靠，三不埋怨，四不叫，埋头苦干往上搞"，还有"安下心、扎下根，团结起来闹翻身"口号的感召下，采煤五区连续七年荣获全国高档普采甲级队，培养出了四十多位省部级以上的劳动模范，第九届、十届全国党代会代表杨栋、梁思云均出自这里，全国劳动模范张金聚受到了毛主席的接见，劳模梁思云还参加中国人民友好代表团赴朝鲜参观访问。王石凹煤矿是中国煤炭工业的一面旗帜，是煤城铜川的标签，也是陕西省的标签。仅以陕西各地区车牌号为例，铜川的车牌代码为陕B，仅次于省会西安排序第二，就足以证明铜川当年的实力地位和贡献。

文章写到这里，需回头交代一下王石凹煤矿的一些背景资料。

王石凹煤矿由苏联列宁格勒设计院设计，计划年生产能力120万吨，是当时中国西部最大的机械化矿井。1961年建成投产后，受复杂地质结构和设计上大马拉小车的先天不足，再加上煤炭市场不确定因素的影响，始终达不到设计生产能力。最后经过反复的技术改造，生产环境得到了极大改善，连年刷新全国煤炭生产纪录，为缓解国家缺煤的局面做出了重要的贡献。改革开放以来，王石凹煤矿和全国煤炭企业一样，经过了连续亏损、煤炭积压、职工发不出工资的煎熬。用当时矿长钟欣睿的话说，四十年非同一般，是对曲折艰难历程的总结，也是承上启下，重塑辉煌的起跑线，是继往开来，为煤炭事业再立新功的加油站。

新起点、新征程，新千年以后的新一代王石凹人，继承老一辈煤矿工人"特别能吃苦、特别能战斗、特别能奉献"的优良传统，走科技创新之路，向机械化要产量，向精细化管理要效益，连续十六年超额完成生产任务，安全生产创出了全矿务局的最好水平，直至2017年政策性关闭。如今的王石凹煤矿作为国家遗址公园正在建设之中，一座全景式浓缩新中国成立以来煤炭工业史的遗址公园将要对外开放，游人可乘坐罐笼到井下的八百米深处，真切感受煤矿工人的伟大与艰辛。

机缘巧合，我以记者的头衔来煤城铜川采访的第一站，就是王石凹煤矿，当时别提心情多么高兴。在这里，我汲取煤城人的精神养分，丰富自己的生活积累，用煤城人的包容和坦荡净化灵魂，努力写有深度、有温度的文章，力求煤城故事在自己的笔下能够生动鲜活。是这段经历，把我培养成为一名称职的煤城记录者。

我的煤城第一篇新闻以王石凹煤矿四十周年作为切入点，取名《王石凹煤矿三年解困》，竟然被《人民日报》在2001年2月1日一版发表。文中写道：

> 我国"一五"期间建设的156个重点工程之一的王石凹煤矿，深化改革，走科技发展之路，三年累计实现利润3920万元，一举甩掉了亏损帽子。他们在煤炭持续低迷中，奋起直追，实现二次创业，走科技发展之路，挤出资金上综采设备，实现机械化采煤，全矿日产由往日的百吨左右上升到5400吨，全员工效由"九五"初期的1.05吨/工，提高到2.41吨/工。他们坚持信誉至上，全面落实质量管理体系，制订完善了煤质奖励办法等一系列行之有效的配套措施，提高煤炭质量，深度强化服务意识，千方百计地为用户生产适销对路的产品，赢得了用户的信赖，一举甩掉了亏损帽子，在三年累计实现利润3920万元的基础上，连续创出了安全生产400天的好成绩，为西北地区老矿区脱贫实现二次创业走出了一条新路。

自那以后，煤城人接纳了我这个身兼两职的行业报记者，一种事业和责任感让我在干好本职宣传工作的同时，几乎放弃所有节假日，坚持完成报社下达的写稿任务。我几乎跑遍了煤城所有涉煤企业，参与了陕西煤炭建设公司、铜川矿务局成立五十周年、六十周年的大型宣传报道，每年采写见报的二百篇新闻稿件中，更多以反映煤城火热的生产生活中先进的人和事为主，也涉及这座城市在转型发展中的困惑。有的负面文章遭到别人的抨击，甚至威胁，有的深度调查报告受到了各级领导的重视，为煤城的快速发展起到保驾护航的作用。我感到特别的欣慰，出版了两本新闻作品集《图腾如鸿》《冰点》，算是给了自己的记者生涯一个交代。

二

1987 年，我被抽调到矿公安科，帮忙整理户口，颁发居民身份证，一起进行人口普查的有个姓左的年轻人，不知道是左家的老几，说是从越南战场上打仗下来，头部受伤，是功臣，因此临时安排在矿公安科帮忙。随着颁发居民身份证的临时机构的解散，这个年轻人后来的情况我就不知道了。但无巧不成书，前两个月，我以前下井时认识的采煤队的老书记侯文海，他的儿子侯智刚听说我在省城杂志社工作，传来一篇稿子，说是同事写的，写的是自己一家三代人在煤矿上的事情，问我是否能发表。稿子传过来后，我打开一看，是左家第三代最小的儿子左智勇所写，左智勇现任蒲白矿业公司下属一个煤矿机修厂的副厂长。因为有以前的铺垫，还因为对自己曾经工作过的马村煤矿有一种感情，我感觉这篇文章非常珍贵，阅读起来当然带着感情。一字不漏地连读了好多遍，文章的写作风格、结构、情节内容出乎我的意料。除文笔干练、逻辑思维清楚外，更重要的是事迹非常感人，不仅讲了左家前面两代人与煤矿的故事，还延伸到如今第三代的三弟兄挖煤的故事，其中大哥就是我前面提到的越南战场上下来的功臣。这种感人的事迹，不仅蒲白绝无仅有，就是在陕西乃至全国煤炭系统中也屈指可数。使我对记忆中已经模糊的左家，对那一代世家的蒲白老煤炭人无比敬仰，他们是蒲白百年来，红色蒲白文化传承的生动教材。

在蒲白，白堤和马村两矿合并之前，老南矿（白堤）罗、左、屈三大家族是很有名气的，听老工人说，三大家族其中任意一家跺一跺脚，都能引发一场风波。三大家族人丁兴旺，且族人多在重要领导岗位任职，其中左家比较典型，两代人都在矿上工作，到了第三代，三个儿子都当了采煤工。我们这些农村来的协议工只是听说都很羡慕了。

说起左家，就要回到那灾难深重的旧中国，当时中原大地因为黄河连年泛滥，再加上蒋介石人为的花园口决堤，造成民不聊生，多少家庭家破人亡，多少人卖儿卖女，饿死在逃荒求生的路上。左家和那个时代所有受苦受难的灾民一样，只能背井离乡，寻找生路，否则就是死路一条。第一代的左敬亭有祖传医术的手艺，领着一家老小从老家滑县一路朝西逃荒，本想凭借医术糊口，但是在那兵荒马乱的年代，人们都在饥一顿饱一顿的生死线上挣扎，老百姓哪看得起病啊！行医根本糊不了口，左敬亭只能领着老婆、儿子、姑娘一家四口沿路乞讨，几个月后到了陕西，恰好解放了。解放区的天是晴朗的天，左敬亭和老婆孩子终于结束了乞讨的生活，在澄城县王村的一个煤矿落脚，开办了小诊所，生活才算有了着落。

共产党领导下的中国治安稳定，人民群众终于摆脱了被压迫、被剥削的灾难深重的苦日子，穷人凭劳动就能养家糊口。煤矿虽然不大，但矿工和家属加起来也有千把号人，大家心情舒畅地下井挖煤，矿上从不拖欠工人工资，所以矿工们生活得很安稳，谁有个头疼脑热、感冒发烧的，或者上班期间擦破碰伤的，都第一时间去左敬亭的诊所治疗，左敬亭的医术终于派上了用场。

经历过苦难的人，都更加感谢共产党，并且分外珍惜来之不易的新生活。左敬亭在笔记本扉页写下："救死扶伤，实行革命的人道主义精神。"并在"革命的人道主义精神"下面划上两道红杠，作为自己行医救人的座右铭，时刻牢记在心。几年时间下来，他良好的医德和过硬的医术赢得了美名，方圆几十里的患者纷纷慕名而来。左敬亭此时就像一台开足了马力的马达，只要病人一到就看病，患者一叫就出诊，不分白天黑夜、春夏秋冬。他的出诊药箱就是红色矿区的"流动医院"。他凭借扎实的医学基本功、严谨的医德医风操守，受到附近矿区群众和十里八乡村民的敬重。

1956 年，澄城县人民医院成立，左敬亭凭借在当地的好名声，成为澄城县人民医院第一批主治大夫。儿子左发孔和女儿左秀清也背上书包，走进了学校的殿堂，这在旧社会想都不敢想的事情成了现实。大儿子左发孔生在旧社会，童年生活尝尽了艰辛，所以更加珍惜眼前的美好生活，他发奋学习，力争像父亲一样，长大能成为一名人民的好医生。

解放初期，百废待兴的国民经济建设急需要煤炭，1959 年，国家决定成立蒲城矿务局（蒲白矿务局前身，现为蒲白矿业公司），需要各行各业的人才投入到矿务局的筹建中。煤炭生产，医院先行，这是由煤矿行业的高危性质决定的，左敬亭作为专家级的医务人员，主动请缨，告别医院舒适的环境，举家搬到了地域偏僻，而且条件非常艰苦的白堤矿，在一无所有的情况下筹建矿卫生所。有条件要上，没有条件，创造条件也要上，他带领一帮来自各方的创业者，建成了一个能满足矿区上万名职工及其家属就医的白堤煤矿医务所。井下一旦发生工伤，作为所长的左敬亭就亲自出马，下井抢救伤员，他还把普及急救、自救知识作为医务所一项常态化宣传教育工作。就这样几十年如一日，身先垂范，以一丝不苟的作风，带出了一批医术高明、甘于奉献的医疗工作者。左敬亭也在白堤煤矿医务所所长的岗位上干了二十五年，直至病倒在岗位的那一天。

大儿子左发孔遵照父亲的遗愿，立志做一名好医生，报考了铜川市卫生学校，毕业后分配到铜川矿务局黄堡煤矿卫生所当护士。后来白堤煤矿扩建，井下需要大量的热血青年，发孔有文化，是煤炭生产急需的人才，他权衡利弊后，放弃了护士工作，脱下白大褂，穿上劳动工作服，戴上安全帽，扛着大锤、铁锹，改行成了蒲白矿务局白堤煤矿井下运输队的一名工人。他吃得了苦，善于钻研业务，很快成了运输队的行业能手。他根据矿车与轨道的工作原理，找准容易发生事故的薄弱环节，最大化地优化了运输系统，大大减少了事故。这一新的运输系统还被作为先进经验推广到了其他煤矿。他如饥似渴地啃书本，学习专业知识，掌握新技能，多少年来从不懈怠。他还自费订阅了涉及机车与轨道交通的专业杂志，密密麻麻记满了几十个笔记本。对于煤矿行业来说，在井下加班加点是最平常的事，有时抢修井下受损的矿车轨道，要连续工作二十多个小时，中途困了就轮流休息一会儿，饿了就吃点儿班中餐（火烧馍），他把所有的心思和精力都用在了工作上，保证了井下运输生产的正常进行。特别是当了运输队副队长以后，白堤和马村煤矿合并，井下有15公里的轨道需要铺设，这个重任就压在了他的肩上。在设备简陋、没有任何经验可以借鉴的情况下，还必须在规定时间完成，要给两个合并煤矿生产一个开门红。运输系统是重中之重，许多人为他捏着一把汗。作为副队长的他深感责任重大，开弓没有回头箭，于是他带着一帮黑哥们没日没夜地干，排除了一个个以前从来没有遇到过的难题，硬是凭着一股韧劲和苦干加巧干的拼搏精神，保质保量地按时完成了任务，保证了两矿贯通后煤炭的平稳运行。这个轨道铺设达到了国家一级质量标准。左发孔严谨务实的工作作风，就是他父亲言传身教的结果，同时，他也身体力行地给自己的下一代树立了做人的标杆。

如今，左家第三代姊妹四人在不同的工作岗位上发光发热，传承了爷爷左敬亭、父亲左发孔"打破砂锅问到底"的求知精神和对工作"咬定青山不放松"的敬业精神，养成了干一行爱一行的优良家风，在各自的工作岗位上都做出了非凡的业绩。女儿左素平参加工作后，一直在银行系统工作，年年被银行系统评为先进，直至退休。再说煤三代的弟兄三人，他们的事迹更加感人。

大孙子左智涛参加了对越自卫还击作战，战斗中他头部负伤，仍坚持不下火线，在云南老山前线坚守阵地，作战英勇，荣立三等军功，退伍后他主动要求到煤矿最艰苦、最危险的采煤第一线工作，为国家的煤炭事业再立新功。作为一名立过战功的共和国功臣，到井下就是再平常不过的挖煤工人，但是他无怨无悔，每当出现险情时，他总是第一个冲在前面，凭借军人的风范受到工友们的爱戴，挖煤直至退休。榜样的力量是无穷的，他的儿子，也就是左家的第四代左聪，受曾祖父、祖父，特别是立过战功的父亲的影响，立志要成为一名中国人民解放军战士，和父亲一样保家卫国。他以优异的成绩考入国防科技大学，毕业后分配到边疆的前线部队，现已任某旅部队参谋。

二孙子左智宏平淡如水的工作经历则更能体现左家教育子女献身煤炭事业的精神风范。他跟随父亲的足迹，1985 年招工后直接分配到马村煤矿井下当采煤工，以当时左家在矿上的影响力，只要稍微动动嘴，地面不敢保证，但像父亲一样干井下二线运输，是手到擒来的事情，但父亲没有这样做，也许他压根就没有想过动用关系给儿子安排好工作，于是智宏就这样默默无闻地奋战在采煤第一线。一次，矿上抽人到医院护理受工伤的伤员，虽然不下井，但工资低，还是个需要耐心和责任心的精细活儿，因为受工伤的都是在井下事故中缺胳膊少腿的年轻人，在人生的大好时光遭遇这样的打击，他们的情绪非常不稳定，因而护理难度大，许多人都不愿意去。矿上认为智宏工作踏实、有耐心，于是找他谈话，劝他去护理伤员，他没有提出任何条件就满口答应了，并说，这些兄弟是为了煤炭事业而成为残疾人的，为他们做好服务是应该的。就这样，他无怨无悔地在这个岗位上护理受工伤的矿工兄弟整整三年。1990 年代后期，煤炭市场普遍不景气，煤矿形成了下岗潮，鼓励工人下岗，智宏为矿上分忧，毫不犹豫地下岗了。煤矿破产后，社区需要后勤人员，他又不找任何借口地服从组织需要，上班当了一名小工：清洁工作需要人，他去了；修剪树木缺人，他去了；冬季烧锅炉缺推煤工，他也去了……他就像是一块砖，哪里需要就往哪里搬。

左智宏在自己的经历中仿佛太不起眼了，但他又是耀眼的，一个人经得起这样日复一日的磨砺，他的人格和精神一定是散发着光芒的。

左智勇则是左家三代最小的儿子，他没有辜负父亲和两位哥哥的厚望，在煤矿井下一路摸爬滚打，成为一名优秀的基层干部。

左智勇 1971 年 4 月在白堤矿（后与马村煤矿合并）南沟斜井绞车道旁祖辈三代居住的土窑洞里出生。他说自己是伴随着井下绞车道提煤的矿车声长大的，童年时期，他经常趴在低矮的院墙上，看着绞车道上一列列载着木料、沙子、水泥、砖头等煤矿井下生产原材料的矿车昼夜不停地循环运输，还有一列列满载着煤炭的矿车被钢丝绳拽着，顺着平行的另一条铁轨驶向地面翻煤的地方。后来他把这种启蒙的记忆写在了小学、初中，甚至高中的作文里，每一次的感受都不一样，那些感受都铭刻在了心灵的深处。从蒲白矿务局技工学校毕业后，他没有和任何人商量，也没有征求家里人的意见，毫不犹豫地来到采一队，和两个哥哥一样挖煤。他说，有哥哥们做表率，自己下井没有啥担心和可怕的，反而感到新鲜好奇，结果第一天就闹出了笑话。智勇说，事情的经过是这样的，跟着师傅采煤队工作面刮板输送机尾进工作面的时候，刚走到机头，顺槽刮板输送机突然开机，"哗哗！哗哗！哗哗！"刮板摩擦槽子的巨大声响响起，划破了井下漆黑寂静的工作面巷道。他一下子蒙了，以为是机头冒顶（顶板大面积垮塌）了，扭头就跑，跑出好几米后，师傅笑着叫住了他说："跑啥哩！开顺槽溜子了，嘿嘿！"

他说，在井下，环境状况随时都会发生变化，采煤的全过程有一个环节没注意到，都有可能发生事故，影响到生产，甚至伤及性命。每一个事故的发生都足以击毁一个幸福的家庭，必须提高安全

170

防范意识，学会主动查找隐患非常必要。安全是煤矿永恒的话题，千万大意不得。

左智勇在采煤队一干就是八个年头，谁知遇上煤炭市场不景气，和二哥同时下岗，也就是说，三个儿子除老大没有下岗，还开着微薄的工资，老二、老三都失去了经济来源，这对于一个家庭是多么沉重的打击啊！但是，他们没有怨言，没有向组织提出任何要求，和众多的下岗工人一样走向社会求生存、找饭碗。后来煤矿因资源枯竭关闭，大量的工人退下来，需要责任心强的去搞后勤服务，不过收入很低。在他们兄弟心目中，矿就是家，家就是矿，只要家里需要他们，他们是不讲什么条件的。于是弟兄二人辞掉了各自在社会上找到的那份本已干得得心应手，收入还算可以，又比较稳定的工作，重新回到煤矿上班，当了一年多的水泵维修工。

2010年，蒲白矿务局新区建新煤业公司需要熟练的第一线采煤工，智勇又毫不犹豫地重返采煤一线，而这时距他离开井下已经整整十二个年头了。曾经有多少人挖空心思想要调离采煤这个危险的行业，而智勇却逆向而行，在有些人眼里他就像一个傻子，也有人认为他是缺钱才回去的。对于这些闲言碎语，智勇全然不顾，他自己心里有杆秤，认准的路必须走下去，他不想解释，即使解释别人也不一定能够理解，这里面包含着祖孙三代对煤矿的一种感情、一种报恩的情怀。智勇重操旧业，在新的采煤工岗位上，以扎实肯干、不怕吃苦的认真态度，受到了组织的认可，先后被提拔成副队长、书记，直到现在的机修厂副厂长。

矿上的老工人说，左家三代在自己挖的土窑洞里住了几十年，后来借助窑前的土坡盖了一间小房，再后来用胡基垒了一个小院子。左家人还在院子里开了片菜地，养了鸡，建了猪圈。左家那三个采煤小子打小就勤快，经常看到他们挎着个小竹筐在山上给猪拾草，打小就让人感觉有出息。

左智勇对自己的童年记忆犹新，又充满无尽的留恋之情。他记得小时候家里的柜子上画着小桥流水，旁边写着"自力更生，艰苦奋斗"。院子前面的沟下面，还有三层和他家院落相同的院子，两三孔窑洞前围成的院子就是一个家，矿工的院子建在哪里，矿上的路就修到哪里。矿工的院子里有树，有花，院子门框上贴着过年时的春联，门口卧着狗，院子旁边有家禽在草地上觅食，看着是很温馨的矿工土窑洞小院。

在那个年代，国家经济落后，必须勒紧裤腰带过苦日子，煤矿工人理解国家的困难，矿上的事再小都是大事，个人的事和矿上的事比起来，再大也是小事，所以矿井已经建成生产了，地面上却几乎看不到任何生活设施，就算是矿级领导，也是要么租农民的房住，要么自己想办法挖窑洞，搭简易棚住，一住就是十年打底，甚至二三十年。后来条件好了，矿上尽可能为职工创造好的生活环境，逐年将土窑洞周围的道路硬化，在陡坡的地方修台阶，雨季来临前组织人员检查排水沟等基础设施，保证窑洞安全，保证职工及家属的人身安全不受威胁。左家三代人就是在这样的窑洞里住了四十年，2009 年才陆续住进了单元楼。

我笔下的矿工兄弟今何在

　　小说《黑与红》是我的长篇处女作，现实主义题材，三十多万字，反映煤矿井下生活。出版后，在社会上引起了一定的反响，不是作品的文学造诣有多高，主要是取材特殊，写的是地下八百米深处的煤矿工人的故事，而且还是亦工亦农的农民协议工，这种素材很少有人能够获取。我自己也是作品原型人物之一，故事情节有60%是真实的，其中30%是我的亲身经历，所以写起来就得心应手，读起来也会令人倍感真实。尤其是有过煤矿井下工作经历的人，读了以后，感觉就像是在写他们自己，在写自己身边的人。有人还饶有兴趣地对号入座，对书中人物追问个究竟，起初我回答得比较含糊，因为书中许多真实存在的情节和人物，尤其是反面人物，一旦深挖联想，容易引起麻烦官司。我曾尝试把书分别送给其中一些农民协议工当事人，但都没有得到期待的主动反馈，当我逐一问起时，才知道书早已被他们或是弄丢或是束之高阁，没有人真的关心自己的故事是否也被记录在其中。这让我感到非常失落。

　　但是，出乎我意料的是，作品在农民协议工以外的煤矿工人中，甚至煤矿的领导层中引起了共鸣。某领导连夜打电话给我，说书写得太好了，没有你写，煤矿井下这段历史将会随着时间的推移被遗忘，只有亲身经历过的人，才能给读者奉献如此精彩的情节。

　　能得到这样高的评价，我非常感动。这也促使我静下来，站在不同的角度换位再思考，我想通了。农民协议工本来就在煤矿井下的最底层，生存、生活的压力已经让他们焦头烂额、自顾不暇，哪有时间操苍蝇头大的文字的心？但越是这样，我就越发迫切地想要为这些矿工兄弟的故事留些笔墨，让社会对煤矿行业和煤矿工人有更深刻的了解。路遥《平凡的世界》里的安锁子也确有其人，而且还是真名，安锁子家乡距离临潼兵马俑近在咫尺，他在煤矿工作三十多年，直至在井下干到退休的那一天，他也没有去过兵马俑，煤矿井下的工作环境决定了他们没有那些闲心和空余时间关注与工作无关的外部世界。而我笔下的煤矿工人还没有安锁子那么幸运，他们以最底层的农民协议工的身份进矿挖煤，再苦再累无所谓，就是想改变农民身份，在井下干到退休，但这种最起码的期望，却也有一大半的人没有达到。我想，有必要将他们后续的生存状态讲给读者听，算不算得上作品暂且不说，我自己作为曾经的其中一员，最起码能从心理上得到一些宽慰。

《黑与红》有一个核心人物叫姚大勇，是干部家庭出身，他身强力壮，有正义感，敢说敢为，说到做到，深受煤矿干部职工的爱戴。书中这样写道：在1983年3月21日，五十一名农民协议工前来矿上报到时，姚大勇三十岁，是这些农民协议工中年龄最大的。他的父亲官位不低，也许是受家庭环境的熏陶，姚大勇为人正派，刚正不阿，自然成为五十一名农民协议工中的核心。在工作中，他始终发挥兄长般的作用，矿友刘永生、何玉龙二人在井下出事后，大家都一筹莫展，姚大勇却到矿上的亲戚家借了一百八十元治疗费，缓解了燃眉之急。

他是眼中容不得沙子的人，面对事情不退缩，不回避。在很多事情的处理上，他都表现出过人的胆识和主见，做事干净利落，不留一点儿后遗症。因此他在矿工中威信极高，大家对他说话都很恭敬，甚至连肖矿长要他做什么事都是带商量的语气。

在第一批农民协议工转正的九人中，就有姚大勇，转正后，他更加忘我地工作，甚至妻子身体抱恙，他都没有休息陪伴。他很快被提拔为采五队副队长。他在管理上高效公平，因技术过硬，还曾支援过金咀山煤矿上高档普采工作面的安装和试生产的任务。

在侯文江退居二线之后，姚大勇被提拔为采五队队长。一把手有一把手的责任和担当，他不仅带领大家月月超额完成生产任务，还把职工的生存和命运时时放在心上。鳌北煤矿在改革过程中，涉及下岗分流等问题，姚大勇通过父亲在市委工作的关系，帮助矿区的一百三十余名职工完成了再就业。

姚大勇通过两年的技校学习，领导才能和知识结构发生了根本性的变化，技校毕业没有多久，他就被提拔为鳌北煤矿副矿长，后来又去了玉玺煤矿委员会，将玉玺煤矿建设成为先进煤矿的范本。故事里的姚大勇是农民协议工中的佼佼者，也是那个时代煤矿工人的楷模。而现实中的姚大勇真名姚大谋，他的命运如何呢？在煤矿井下的五年时间内，正像小说刻画的那样，姚大谋通过日复一日吃苦耐劳的工作成为煤矿协议工的楷模，却在国家出了协议工可以有15%的名额转为全民合同工的政策时，因为超龄无法转正。许多人动员他"做工作"转正，大家觉得平时他工作表现良好，家里又有一定关系，办这么点儿事应该不成问题，但大谋好像没有这方面的想法。矿上有关领导也一再表示，矿上的工作离不开他这位干将，让他自己"想想办法"。而姚大谋谢绝了大家的好意，又回到农村重操旧业，经营起了他那一亩三分地。许多人都猜想，也许姚大谋看不上煤矿这项既脏又危险的工作，想趁着改革开放的好政策，干更大的事业，我也觉得以姚大谋的为人和智慧头脑，在农村这片广阔的天地里一定能有大作为。但是慢慢地我也由于工作频繁调动，和姚大谋失去了联系。一次回老家参加同事婚礼，我和他偶然在路上相遇，姚大谋骑一辆三轮电摩载着老伴，说是走亲戚去，一时那种久违的亲切感涌上我的心头。岁月荏苒，时光给他带来许多磨砺，但没有带走他活泼外向的性格，他那种凸显干练的身材还保持得很好，说起话来也还是那样的爽朗大方，不过这些都无法掩盖他满脸的疲惫和反应迟缓的眼神。是啊！我们都已经是六十岁开外的人了，谁都抵挡不住时间的摧残。我们在路上寒暄了几句，他说让我在老家等他，走完亲戚一定赶来喝酒、叙旧。

从姚大谋被"协议"从矿上回农村算起，我们有二十多年没有见面了，曾经一起在煤矿井下这个不见天日的战壕里摸爬滚打了五年时间，我们建立了生死之交的情感，一经重逢当然有说不完的话题。从话音中，我感觉到他这么多年日子过得很坦然，即便是没有达到当初大家对他的期望。我们对盅豪饮，在似醉非醉中拉开了家常。我说："你当年稍微动用一下关系，转正就没有问题，现在估计已经拿上好几年的退休工资了。"他盯着我好一会儿，端起酒杯下肚，稍做停顿后，反而问我说："你让我说实话还是假话？""当然实话了。"我回答。他说："我打心底里就不喜欢干下井挖煤的这份苦力活儿，长年不见天日，和潮湿黑暗打交道，和死了有啥两样。你们虽然已经退休了，而且每月几千元工资，但我不稀罕。"我惊讶地问："既然是这样，当初为啥要报名当协议工下井呢？"他说："我是在农村待烦了，抱着看看外面的世界是啥样子的心态，谁知掉进煤矿这个黑窟窿里去了！世上没有卖后悔药的，既然来了就得安下心来，扎下根，干出个样来，不说做多大的贡献，起码对得起自己，让人不要瞧不起咱农民协议工。"

姚大谋的这番表白超出了我多少年来对他的猜想，那个年代，我们这些农民娃都是挤破头皮想跳出农门。而跳出农门只有三条出路：一是读书考大学，但能通过考上大学改变命运的是极少数；二是当兵报效祖国，在部队提干当将军，当然这也是极少数；最后一个就是下井挖煤当矿工，门槛比较低，只要身强力壮能吃苦，认不认识字无所谓，会写自己的名字，认得钱就行。而当时 15% 的转正指标竞争非常激烈，许多人挖空心思找关系转正，想端商品粮饭碗，在煤矿长期干下去，至今我还暗自庆幸自己当时能转正，那也是我生命里程中的一次关键的转折。当时大家都为姚大谋没有转正而感到惋惜，队上和矿上了解姚大谋的人都时常提起，给予很高的评价，说那是一块好钢，可惜没有抓住机会转正，也是煤矿的损失。有人说，姚大谋有当官父亲的关系，人家肯定另谋高就了，要不就做生意当老板，挣大钱了。大家都这么想。现在三十多年过去了，才搞明白这位大哥当时是这样的一种心境，但他在我心目中的形象更加威严高大了。我想知道他回农村后的生活境况。他说，在煤矿五年说是挣大工资，实际落了个名，去时两手空空，回来两手空空，都花光了。不过练就了能吃苦的本领，回来正好赶上改革开放的好政策，农村大量种植苹果，有些人还在犹豫，觉得农民是以粮食为纲，把土地都栽上苹果树，苹果能顶饭吃吗？我看到商机来了，在大家还在争论不休时，把十亩责任田全栽成了苹果树，三年后开始挂果，苹果园一年的收入，下井三年也挣不回来。后来我将父辈留下的老庄基推倒翻修了一遍，也供子女完成了学业，现在他们都已成家立业，在县城置办了房产。说到这儿，他提高语气说，他们已经是完全意义上的城市"房奴"阶层了。

姚大谋的话，让我有些自愧不如。真为这位老大哥豁达开朗的性格和对生活知足常乐的心态感到高兴。人各有志，也许追随自己内心的人，才能体会到什么是真正的人生。

马俊山是 1970 年从农村走出来的正式工，工作中从来不马虎，在领导面前也从来不会说软话，和农民协议工能打成一片，是大家公认的鳌北煤矿一个棱角分明的钢铁汉子。但井下恶劣的环境不管你是谁，违章蛮干就会付出代价，马俊山最终在一次井下回收工作面的时候因公殉职。

书中这样描写：马俊山班长看上去有六十岁的样子，个子不高还驼背，身材瘦小，体重不超过五十公斤，满脸的胡须，两只眼睛老是瞟着看人，第一印象看着极不正经，有些匪气。他原是采二队丙班班长，后来采二与采五合并后，因不愿分流至二线工作，依然在采五队任乙班班长。

在矿上，马俊山把一对母女当作"亲人"。这对母女，原本是和他一同从农村招工来鳌北煤矿的郭黑子的妻女，但在1983年大逮捕时，郭黑子被判处了死刑。马俊山见母女二人可怜，又无人照料，因此一来二去，便成为母女二人的坚强支柱。

马班长工作上有着自己十分独到的方式，常常"跑野路子"。比如在一次回收工作面时，马班长在维修期间，耗费一个班的工作时间，把溜子（刮板输送机）弄好，就是为了要用溜子将梁柱绕出来。虽然他知道这是严重的违规，但是能够提高效率，因此将一切都置之度外，就连肖伟光矿长等人也拿他没办法。

马班长还被称为"马寡子"，这是因为他脾气暴躁，任何人都敢顶撞。比如溪石彬总工程师刚调到鳌北煤矿的时候，本想新官上任三把火，但是马班长听来听去，认为他这是在耽误工作时间，火气上来之后，直接对溪石彬发作了一通，甚至连肖矿长的面子都不给。但就是这样一位有血有肉、铁骨铮铮的汉子，却在事故中，献出了自己宝贵的生命，令人惋惜不已。

现实生活中，马班长名叫马俊民，知识渊博，有着能把一部长篇小说讲完整的超凡记忆力，在语言表达上非常得心应手，不管在地面还是井下，身边都围着许多人听他说书讲故事。工作中，他干练利索，煤矿井下的活儿没有能难住他的，在领导跟前说话比较硬气，对工友却是刀子嘴豆腐心。从入井开始，当班的工友听到的全是马班长高喉咙大嗓门的骂人声，而且非常难听。这些大伙儿已经习惯了，哪天听不到班长骂人，心里还感觉不舒服，干活儿都打不起精神，好像缺了什么似的。但是，他对每一个兄弟都像对待自己的亲弟兄一样关照，不管谁在工作中出现失误，领导追究责任时，他都大包大揽，说是自己的错，所以在干部工人中威信非常高。因为工作调动的关系，我已经近三十年没有马班长的音信了，听说在我离开原单位没有几年，他就退休回老家长武了。在20世纪90年代，通讯没有现在这么发达，要寻找一个几百公里以外农村的退休工人是相当困难的。但在我心目中，马俊民班长的形象一直都很鲜活。随着通讯和交通手段的发展，我寻找马班长的心情更加迫切，几次回矿打听，得知他们1970年招的那一批老工人已经退休多年，再加上矿井破产，有的回了老家再无消息，有的投奔儿女去了，仅有的几个在矿上的也信息闭塞，不知道各自的情况。一位已经从采煤队走出的大学生当上了局级领导，在一次闲谈中，几次提到马俊民班长，一个事务繁忙的局级领导能记起二十多年前一个挖煤的小班长，可见马班长的过人之处。

前两年，在我们队长田定运的努力下，建起了采煤二队退休职工微信群，极大地增强了工友之间的联系。但是马俊民班长一直联系不上。两年以后，通过微信群里的长武老乡，我才打听到了马班长的电话，喜出望外地打过去，才说了两句话，对方就叫出来我的名字。马班长电话上说，他退休后一直给建筑工地干活儿，现在年龄大了，干不动了，人家也不要了。他女儿顶替他在矿上上班，非常孝顺，说家里冬天没有暖气，要接他去矿上住，到时联系就方便了。这一年的冬天，我专门去矿上看望几十年未曾见面的工友，而我的老班长马俊民，东找西找，终于在家属区一个1970年建造的单元楼见到了他。岁月的沧桑已经让马班长这个曾经的煤矿铁汉褪去了往日的荣光。矿工是个摧残人的特殊工种，一般退休的矿工看着都比同龄人苍老，过几年身体没有大毛病就算是幸运。我虽然早有思想准备，但实际见面后，马班长比我想象的不知道还要苍老多少，

179

只是说话还像当年那般掷地有声。他退得早，退休工资只有三千多一点儿。我们聊了很多。他家姑娘在送我们出门时，说他们家接连遭遇不幸，给她父亲打击太大了，接老爸到矿上住是让他能换个心情。矿上旧房子廉价，一两万就能买一套，她打算让老爸在矿上养老，这样照看也方便。

半年之后我再次来看望马班长，这次他的身体大不如前，他说自己才出院，检查出来是煤矽肺病，不知道该找谁去。此时的我心里真说不上是啥滋味，我知道煤矽肺病是煤矿工人的职业病。类似马班长一样，许多人在岗时没有检查身体，或者体检里没有相关项目，退休后随着年龄的增长才出现症状。听田队长说有好几个工人退休回老家，都因煤矽肺病去世了。

接着再说王选怀吧。我书中是这样描述的：王选怀一米六八左右的个头，有些驼背，但精干结实，走路似一阵风，说话更是如连珠炮一般，让人插话都难。曾在部队中服役，当兵的目的很简单，就是想在部队中谋个一官半职，跳出农门。他的兵种是地质勘探，在大凉山中找黄金，四年下来，好不容易到了代理排长的位置，却正好赶上了大裁军，不得已又回到了农村老家。

恰逢煤矿招收农民协议工，王选怀如获至宝，很快搞定来公社招工的矿劳资科的干部郑庆东，并如愿地成为鳌北煤矿的协议工。刚开始，王选怀看谁都入不了眼，就连时任总工程师的肖伟光在给众人上课时，王选怀都不留情面多次打断他的话。

王选怀工作的确是把好手，在马俊山出事之后，他被提拔为采五队甲班班长。但他好胜心太强，在方方面面都要与我们一争高下，也闹了不少笑话。不过也由于他工作出色，因此在第一批转正的九人名额中，他毫无争议地得到了一个名额。

而后在鳌北煤矿的逐步改革中，诸如改革为综采的阶段内，王选怀用自己的努力，当上了综采队队长，为了产量，他主动放弃去干部学校学习的机会。而后又因技术过硬，被调往郭家河煤矿负责综采工作面的事，成功地辅佐溪石彬解决了很多技术难题。

现实生活中的王选怀性格泼辣，在井下没有能难住他的活儿，后来从采二队队长的岗位上调动到榆林煤矿搞综采，当队长，又被提任为调度室主任、安全副矿长。马村煤矿由于地质条件复杂，造就了一批懂技术、会管理的干部职工队伍，王选怀时常有不服人的野心，但是在他之上的人才太多了，压得他那自以为是的野性子没有抬头之日。好在他也培养出来一帮弟兄，后来跟着他从八百里秦川的煤矿来到毛乌素沙漠的某矿，那里优越的地质条件、新组建的不懂井下技术的干部和工人，使得王选怀一下有了出彩的机会。在别人眼里井下再难的事，让他一说，就和吃饭一样轻松；在别人看来很容易的事情，在他手里却比搬一座山还艰难。从上到下都知道王选怀说的话七成有水分，但是还都得听他的，一是他实干精神强，凡是有啃不动的硬骨头，非要他来干不行；二是他带了一帮能干活儿的兄弟，王选怀说这东西颜色是黑的，如果有人说是白的，这一帮弟兄们就敢和你瞪眼，领导心里有底，可也拿他没有办法。王选怀就是在这样的天时地利人和的环境下，如鱼得水地尽情发挥，充分展示自己的个性和能力，为煤矿的机械化开采做出了贡献，自己也从队长走上副矿长的领导岗位，而后光荣退休。可以说，王选怀是我们矿协议工中干到职位最高，一直在第一线的领导干部，退休下来还是保持以往乐观高调的性格，着实让大伙羡慕。

王志胜是当年五十一名农民协议工中仅有的三名高中毕业生之一。他从小学到高中，成绩向来优异，尤其是1977年恢复高考之后，他的成绩更是出类拔萃。但由于他待母甚孝，所以宁愿留在家乡大队工作，也不愿意远赴他乡，与母亲分离。

但阴差阳错，王志胜还是与母分别，走进了鳌北煤矿。他踏实好学，很快便被提拔为乙班放顶回柱班班长。许德宏矿长也在特批

181

中点名让王志胜参与学习。转正之后，王志胜由于工作勤勉，被提拔为采五队书记兼副队长。

王志胜思路清晰，有条有理，在工作上能够分清主次，将事物处理得井井有条。他尊重知识，尊重科学，尊重人才，但也疾恶如仇，鄙视曲意逢迎之辈，但也正是因为他的正直不阿，使得他更加受到器重。后来在论证并实践鳌北煤矿改革技术的事务上，他立下大功，从而被提拔为鳌北煤矿副党委书记，后又被任命为党委书记，在与鳌北煤矿矿长王彬的搭班工作中，令鳌北煤矿步入了一个新的纪元。

现实中的王志胜是一个体质好、力气大、做事干练、为人谦恭的优秀矿工。因为家就在距离煤矿不远的地方，农村夏秋两季的农活他还是主要劳力，所以，他选择了井下最为危险的放顶回柱工种，这个工种不耽搁下地干农活儿。就这样一干就是三十年，他工作中没有过一点儿擦破碰伤，也几乎没有缺过班，这简直是一个奇迹。王选怀也看上了王志胜，认为他是一块井下干活儿的好料，动员他一起去榆林发展。如果去了，凭王志胜的为人和工作能力，一定能大有作为。他也确实犹豫过，但最终还是放弃了这次人生的重要转折机会，搞得与王选怀之间非常不愉快。当然，王志胜有自己的考虑，父母亲都八十多岁了，而且只有他一个儿子，虽然身体都还比较硬朗，但毕竟那么大年纪了，有个头疼脑热的，身边没人说不过去。从孝敬父母的角度考虑，他选择放弃了优厚的待遇和自己升迁的机会，在已经破产重组的煤矿上继续干他熟悉的放顶工作，在此期间送走了两位老人，尽到了儿子应尽的孝心。后来，他在这个煤矿干到退休，又被返聘，一直干到矿井关闭。可以说，他是我们这批协议工井下工龄最长的一人，在平凡而又险恶的工作岗位完成了一个人能做的一切，也为国家的煤炭事业默默无闻地献出了自己毕生的精力。

单宝平是一个来自边远生产大队的农民协议工。起初少言寡语，但为人十分精细，加上工作勤勉，所以在第一批转正的九人中，也有他的名字。在采五队使用高档普采机组后，渭北矿务局给采五队定下年产一百二十万吨的目标，单宝平为了完成任务，把婚期都推迟了一年。因工作出色，他被提拔为乙班放顶班班长。

周绪东出事故之时，单宝平就在现场，因此触动极大，没多久便选择脱产上大学学习，在受到阻拦之后，更是破釜沉舟，给矿党委和渭北矿务局写信说明情况，毅然决然地离开了鳌北煤矿。

在一次假期中，单宝平请农民协议工同志吃饭，席间与同志们聊得甚欢，尤其是对鳌北煤矿的问题十分上心，一个月后便在《国家能源报》上发表了一篇文章，引起高度重视，单宝平也随即出名。也正是因为这篇文章，使得《国家能源报》西山记者站的站长邹平对他留下了深刻印象，而后单宝平又发表了多篇文章，令老站长更是欣赏器重，因而当他毕业后，老站长借了个因由，把他留到了记者站。后来他不负众望，写出了《中国西北角》，声名大噪。

当原海峰调任玉玺煤矿后，因宣传等需要，与单宝平牵扯在一起，单宝平受惠后，也甘为原海峰充当宣传的先锋。但后来，由于原海峰行事太过高调，且为人不正，为领导所忌，因而在专题片一事上，又将单宝平牵扯在内，使他也接受调查。虽然单宝平无法外之行，但也因高估自己能力，在权力与金钱中迷失自我，而结束了似锦的仕途，最后黯然离场。

现实生活中的单宝平和书中描写的完全是两个人，做事风格差异很大，作品中的单宝平只是借鉴了他的思想和做事风格，人生轨迹没有什么相似之处。现实中的单宝平在煤矿没有干上一年，就休了工伤假，在此期间做过苹果的生意，收购过木材，最终都以失败而告终，赔得一塌糊涂，被迫在小煤窑下井一年多才勉强度过了经济危机。特别幸运的是，他有亲属在煤矿工作，不知道是哪一批的协议工转正，他赶上了，转为全民合同工。转正后没干几年，煤矿实施政策性破产，他被分流到地面打扫卫生，另外还经营着家庭的农副产业，一年有不少收入。退休之后，他将全部的精力用在了农业的经营上，而且在矿上买了最便宜的安置房，夏天回老家种地避暑，冬天住在矿上享受廉价的暖气。他的子女都很争气，子女成家后，帮忙带小孩成了他的主要任务，大家都说单宝平活得最潇洒。

田宝琪来自偏远地区的生产大队，但他身上的学生气很浓，与众人显得有些格格不入。本来王彬与田宝琪没有什么交集，但在鳌北煤矿实行改革的过程中，将采二队和采五队合并在一起，王彬便与田宝琪一同给马俊山当副班长。但田宝琪身上有一种文人的傲骨。在溪石彬调来鳌北煤矿接肖伟光总工程师的班时，本来要来个新官上任三把火，结果马俊山发了很大脾气，摔门而出，没给溪石彬任何面子。田宝琪也因此认为溪石彬行为不正，便出言顶撞，被肖伟光训斥后方才罢休。

在特大事故发生后，马俊山班长牺牲，田宝琪也受了重伤。康复之后，为继续在矿上工作，他坚决不做工伤鉴定，后被安排做采五队铁梁柱的验收员，同时照顾李巧凤与春娥母女俩。在第一批采五队九人转正名单中，并没有他的名字。而后在李巧凤的饭馆中，他邀请几位挚友聚餐，宣布与春娥订婚，随后回到家乡与春娥完婚。

之后的一天，销声匿迹的田宝琪的名字突然又回响在了大家的耳畔，原来是他在上海建筑工地打工时，写了一篇名叫《别了，矿山》的抒情散文，发表在《国家能源报》上，引起了领导的重视。几经辗转后，他又被请回到矿上，被安排在矿宣传部。后来由于工作出色，被评为优秀通讯员。

在玉玺煤矿建设中，原海峰因宣传需要，将其调到自己麾下，但在拍摄专题片的时候，负责后期制作的田宝琪因工作能力十分突出，被留在北京，之后签约了一家影视公司，取得了更高的成就。

田宝琪这个人物是由现实中两个人的原型组成的。一个是田宝全，他是在当生产班副班长时，被转为全民合同工的。可惜他安全意识不强，作风懒散，两次井下受伤，腿部骨折，伤筋动骨最少都得休息一百天，可他不到六十天就私自骑摩托回老家干农活儿，结果又摔倒了，体内固定的钢板被摩托压变形。他采取笨办法，自己处理矫正，结果腿伤复发，又要重新手术固定，从此被鉴定为残废，不能下井，只能在地面打扫卫生。那一年矿井关闭，他提前退休，回农村经营十亩葡萄园，虽然起早贪黑非常辛苦，但收入不菲，足够赡养两个八十岁以上的老人，以及供养两个孩子完成大学的学业，后来还盖了新房。有一年葡萄成熟的时候，他邀请矿上的老同事参观自己的葡萄园。沉甸甸的优质葡萄一串一串地挂满枝头，收购商十多米长的大货车就停在村口的田间地头，那场面确实让人对他刮目相看。

大家都为田宝全成为葡萄大王而感到自豪，宝全说，还真得感谢煤矿破产，不然靠上班打扫卫生，一个月不到三千块钱，下辈子也盖不起房，更别提供养两个孩子上学成家了，在城里买房，那是想都不敢想。种葡萄这十年，也多亏下井锻炼出来的精神头，不怕出力苦干，确实挣了钱，细数起来，办下这么多花钱的事情。大家说，有钱了说话就是气粗。玩笑中大家回忆起了当初的井下生活，也为田宝全眼前这样的富足生活由衷感到高兴。

田宝琪的另一个原型人物是肖子秀，正像书中写的那样，他协议工到期后被矿上从建筑工地招回来，一直在矿宣传部搞宣传，从干事干到宣传部部长。其他矿的宣传部最少在五人以上，而肖部长的宣传部三十多年算上他一直就两个人。他们两个人要完成同类煤矿宣传部五人以上的工作量，而且经常就只有一个人在这边值班。肖部长家在安徽，另一个家在山东，他俩轮流休假，一年最多只能回一次家。肖子秀老婆在老家种地，还要供两个孩子上学，赡养老人和教育孩子的责任全压在妻子的肩上。肖部长曾经和我说起家里的事情，说矿上能这样看重咱，咱没有理由不好好工作，不能辜负组织对咱的厚望，咱没有啥遗憾，唯一的遗憾就是这么多年亏欠妻子太多了，等退休了好好回报她。但肖子秀目前已经超过离岗年龄了，矿上仍然需要他，他就义无反顾地服从组织的需要，兢兢业业地做好每一天的工作。宣传部年年被矿业公司评为先进。目前，肖子秀已经成为铜川矿业公司年龄最大、资格最老的宣传部部长。

原海峰是我作品中唯一的反面人物，书中这样描写他：性格内向、少言寡语、内心阴暗、城府深、善于阿谀奉承、精于权术；高挑个子，家庭条件相对较好，外表很斯文，独来独往，不愿与人结交，所以很难让人了解其内心。

虽然在工作一段时间后，他也被提拔为采五队甲班副班长，继而被提拔为丙班放顶回柱班班长，但是因为大伙儿都摸不准他的脾气秉性，因此都一点点地与他疏远了。

之后的一件事，令王彬和姚大勇、王选怀对他产生了看法，甚至很长的一段时间里都耿耿于怀。起因是三人要"收拾"当时新来的一名工作极不认真负责的技术员章林，但三人的计划却被原海峰听去，随即被他告状。当时事情闹得不小，许德宏矿长还找过几人谈话，但许矿长仍然比较看重他，着意提拔，还亲自点名让他参加一个月的高档普采学习培训，因此后来第一批转正的九人名单中，也出现了他的名字。

之后许矿长更是着意栽培他，对肖伟光与侯文江旁敲侧击之下，钦定原海峰脱产去矿业学院学习。肖伟光在传达此消息时，原海峰显得欣喜异常，甚至连自己的妻子都不顾，后来他的原配妻子刘爱玲也因他亡故。

这一切虽然令原海峰惹来了不少争议，但是他却仍不以为意。在他完成了学习之后，许矿长又提拔他任鳌北煤矿矿长助理兼采煤五队队长。其间原海峰极少在采五队中露面，却总能在广播中听到他对哪个领导迎来送往的事，令大家嗤之以鼻。在他调任郭家河煤矿筹建处处长后，马上与矿团委书记魏秀霞结婚，而后仕途坦荡。之后他又历任郭家河煤矿筹建处常务副主任、玉玺煤矿管理委员会党委兼主任。在这期间，他将大量人才调至自己麾下，虽然在建设期间也有一定的矛盾与危机，但他都能一一化解。玉玺煤矿建设方面，他的工作做得倒也有声有色。

但恶人终有恶人磨。由于婚姻不顺，原海峰将目光转移到其他女人身上，最终由于情人贾余华的自尽，加之专题片一事的处理不当，使得他被送上了正义的审判台。

现实中没有原海峰，完全是我根据社会现象虚构出来的。有读者看后提出了不同的意见和见解，说煤矿工人处于社会的最底层，是最艰苦、最危险的行业，作品应该树立一个正面形象，不应该有杂音，更不应该把社会上腐败、不健康的一面附加在煤矿干部职工身上，给煤矿工人脸上抹黑。读者说的是有道理的，不过作品已经出来了，孩子生在人间，只能仁者见仁，智者见智，任后人评说。

书中刻画的王民录是头上长角、身上长刺、喜欢抬杠、思维敏捷的渭北矿务局劳动模范。他本性憨厚、真挚，朴素认真，做任何事都有韧劲，却又脾气暴躁，容易得罪人。干协议工之前，曾在生产队中当了十年的保管员。因为习惯了被人巴结，所以养成了暴躁的坏脾气，两只眼睛总是发出逼人的光芒，说起话来从不考虑别人的感受，对谁都不讲情面。

一次，金咀山煤矿采六队来鳌北煤矿采五队学习，一名叫成金印的工人和王民录较上了劲儿，让矿务局生产处的领导都不得不出面协调。后来在渭北矿务局技术比武首届攉煤比赛中，王民录以八小时攉煤三十节槽子（四十五米）的成绩，荣获第一名。从此，王民录被誉为鳌北煤矿"矿山秦川牛"，当年还被评为渭北矿务局劳动模范，转为全民合同工。后来在渭北矿务局每年一次的比武大赛中，领导都点名让成金印和王民录比赛攉煤。

在原海峰调任玉玺煤矿之后，王民录是第二个被调走的人。而后又跟外国技术人员认真刻苦地学习，不到半年，便掌握了采煤机、索车、打眼机的全部工作原理；一年之后，外国人就能从香港靠电话远程指挥排查解决机械问题；又过了一年之后，王民录被聘为美国朗艾道公司工程师，成为国内首个"拿美元"的煤矿工人工程师。

王民录这个人物在现实中也是有两个人的原型，一个是真实的王民录，书中虽有演绎成分，但事实符合人物性格，只是现实中他没有转正，干了不知道几年，返乡当农民了。他不干的理由是：我就两个闺女，没有儿子，挣得再多都是别人的，自家祖坟断了烟火，冒险下井挣钱有啥用啊？回到农村之后，他最大的心愿就是盖全村最高的房，不是第一也得数一数二，为老先人争口气。有了这种虚荣心，他就挖空心思挣钱，先是开办了一个硫黄厂，结果因为没有技术，缺乏管理经验，还是失败了，把下井积攒的那点儿积蓄赔光不算，还背上了银行贷款，日子过得一塌糊涂。但他认准的事情必须做成，于是他又发挥自己的特长，利用农村天然有利条件办养牛场，从一头两头开始，最后有了二十头牛的规模。那些年也赶上牛肉有不错的价钱，他攒够了盖房子的积蓄，终于在一个有着六百户人口的大村第一个盖起了两层楼房。虽然还有外债，内部装饰简陋，但用王民录的话说，总算在村里给先人把气争了。有一次回家，我还专门前去看望他，他说身体最近出现了一点儿问题，毕竟是接近七十岁的老人了。养牛是个苦力活儿，他干不动了，现在每天的主要活动就是抽烟、喝茶、散步、找人说闲话。

王民录的另外一个现实原型是焦育乐，他因维修美国进口设备在煤炭行业有了一定影响力。他最开始服务的那个矿由于地质变化不适宜用进口采煤设备，他便直接去国外厂家，为老外的公司服务，干了不知道多少年。后来我们偶然在北京相遇，念起以前的感情，他在北京比较高档的饭店设饭局，还隆重邀请听不懂中国话的老外作陪。让我惊讶的是，只有初中文化程度的焦育乐居然能说一口流利的外国话，并充当起了我和老外的翻译。那次我喝醉了，并不是因为洋酒和奢侈的招待而醉，也不是因焦育乐显赫的身价而醉，是为他这样一个煤矿工人能靠自学来的真功夫走天下，让外国人都佩服而醉。以后的几十年里，我俩再也没有音信来往。

《黑与红》还写了机电大拿韩正群。他做矿工时，已经三十多岁，由于只有小学学历，也没有一技之长，家境又极度贫困，所以这是他当时唯一的选择。他一直任劳任怨，尤其是在井下搞综合保护器工作，十分认真负责，因而后来被溪石彬挖到郭家河煤矿，提任为综采队队长。据说多少年前，他的大舅就是在一次煤矿特大瓦斯爆炸中丧生的，年仅二十六岁，当时结婚才刚一年。大舅的离去给家里造成了极大的变故，已有身孕的舅妈处理完后事，就打掉孩子，不辞而别，改嫁了他人。外婆被瞒了很久才知道儿子早就出了事，受双重打击，哭瞎了双眼。尽管家里已有这样悲惨的先例，可是当韩正群亲临矿难时，他依然挺身而出，不顾自身安危，救了三个矿工。那次救人，导致他身体被烧伤百分之八十以上，在医院抢救了四十五天。虽然性命保住，人还勉强能走路，但是右臂严重萎缩，两只手基本失去了功能。煤矿承担了全部医疗费用，并且让他回家养病，按照病假对待，但是他的矿工生涯也到此为止。

韩正群是虚构的一个人物。作为记者，我曾有几次亲历矿难现场，那撕心裂肺的痛苦场面，至今也叫人不堪回首。每每想到那么多热血沸腾的矿工兄弟为了祖国的煤炭事业，长眠在这块他们曾经热爱、曾经奋斗的沃土上，怎能不让人流泪，怎能不让人悲痛？众所周知，瓦斯爆炸是煤矿四大灾难之一，煤矿题材小说如果没有这种矿难的情节，就失去了煤矿题材的真实性。我曾听煤监局的朋友谈起治理瓦斯和处理某些小范围瓦斯爆炸的案例，于是在小说中塑造了韩正群和那场瓦斯爆炸救人的感人场景。实践也证明，有真实性的作品，更容易得到读者的认同。

书中描写的高才生章林是知识型的实干家。一开始他过于理想化，高调、暴躁、马虎，是煤矿这个大环境让他成长和成熟，逐步变得谦逊而有责任感。从大学采矿专业毕业后，他原本要被分配到渭北矿务局生产处工作，但他坚持要到全国采煤高档普采夺冠的鳌北煤矿采五队任技术员。起初他有点儿恃才傲物，工作上居高临下地命令人，听不进去不同意见，心底里瞧不起农民协议工，因此遭到姚大勇、王彬及王选怀的不满，三人决议要教训他一番，但被原海峰告密，此事经过一番调解方才作罢。但通过此事，章林也意识到自己身上的缺点，最终和大家达成相互谅解，消除了隔阂。从此以后，他学着谦逊低调，并常常自我反思，通过在实践工作中的学习和观察，更加深入地掌握了采煤技术，对采煤行业也有了新的认识。

为了帮助工人掌握真本领，章林带头与从东山城亭矿务局学习回来的老工人一起授课，常常备课到深夜，课后照常下井。原海峰调走后，矿上对基层区队班子进行了大调整，章林便接替了侯文江书记兼第一副队长。其间处理过很多棘手的问题，例如针对2220工作面876号钻井封孔不良导致漏水、积水严重的问题，独立设计了治水方案，获得了省级科技进步一等奖。

后来在重大决策出现分歧、遇到难以解决的问题时，章林的才华体现得淋漓尽致。在技术落后、职工素质低下、对高档普采工艺还一知半解的情况下，章林带领众人完成了上综采百万吨工作面的构想，跨越式地创下鳌北煤矿采五队的新辉煌。

在郭家河煤矿建设中，鳌北煤矿又调走了一批人才，章林被提任为副总工程师，后又被提拔为总工程师。但章林并未就此止步，在实现鳌北煤矿机械化开采方面再取得重大收获，并在鳌北矿东二采区率先打响了 6051 工作面"战役"。因为工作卓越，渭北矿务局亲自任命章林为渭北矿务局副总工程师兼鳌北煤矿矿长。

现实生活中的章林是一名优秀的煤矿基层干部，大学毕业后由技术员干起，做到副矿长、矿长，再到集团公司副经理，一直做到负责全省煤炭系统某一部门的工作，是煤矿培养出来的最优秀的中青年领导干部之一。他始终没有忘记他的矿工兄弟，每年都招呼曾经一起下井的老同志吃顿饭，大家都还亲切地称呼他为章队长。在这些老矿工兄弟面前，他也丝毫没有煤矿高级领导干部的架子。

书里的侯文江是优秀的煤矿井下区队长，煤黑子的头儿，鳌北煤矿采五队的书记，曾经如同父母一般关怀照料着自己手下的矿工"战友"。他手中总是握着一个旱烟袋，工作认真负责，但在私下，总能与工人同志们打成一片，任何人叫他去喝酒他都肯去，总是一醉方休，有时在喝多之际，有人会跟他勾肩搭背，没大没小地管他叫侯哥，他也不恼。侯文江一家四口人，在相当长的一段时间内，都只能靠他每月的口粮生活，可他却从来没有一句怨言。

在工作中，他向来能够顶得住压力，为队员在工作中创造条件。在采五队发展的历史中，处处都能看到侯文江的心血，但他却从不居功自傲。相反，当原海峰调任后，在矿上对基层区队班子进行大调整时，侯书记因年龄的原因不能接班，他就主动退居二线，到矿工会接替退休的高拥琪任生活部长。

现实中的侯书记真实姓名为侯文海，书中所描写的情节多数都是真实发生过的。老书记有一个非常和睦的家庭，如今已经八十多岁高龄了，身体还是那样的硬朗，手里始终不离旱烟袋，对酒还是特别感兴趣。我曾经问这位老领导，在井下三十多年，有没有得煤矽肺病，身体有没有啥问题，他说这谁知道。他老伴插话说："你侯哥从来就没有去过医院，从来也没有检查过，别人退休前都检查煤矽肺，我也催他去。猜你侯哥咋说，他说这是没事找事，没病非让查出来有毛病，就能放心了吗。"

侯书记就是这么一个人，只要是工人的事情，他和领导吵翻天也要为工人争取个理，自己的事情从来没有跟组织提任何要求。两个儿子都是井下工人，老大已经从井下第一线退休，二儿子技校毕业，绘画功底非常深厚。凭当时他在矿上的影响力，稍微动动嘴，二儿子技校毕业后分在矿工会是没有问题的，但他就是不说这话，二儿子一直在井下干到矿井破产，后来被调整到别的矿看管澡堂，只在业余时间作画，逐渐地才小有名气。侯书记的女儿技校毕业后，因是女同志在煤矿很难就业，他也不给托关系找门路，女儿只好随女婿干起了个体户。如今，侯书记的孙辈们也都大学毕业，走上了不同的工作岗位，三代人一起过日子，其乐融融。我们由衷地感恩，在人生旅途中能遇上这样一位好领导，这真是采煤二队职工的一大幸事。

为了凸显侯书记高尚的人格和对子女身体力行的培养，作品中对他的儿子侯志均做了如下的描述：侯文江的小儿子侯志均有学识、有理想、有主见、有抱负，低调而谦逊，专业素养相当过硬。可以说，单论地质学理论研究这一块，就是与章林矿长相比，他也毫不逊色。放眼整个鳌北煤矿甚至是渭北矿务局，能出其右者，寥寥无几。侯志均技校毕业后，就被直接安排在父亲曾经的采五队下井当见习技术员。在整个采五队后期的发展中，侯志均起到关键作用的事情共有两件。

一是他提出"优质煤炭"的改革思想。采煤队在打造团队凝聚力，再铸采五品牌的目标下，注重效益提升，把着力点集中在提高煤质上。侯志均主要负责这项工作。他根据地面地质变化的现状，制定出了煤与石的分拣制度。虽然此项工作实施起来难度极大，还受到工人们的一致反对，在全队中引发了大讨论，但最终矿上还是肯定了侯志均改革的重要意义。并且侯志均还根据冬季块煤紧俏的市场形势，把生产块煤作为提高煤质的重要指标，制定了幅度较大的分配标准，摸索出打深眼、少装药、隔眼放炮的改革工艺，块煤生产率一下从18%提高到58%，仅此一项，便为鳌北煤矿在三个月内增收200万元。

第二件就是在鳌北煤矿资源即将枯竭时，侯志均提出向东冀采区进军的思路。那时候侯志均已被提升为综采队队长。他查阅了大量相关资料后，决意要率领队里的五人进军东冀采区。虽然东冀地质条件极其复杂，但是侯志均没有任何惧意。通过对穿越300米复杂地质带情况的掌握，他确定了每一个时间段的工作量，把人员打乱重新分工，把人的潜力发挥到极致。采用综机第一班就向东翼推进了120米，实现开门红，又一鼓作气，仅用半个月时间就进入古河床最复杂的地质带，20米落差的大断层。他们苦战了一年零两个月，终于令整个鳌北看到了未来前行的希望。

站长，您就这样走了吗

——写给已故的《中国煤炭报》西安中心记者站站长邹善治

今年春节我没能去看您，不是，我已经好几个春节没有去看望您了，总是以工作忙，不能及时来西安为借口，等春节过了多时，才以公务为由顺便去看您，但都是匆匆忙忙而去。记得那次您提前邀我到家里来，您等了好几天，并和陈大夫（邹站长老伴）做了一大盆的肉饺子馅，而我本来是想和您畅谈一次，可惜才刚敲响您的家门，就接到了去青海新工地的采访任务，到您家就连坐一分钟的工夫也没有。您再三挽留，但我还是决然地离去了。我总是想，站长您向来欣赏我的吃苦和勤奋，有公务在身，站长您是不会怪罪我的，谁知这竟然成了我最后一次在家里看您，现在想起来是多么的后悔啊！为了让我吃上您亲自包的饺子，您不知等了多少个日日夜夜，而我……

牛年的春节，我还是按照往年的惯例，电话给您拜年报平安。您接了电话，一下就听出了我的声音，没等我的拜年祝福说出口，您就不停地给我和我的全家拜年，又问长问短，和我在电话里足足谈了四十多分钟。我在电话的这头都能听到那头您亲朋好友的"意见"："你是和谁在通话，这么长时间？"从这次通话以后，我产生一种不祥的预感，没过几天我就赶去西安看您，到西安后才听明站长（现任《中国煤炭报》陕西记者站站长）说您住院了。看到我突然在医院出现，您感到异常的激动。虽然您也许知道自己的病情不太好，但我看得出您在尽量回避现实，只是和我回忆过去，说起您1947年就参加革命打游击，新中国成立后就任第一任铜川矿务局宣传部部长；我们提起铜川矿区的老同志，说等您病好了还要一起去北京，到报社看望彭刚主任和汪大绶、刘秀玲等老领导，还要下基层到铜川煤矿看看。您眼里噙着泪花，我看得出您始终强忍着不让眼泪掉下来，您说："我和煤矿以及矿工，尤其和铜川煤矿是有感情的。"

我们不知不觉地说了两个多小时，一个月后我和爱人再次来医院看您，我感觉到您的精神状态比之前好多了，您说现在身体还可以，中西医结合治疗很有效果。我说这里离家近，多住些天。您说："没事，感觉好多了，这么远让你们来看我，实在不好意思。"爱人接话说："什么不好意思，不是您他早都回家当农民去了。"您说这是我努力的结果，陈大夫在一旁插话开玩笑说："如果不是你，人家小王现在说不定成了大老板了。"我们都被逗笑了。我感受到您也很开心，可当我们要离去时，您恋恋不舍挽留的一举一动，使我再没有勇气抬起头来看您一眼，多少的感情和内心的伤感，一下子凝聚在心头，我只好低着头离开病房。半个月后，我第三次去医院看您，结果病房住上了别人，护士说您十天前已经转院了，转哪里不清楚。打电话问明站长，他说："情况很严重，吐血止不住，已经做手术了。人很虚弱，一直在重症监护室，你去了也见不到。"

我犹豫了好长时间，最终因为不敢面对生离死别这个残酷的现实，没能再去探望您，总想着您经过了半个世纪风雨沧桑，以您对人生和生活的态度，肯定能战胜病魔，度过这个坎。我渴望奇迹的出现，但没想到，就在手术后的第十七天，您什么话也没有留下，于4月14日22时……

您就这样走了吗？

明站长将您去世的消息告诉我，我的眼泪夺眶而出，我翻开身边老主任彭刚春节寄来的《人生的感受》一书，里面收录了您在去年 6 月 21 日写给老彭主任的信，信里说："您、我都已进入古稀之年，希望您保重身体，祝您健康幸福，有机会我将来（北京）看望您。"就在我一个月前看望您的时候，您还说，要去北京看看白社长（《中国煤炭报》《中国安全生产报》社长、总编辑）和周主任（《中国煤炭报》《中国安全生产报》记通部主任），都是老同志了。

我不敢相信，您就这样走了吗？才七十五岁啊，您还有多少事业的愿望未尽！您一生为革命辛劳，也该好好颐养天年啊！您仓促的离去令我悲痛欲绝，泪眼婆娑！

是的，您离休后一直在牵挂着我们为之共同奋斗的《中国煤炭报》，牵挂和您一起并肩战斗过的老同志，我们因为这份报纸结下了深厚的感情。《中国煤炭报》在 20 世纪 80 年代初的筹备时期，您毫不犹豫地从宣传部部长的岗位上平调，担任报社西北中心记者站站长。您配合报社于 1984 年 4 月在西安举办了为期一个月的首期通讯员培训班，后来这个班被称为煤炭报的"黄埔军校"；您配合报社在西安举办了第一次特邀记者工作会议，召开了第一次通讯员表彰会议；您首先倡导的西北西南两地通讯员交流会议召开，为煤炭报培养了一大批的记者和骨干通讯员；您组织记者进行陕北榆林采访活动，不顾年龄和身体等因素，为年轻记者的采访创造宽松条件。得知您去世的消息后，当时才大学毕业，刚分配到报社，现为经济日报集团中国书画杂志社社长的康守永感到非常的内疚，并感叹地说："多么慈悲和善良的站长啊！咋这么快就走了？我大学毕业后，是邹站长第一个带我去陕北采访，带我认识了煤矿，站长对年轻人的关心、爱护和培养，我至今记忆犹新。是站长的人格魅力和对新闻事业的执着奉献，坚定了我在这条道上走下去的决心和信心。"就在前几天，原陕西煤炭厅宣传部的黄部长听说您住院了，还说："邹站长

196

是煤炭系统最为敬业、品德最高尚的老新闻工作者。记得90年代召开了一次新闻宣传工作会议，他身体本来就不好，大家都劝他不要参加，但他坚持到会。大家吃饭时，他由于过度劳累的原因，刚坐到桌旁，就失去了知觉。大家送他去医院的途中，他清醒了，一再抱歉说，真不好意思，耽误大家吃饭了。"

二十年前，当我还是一名煤矿工人的时候，站长因我的一篇小文章见报，从地层深处发现了我，并多次和局矿领导协商，要将我调出来，从事专业的新闻工作。采煤工一步登天，哪有这样容易的事啊！在您做工作屡屡失败后，您又想方设法，把我从八百米深处送进了大学的殿堂，接受正规的新闻学教育。毕业后，您又将我扶上马送一程，调换到一个新建矿区从事宣传工作，使我接受了许多新闻人想体验而又没有条件体验的一线生活，丰富了自己的知识结构，积累了大量的新鲜素材。现在回过头来看，是站长您硬将一个只会下苦挖煤的农民娃，送到《中国煤炭报》这个神圣的平台上，站在时代的前沿，时时刻刻吸收着知识和智慧的营养，艰难地爬行……

站长，您不仅为我走向新闻道路操碎了心，还为许许多多热衷从事新闻工作的同志提供了条件。记得您前几年来铜川，有多少连您都叫不上名字的中层领导邀请您吃饭，说是在您办的煤炭报通讯员培训班上、在您组织的西北西南通讯员工作会议上认识您的，是您的启蒙培养，使他们爱上了新闻工作，并从宣传工作岗位上成长为煤矿的领导干部。

"秋风满衫泪，泉下故人多。"人从出生到牙牙学语，从牙牙学语到长大成人，一排一排齐刷刷往前走，却在不同的十字路口陆续倒下，留下遗憾，令人怀念。站长，在您住院治疗期间，报社白海金社长、记通部周惠生主任等领导多次打电话给陕西记者站，通过明创森站长转告报社对您的问候和关心，同时要求千方百计创造条件给予您最好的治疗。得知您病逝的消息后,《中国煤炭报》王纪隆等许多退休下来的老同志对您的突然离去深感悲痛,正像陕西煤矿安全监察局给您的悼词中说的:您的离去,使我党失去了一个忠心耿耿,几十年为新闻事业呕心沥血的好同志,让我们非常悲痛!

站长,您安息吧!

泪光里的明创森

2017年7月26日上午8点30分，西安殡仪馆"上善厅"内哀乐低回，原陕西煤矿监察局机关党委副书记、《中国煤炭报》陕西记者站站长、陕西省煤化作家协会秘书长明创森同志的告别仪式正在举行。看一看大屏幕上老明的生平照片，望一望静卧灵堂的老明遗体，人们不禁泪眼婆娑，哭声起伏。主持人一言未成，已是怆然泪下，泣不成声。

一个煤监系统的好干部走了，一个矿工的好记者、好作家走了，一个家庭的好丈夫、好兄长、好父亲走了！他离六十三岁生日还差一个多月时间，就这样匆匆忙忙地走了。他看起来是那样神采奕奕、毫无倦容！对自己的病情，他心知肚明，不告诉亲人，怕他们为自己担心，不告诉朋友，怕他们牵挂而影响各自的工作，自己却匆忙地和时间赛跑，急忙地处理手头一件一件的事情，最终还留下那么多的遗憾。告别了他的家人和朋友，撒手人寰，他走得如此仓促，令人惊愕。忘不了，5月中旬的那天上午，他还与我们一起策划反映基层矿山扶贫工作的一本书。同事们忘不了，面对时间紧、任务重的工作重压，老明主动担责，将这本计划二十余万字的通讯文集的组稿与编审任务一力承担。忘不了，就在7月上旬的那天下午，当他病重住院，还与同事相约，择日去韩城矿业公司象山矿为那里的新闻通讯员讲课。在病情危重、全靠注射杜冷丁抵抗痛苦的时候，

199

他依然乐观从容，他说他在接受西医治疗的同时，还接受藏医的调理，他对来自青藏高原的传统民族医学和草药相当信赖，他说病好后就去向青海玉树的希望小学力所能及地献上爱心。

在这无比悲痛的时刻，人们不禁抚今追昔，思绪翻涌，明创森同志的人生轨迹在大家的追忆中显得分外鲜亮，光彩夺目。

明创森的新闻业绩卓尔不凡。他参加工作近四十年，长期从事新闻宣传报道工作。他吃苦耐劳，勤奋好学，善于思考和领悟，并且能够把学到的理论知识运用到工作实践，业务能力不断提高，成长为陕西煤炭新闻界的著名记者和领军人物。在《中国煤炭报》驻陕西记者站工作期间，他先后在《人民日报》《中国煤炭报》等多个主流媒体发表各类稿件两千余件。他多次深入陕北和内蒙古，深度撰写了陕北煤田开发建设的连续报道；他面对煤炭市场不稳定的供需矛盾，所撰写的陕西煤炭运销市场的调查报告，为政府决策发挥了重要的参谋作用；针对小煤窑滥挖滥采这一社会毒瘤，他潜入小煤窑破坏最严重的矿区，采写了大量揭露小煤窑违法开采的新闻报道，为国家治理小煤窑，整顿煤炭开采秩序，提供了第一手参考资料；陈家山矿难、韩城事故，他都是第一个到现场，客观公正地发出抢险救援声音，为公众在第一时间获知救援的真实情况，为政府及时调整救援方案发挥了重要作用。作为《中国煤炭报》陕西记者站站长，他不仅以身作则，深入现场，还为建设陕西煤炭系统的通讯员队伍倾注了心血。他先后组织陕西煤业化工集团、陕西煤监局，配合《中国煤炭报》举办了八次通讯员写作培训班，先后有两千四百人次参加，为陕西煤炭安监系统培养了五百余名骨干通讯员。与此同时，他还创办了陕西煤炭长安网站，为煤炭系统的广大通讯员提供了一个交流发稿的平台。长安网以严谨的新闻作风和正能量，以立足陕西、辐射全国的影响力，为陕西乃至全国煤炭安监战线的新闻事业平添生力军，做出了新贡献。由于工作突出，《中国煤炭报》陕西记者站多次被评为先进记者站，他本人多次被中国煤炭报社评为优秀记者。

明创森还是陕西煤炭文学事业的优秀组织者和领导人。从2013年陕西省煤化作家协会成立之日起，明创森同志就不遗余力地致力于陕西煤炭系统的文学事业，曾经组织煤炭系统的知名作家，深入神华神东煤炭集团公司采风，出版《煤炭》杂志《神东文学》专刊，得到了社会的一致好评。为展现国家精准扶贫措施的深入贯彻，他多方协调，拟定开展作协"扶贫在煤矿"大型采风活动，筹备陕西煤化书画院，当一切准备工作就绪，他却留下未竟的事业，被无情的病魔夺去了生命。

明创森是一位人品端正、作风正派的优秀领导干部。无论是一道工作过的同事，还是跟他接触过的人，都会有一个相同的印象：明创森毫无领导架子，工作总是干在人先，身体力行。无论是主持会议，还是为通讯员讲课，他言语之间总是充满学识、智慧和幽默感，使大家心情愉悦、精神振奋。他待人和善，总能为他人着想，对手下人关怀体贴。每逢年节，他都会自掏腰包，从农村老家采购土特产分发给大家。某一年年三十，他还自己开着车，把家乡的大枣给同事挨家挨户地送。说到这一点，当年长安网的编辑秦玉英顿时泪如雨下，泣不成声。无论是当记者站站长，还是任煤矿安全监察局机关党委副书记，明创森一直保持着淳朴清廉的本色，自觉抵制有偿新闻歪风，坚持做到知行合一，以自己高尚的操守维护着党的新闻事业的崇高声誉。他一直保持着深入基层、现场调研的实干作风，所发表的数千件稿件，都是他一步步走出来、一句句采出来、一笔笔记下来的。1995年，组织安排明创森赴陕北协助做好关井压产的调研报道工作。车行至横山县（今陕西省榆林市横山区）波罗镇途中，赶上修路，近10厘米的灰土夹杂泥块使汽车被困，无法前行。他和大家一道，脱掉鞋子挽起裤腿跳下车，用铁锹铲，用手扒，硬是把车底的泥土清理干净，使汽车重新启动并按时到达矿区。他对工作的积极态度和敬业精神，受到领导和同事的一致好评，机关年终考核中，他多次被评为优秀公务员和优秀党务工作者。

退休后，他仍严格要求自己，积极参加老干处组织的政治学习等各类集体活动。由于威信高、口碑好，在今年初离退休党总支换届改选时，他高票当选总支委员，并分管总支宣传工作。上任后，他发挥自身特长，积极为搞好总支党建工作做贡献。特别是在开展"畅谈十八大变化、展望十九大召开"活动中，他积极出主意、想办法，协助党总支将活动开展得有声有色，受到国家总局老干局领导的表扬和肯定。为丰富老干部文化生活，他协调各方关系，开办了老年书法培训班，受到大家的一致好评。

明创森同志离开了我们。他的逝世，是陕西煤炭新闻事业和文学事业的重大损失。噩耗传来，各界朋友都感到无比震惊和悲痛。《中国煤炭报》的领导由北京赶到了西安，陕西煤炭工业局、煤矿安全监察局的领导赶来了，陕西煤化系统所属各大单位的领导赶来了，昔日的同事和同学赶来了，那么多的煤矿基层通讯员由全国各地赶来了，大家都发自内心想再见老明最后一面，都想用最真挚的热泪再送老明一程。

明创森——亲爱的同事，可敬的兄长，你虽然远行，但精神不散。你的音容笑貌永在人间，你的懿德风范如碑矗立，你的新闻事业薪火传世，生生不灭！

一个画家的艺术人生

　　我为有这样的好大哥而自豪和骄傲！

　　在大哥离去的几年间，我的心头经常缠绕着一种难以言状的情绪，多少次与大哥梦里相会，还是像过去一样谈艺术、讨论戏剧、讨论绘画，我甚至在梦里还说，原来大哥没有死。这样的梦我多想一直做下去，可梦醒了，我的枕头湿了……

这是我的好同学，现任陕西国画院副院长罗宁在《罗铁宁评说》一书后记里面回忆著名的剧作家、他的大哥罗铁宁的一段话。

罗铁宁一生经历坎坷，背负着生活的重托，承担着一种出于作家本能似的压抑，尽其所能地把艺术和欢乐留给人们，自己却在不可纾解的矛盾中远去……我为我的同学罗宁能在自己漫长的成长、创业、发展道路上，有这样一位慈悲指点前程的大哥而感到高兴，同时也对我的同学罗宁感到无比的同情和钦佩，我知道他承受着常人无法想象的工作、生活压力，并无限度地为大哥、二哥付出，超常规地消耗着自身的能量，还能不断地升华着自己的人生境界，这是多么不易啊。

了不起的罗宁

　　我的同学罗宁出生在关中一个偏僻的小乡村，在童年时经历了20世纪六七十年代中国农村那缺吃少穿的艰难岁月，在学生时代看着父亲为了一家人的吃饭问题，佝偻着腰，在饥饿中背起沉重的粮口袋从28公里外的车站一步一步迈回家。罗宁回忆起这个场景时说："这个背影对我来说刻骨铭心，以至于后来每次回家，我都要站在村口那棵记载童年生活的皂角树下，长久地沉思。四十多年前，父亲从远处一步一步走来的艰难的身影，常常在我的脑海中浮现，直到父亲去世，直至现在……"

　　正是这种充满苦难的环境塑造了罗宁，使他身上一直有一种敢于挑战自我的勇气和立志改变命运的毅力。这种勇气和毅力不断激励着罗宁在自己的人生道路上顽强拼搏。在常人的眼里，罗宁从骨子里渗透着朴实无华的品德，这为他以后成就事业奠定了基础。凡是知道罗宁的人，都会用很敬佩的口气说："罗宁真不容易啊！"

　　记得还是在党校上新闻班的时候，我们班三十六名学员，有三十二名是脱产学习，罗宁是边工作、边上学的四名学员之一。当时的老师和班主任抓得都比较紧，年龄大一些的同学，就是拼着命，一堂课不落，也很难过关，而罗宁当时还兼着《文化艺术报》的编辑部主任，繁忙的报纸编辑采访任务，繁重的照相、划版工作，名目繁多的文化活动，已经使他应接不暇，可每门课程的考试、每节课的重要讲座，他都会蹬着他那辆半新不旧的自行车，从钟楼旁边的西一路，往吉祥村的党校猛赶。在第一年，罗宁和我住一个宿舍，所以我对他了解更深。如果第二天考试，他第一天晚上肯定来，几乎都在10点之后到，脸上带着长时间工作后的疲倦。他几乎连寒暄的时间都不留，直接就向我要老师划出的考试重点，一遍一遍反复地记、反复地写。我有时实在陪不下来，就打起了盹儿，蒙眬之中，见他把台灯压得很低很低，手上不停在写啊写。当我早上6点起床时，已经不见了他的身影。原来他怕影响学员休息，就拿着书本到离宿舍很远的广场上背诵。超强的毅力、超人的记忆力，使他每次交卷都是第一个，若下午还继续考试，他会和我们在一起简单地吃顿饭，接着考试。如果只考一门，等我走出考场，他早已经不见人影了。因此，整整两年的党校生活，学生和老师都对罗宁没有什么了解，班主任老师说："我几乎每次都是只能透过窗户看到罗宁提前交卷出校门的背影，从来不知道他是什么时间进校门的，罗宁真不容易啊！"罗宁曾十分感慨地说："我也想利用这个机会和同学老师交流交流感情，这是人生最难得的机会啊！可我能来学习的第一个条件就是不能脱产，所以首先要以工作为重，影响了工作，领导就不让去了。"

两年的党校学习，我经常看到，罗宁将一周要干的工作，按时间、按轻重缓急密密麻麻地列上一张纸的计划，每周如此。而在此期间，罗宁还随文化艺术团出国考察，办了高水平的个人国外摄影作品展，举办了欢迎苏联马戏团来西安演出等体现陕西接待水平的大型国家级活动，展示了陕西文化大省的文化品位，还编著了《搏风击浪》《热情的目光》两部表现陕西改革开放成果和深入思考文化领域动态的著作。

党校毕业后，罗宁很快挑起《文化艺术报》总编辑的重任。当时是90年代后期，期刊业开始整顿，取消了摊派订阅，并拟吊销一大批不符合条件的刊物。在一些办报人还没转过弯来的时候，罗宁已经经过深刻反思，认识到了报纸是一种商品，既然是商品，就必须走向市场求生存。所以，他率先在报社班子会议上提出，报纸和其他消费品一样，是要通过市场情况反映出大众认可程度的，面对当前的新形势，首先我们必须转变观念，眼睛向下，站在读者的角度，提高报纸质量，牢固树立为读者服务的意识；其次必须开门办报，紧抓发行，只有报纸销量上去了，市场占有率才能提高，商家才愿意来谈合作，报纸才能不被市场所淘汰。罗宁走的第一步棋是打破传统的用人机制，从社会上招聘成熟人才，在报纸经营最为困难的时期，《文化艺术报》招聘的人才占到了报社原有人员的一半以上。通过改善报社的人才结构，提高了报社的活力和创新能力，报纸的质量有了很大的提高。与此同时，他把主要的精力放在发行上。一年间，《文化艺术报》的发行量由之前的每年几千份，增长到每年三万份。

在这段创业发展时期，许多前所未有的新问题、新矛盾浮现出来，需要决策者用超人的精力和脑力去面对，而罗宁在繁重的工作面前，还不忘挤时间为自己充电。只有中专学历的他，却要报考陕西美术学院绘画专业的研究生。老师看到他已进入不惑之年，基础又那么差，还不能脱产学习，很是担心，说专业课暂且不提，就英语一门也叫你难以应对。可罗宁硬是要补上自身先天不足的这一课，他白天忙工作，傍晚顾不上吃饭就赶到附近的学校和在校学生一起上课，狂补英语。周末本是用来放松休息的，可罗宁不管多忙，哪怕是在外地采访，也要准时赶回美院，进行专业课的补习。

就这样，通过一年多的奔波，罗宁终于收到了美院研究生的录取通知书。

辛勤的付出，换来了丰硕的成果，本应该是件高兴的事情，可此时的罗宁，反而显得沉重了许多。不过并不是因为研究生三年不能脱产学习，而是正赶上全国报纸大整顿，类似《文化艺术报》这样的行业报纸，不太好生存，能否还能保留下来，都是个问题。《文化艺术报》当时几十号人，通过大家两年的苦心经营，刚摆脱困境，看到了曙光，还需要再经过一段时间的努力，才能进入良性发展的循环。如果现在停办，这几十号人如何吃饭就成了大问题。从另一个角度考虑，《文化艺术报》是展示陕西这个文化大省唯一的文化类报纸，如果是在自己手里没了，那自己就成了陕西文化艺术界的罪人，对上对下，都没法交代。

人一旦完全专注于事业，摒除自己的私心，只考虑肩负的责任，什么样的奇迹都可能出现。这句话在罗宁身上得到了印证。面对新闻主管部门整顿期刊的文件一份接一份地传达，有关整顿期刊、撤销刊号的会议一个接一个地召开，罗宁深感自身责任的重大。他暗下决心，一定要把《文化艺术报》保住，而且要越办越好。那应该从何下手呢？他苦思冥想了一个多月，最后决定直接给省委常委、宣传部部长写信，阐述自己的观点，说明《文化艺术报》不能被撤销的理由。

罗宁的这封长信打动了时任陕西省委宣传部部长的王巨才，王部长就此在信上批示：新闻出版及相关文化主管部门，《文化艺术报》是陕西文化大省文化发展的象征，应该保留，罗宁是个人才……

通过罗宁的努力，《文化艺术报》在整顿中得到新闻出版部门的高度重视，不但没有被取缔，反而由以前每周一期的对开小四版变成了对开四版的大报，并不定期出版书画、摄影、戏剧等彩色铜版纸精美印刷专刊，推荐了陕西众多书画艺术新秀，其中不少人现在已经成为活跃在陕西乃至全国的知名人物。罗宁也顺利完成了陕西美院三年的业余研究生学习，拿到了硕士学位。他撰写的毕业论文《乾陵内壁画究竟出于谁之手》是考古论文，不仅被评为优秀毕业论文，还引起唐朝文化研究者及乾陵考古界的高度重视，他们认为这篇论文是唐文化研究的有效补充。

在进入新千年之后，罗宁毅然放弃了自己苦心经营十年的《文化艺术报》，按照组织的安排，到陕西国画院担任书记兼副院长。

罗宁在新的岗位上回忆起从事报纸工作的那段峥嵘岁月，深有感慨："可以说是《文化艺术报》成就了我的一切，那里有我的汗水和事业，那里有和我并肩战斗多年、难以割舍的兄弟，有我的市场和广大的读者。但是，我的目标是画画，在这里我更能有充足的时间向老师学习，使自己在所要追求的事业上有所建树。"

在陕西国画院六年多的时间内，他尽职尽责地干好本职工作，充分发挥在《文化艺术报》练就的协调攻坚能力，配合院长解决了许多遗留问题，力争为老同志提供一个宽松的环境，让他们为陕西大唐文化研究事业的繁荣再做贡献。同时，他自己的绘画水平也得到飞跃性发展。1999 年 3 月，罗宁出访美国，同年 8 月在中国西安举办"罗宁访美作品展"；2000 年 4 月，在中国深圳举办罗宁等三人画展；2002 年 3 月，在日本京都举办罗宁等三人访日小作品展；2004 年 1 月，在中国连云港举办罗宁等三人画展；2005 年 3 月，在日本京都举办"罗宁访日作品展"；2005 年 9 月，在德国勃兰登堡举办罗宁等三人画展……

著名学者费秉勋先生在《读罗宁人物画》中评价道："罗宁的画给人一股扑面而来的鲜活生气，读他的画，会感到一种青春的生命活力从画面、从笔墨、从人物身上洋溢出来。用的仍然是中国画的传统材料，仍是诉诸中国画的笔墨技法，但你会实实在在地感觉到，他的画风与别的人物画家拉开了距离，显示出更浓烈的时代气息。罗宁的艺术语言是阳光而喜悦的，线条松活而流畅，这就像一个性格外放的人，言行活泛而自然，不僵不板不矜持，跟人一接触便产生挡不住的亲和力与感染力。"

罗宁之所以在绘画这个高境界的殿堂里能取得如此傲人的成绩，与他的艺术天赋和苦练基本功是分不开的。罗宁十三岁上中学时，读书无用论盛行，大批判、大字报贴满了校园的角角落落，大哥罗铁宁看在眼里，急在心里，如果再这样下去，这一代人以后咋面对生活啊？"社会上的事情我管不了，但我不能让我的弟弟荒废学业，要给他找到一条学本领、实现自我价值的谋生手段，我觉得画画是一门高雅的艺术，受时代干扰的影响比较小……"（《罗铁宁日记》）罗宁受大哥的影响，从小就把自己的理想目标深深地扎根在绘画艺术的肥沃厚土中，他的艺术天赋在十四岁时已展现出来，那时他的农民画被县文化馆选中，在举办展览时展出。当少年罗宁看到自己的作品在全县展出时，那种高兴劲儿，是之后他取得任何一次更大的成就都无法比拟的。当时的扶风县文化馆老师田志直看了罗宁的画，大为吃惊，认为十四岁能画出这样的画，是天才，一定会有更大出息的。于是田老师就成了罗宁的启蒙老师，在手法、技巧上悉心指点他，并为他学画创造一切条件。后来罗宁每次回扶风，都会带着感恩的心情看望这位恩师，他说："我的文化课当时在全年级也是数一数二的，随便考一个大学都能录取，但在田老师和大哥的影响下，我还是报考了凤翔师范美术专业。在校画的《周总理和孩子在一起》，能入选1979年省美协和科委办的全省科普美术作品展，完全是田老师栽培的结果。人生虽然漫长，但起决定作用的就是那关键的几步。"可以说，是田老师的慧眼和启蒙教育，为罗宁的艺术事业照亮了前路。罗宁也没有辜负老师的厚望，在以后的生活工作中，持之以恒地学习、进步。1980年毕业，罗宁分配到西安小学教美术，省城积淀的深厚的汉唐文化，使罗宁大开眼界。他利用课余时间，更加刻苦地钻研，有一次拿上自己的作品，到西安日报社拜访年轻的画家王西京，主动要求参加王西京举办的美术培训班，在上课之余又去听方济众、王子武等著名画家在西安教育学院每周举办的绘画讲座。在此期间，罗宁为全省的教育刊物画了1000多幅插图。由于工作出色，1986年他调往陕西师范大学任美术教师，因为是中专学历，开始学校不认可，但他给学生试讲后，获得长达五分钟的掌声，令在场所有老师折服。1988年，他又调到《文化艺术报》。报社养不起美术编辑，罗宁开始兼一版文字编辑，他厚实的文化课功底顿时展示出来，为他后来综合素质的全面发挥奠定了基础。

他的依靠和牵挂

罗宁根据已故的大哥给他的百余封信件和数十万字的日记，深情地写下了一部《大哥——罗铁宁评传》。著名剧作家陈彦作序，序中这样写道："罗铁宁走了，无论是作为一个作家的罗铁宁，还是一个生命的罗铁宁，他都给了人们太多的启示。他的奋斗史，告诉每一个活着的人们，只要信念在，无论处在怎样的生存境地，都会活出心灵的质量，活出生活的厚度和硬度。"这样恰如其分的评论是对罗铁宁复杂、短暂、悲剧人生历程的中肯结论，也是对承载着社会责任和家庭重担的罗铁宁拼搏经历的真实写照。

大凡从农村出来的，要成就一番事业，一是要有机遇，二是要自己不懈地努力，三是要有克服各种困难险阻、战胜自我的勇气和毅力。罗宁说，他再苦也不觉苦，再难的困难也能克服，拼搏的意志始终不减弱，根本动力源就在于，他有一个不寻常的家庭，有一个理解他并始终在身后默默支持自己的贤妻，有他可以依靠、始终牵挂的大哥和二哥。

罗宁的大哥罗铁宁出生在 20 世纪 40 年代，是新旧社会交替时诞生的那代人，骨子里面就有一种报效国家、实现自我价值的基因。1963 年，十七岁的罗铁宁在上中学时期，就在煤油灯下创作了秦腔剧本《嫁妆镰刀》，从此一炮而红，被评为陕西省新中国成立十五周年来优秀剧本之一，报送文化部参加全国的新中国成立十五周年优秀剧本评选。至今那个时代的人提起《嫁妆镰刀》还记忆犹新。就是这样一个从小就在农村苦涩生活中成长，并在少年成名的剧作家，在他以后的四十年光阴中，又给人们奉献出许多脍炙人口的优秀作品。可这位作家一直受生活和感情上的困扰，最终留下了一串串使人牵肠挂肚的遗憾和无法回避、无法解释，又找不到答案的困惑，以悲壮的轨迹，走完了自己的人生历程。而就是这样一个大哥，一直把握着罗宁人生成长的航标，为罗宁提供了克难制胜、磨炼自我的勇气。有人说，不是罗宁有多大的能耐，而是有这样一个精神境界高尚的大哥，逼着他一步一步前行，成就了一个敢干大事、能干成大事的罗宁。

正如罗宁在《大哥与我》开头一段中写的："一个人在他一生的成长中，常常有对他影响最大的人，这个人可能是他的老师，可能是他的父亲，也可能是一位朋友，还可能是他的兄长。我即是后者。"命运注定了罗宁能为大哥付出，也必须付出自己的一切。

1987 年，罗铁宁的创作到达高峰期，经过艰苦的努力，他创作的新编历史剧《秋鸿传诏》在宝鸡搬上舞台。由于众多的复杂因素，致使这部在当时很能折射时代特征的历史剧，在当地产生了两种不同的反响，此时需要一个高水平的人来观看，并做出能够引导大众的评点。可正逢元旦，该从何处找这样一个人呢？罗铁宁心急如焚。

罗宁知道他的大哥为《秋鸿传诏》的构思创作付出了多么大的心血，此时他刚调入《文化艺术报》不久，便和其他编辑利用假期冒着严寒赶往宝鸡，为此剧站台。他们的到来引起了剧团领导的高度重视，随后，罗宁又两次邀请秦腔剧的知名人士、评论家去宝鸡，为《秋鸿传诏》制造良好的社会影响，最终使《秋鸿传诏》参加了中国艺术节西部荟萃演出，受到观众的肯定。

罗宁在《罗铁宁评说》一书中，也有提及这段往事："关于戏剧《秋鸿传诏》，大哥先后给我写过十五封信，在大哥的鼓舞下，我也为此剧的成功做了些力所能及的工作。我曾带着剧本几次到省戏曲研究院请院长指点，夜里用自行车带着大哥去省公立医院看望住院的省剧协副主席……"

罗铁宁编著的折子戏《杀嫂》，在罗宁的努力下，演出不到半年时间，便走出陕西，演到山西，最终斩获中国戏曲金三角多项桂冠。

罗铁宁一个人的工资，要负担岳父岳母两位老人和三个孩子的生活起居还有学杂费，罗宁看在眼里，忧在心里。1992年，他和妻子商量后，将大哥初中毕业后未考入高中的二女儿罗湘毅带到西安一起生活两年多，直到罗湘毅通过打工得到锻炼，适应城市生活的能力大大提高后，才将她送回宝鸡，她后来也成为能够为罗铁宁分担生活重负的好帮手。

罗铁宁在他2003年1月30日的日记中这样写道："罗宁冒着大雪从西安来宝鸡中心医院病房探视，我和他交谈了医生提出去西安手术治疗的事情，罗宁非常赞同，认为要不惜代价使手术成功而恢复健康。他留下了三百元钱，叫女儿湘萍给我买了一台小收音机，以便在病床上收听外面的世界。

"和西安罗宁弟联系，预定4月份手术，我将筹款8万元，其他由罗宁负责操作，事到此境，我感到轻松，终于有了希望。"

由此可以看出，罗铁宁之所以能坚持同疾病顽强地抗争，不仅离不开弟弟罗宁的经济帮助，更离不开罗宁在精神上给他的支持。

陈彦在《罗铁宁评说》的序里写道，罗宁用远近交叉的镜头和黑白相间的画面，极其冷静地把这样一个靠精神力量支撑着战胜病魔的大哥，推到人们的面前，让人在热泪涌流中，感知到人世间千千万万个像罗铁宁这样的大哥的亲和、柔软和宽厚，在冷汗淋漓后，洞见到大哥的忍耐、不屈和力量……

罗宁的二哥罗福宁是一个朴实无华、兢兢业业的农民，面朝黄土背朝天，没什么经济头脑，靠种庄稼吃饭，维持基本生活都比较困难，可还要供养三个孩子上学，这个经济重担无疑又落在了弟弟罗宁肩上。罗福宁的大儿子勉强上完初中，因经济压力，不得不辍学帮父亲种地。罗宁不想因为贫困使罗家后人再吃没文化的苦，毅然将正在上初中的二哥女儿的户口落在了自己户口本上，接到自己的身边，让孩子能在城里接受良好的教育，将来成为社会上的有用之才。

二哥的小儿子中学毕业后，中考成绩不很理想，按照二哥的想法，应就此结束学业，当一个地地道道的庄稼人。罗宁坚决反对，四处奔波，为孩子在西安找学校，说服二哥让孩子去接受系统的专业知识技能学习……

在家庭问题上，妻子有时难免发几句牢骚，说："姊妹好几个，为什么都叫咱来承担？"罗宁理解妻子的心情，也理解妻子为这个家庭所付出的一切。曾经有一次，经常来家的一个同事，从电视上看到一个民工一样的青年，昏倒在西安街头，很像她见过的罗宁在城里打工的侄子，随后就把这个消息告诉了罗宁的妻子。当时罗宁还不在家，侄子也没有手机，还是夜里下班时间，同单位也联系不上，在万分着急中，妻子按照同事提供的地址，连夜赶到现场，结果一个人也没有，问过路的人，谁都不知道。妻子心急如焚，急忙赶回家和电视台联系，经过反复核实，再三证实此人不是罗宁的侄子，而且昏迷者已经被其家人送往医院时，罗宁的妻子才松了口气。罗宁说，遇到类似这样大大小小的事情，妻子都是一马当先，维护了他这个复杂家庭的完整性和凝聚力。"我的妻子是伟大的，如果没有她的鼎力相助，我也不会有今天，有自己的事业。"所以，每遇到妻子一时心里不痛快时，罗宁就耐心地解释说："一个人在承担不同的社会责任和家庭义务上，有的人是有那种能力，没有那种境界，有的人是有那个境界而没有能力，你有这方面的能力还有境界，这是人生价值的拓展。咱现在的家庭情况比他们强，有这方面的能力，为什么不去尽咱的一份责任呢？再说二哥的闺女是咱们要求接来的，咱既然把她接到城里来，就要按照城里人的人生轨迹规划设计她的人生，这不仅是对孩子负责、对社会负责，也是我们应尽的责任。如果不接到城里，在农村她就是另一种生活方式，那也有可能她会生活得更加充实、富有。"

是啊！人所处的环境不同，决定了他的生存方式和价值取向，一个人从出生时的弱小长成强健，从懵懂无知变成学识渊博，从小时候品行恶劣，到摆脱天性的懒惰、暴躁、骄傲、自私、嫉妒，变得勤勉、温和、谦虚、慈悲、善良，从贪玩的孩子变成志向远大、有所作为的大人……这些都是他在良好环境中熏陶的结果啊！这一切能用金钱衡量吗？不，它们应该用人生价值的尺度来衡量。罗宁说："人存在的价值就是对社会、对周围的人产生积极作用，周围的人认为你的存在对他有用，你的价值就体现出来了。人和人的交往，实际上是一种相互包容和促进的关系，你中有我，我中有你，互利共赢，如此和谐健康的人际关系，必能成就一番事业。"

诚哉斯言。事实上，罗宁本身就是在大哥榜样力量的促进下，在相对寒微的环境中奋然攀行，披荆斩棘，才终于开创了崭新的人生之路，收获了沉甸甸的事业果实。如此看来，贫寒的际遇还需高尚的导引和不懈的抗争，才是成就人生价值的土壤和条件，这一点，在罗宁复杂而又曲折的人生征程中得到了验证。

变频情怀

——记山东省优秀企业家青岛中加特电气
股份有限公司董事长邓克飞

引　子

"变频"这个词对你来说也许比较陌生，它不像抖音、微信、快手，以娱乐交流的面孔出现，伴随着人们的精神生活，传播非常普遍。然而，"变频"却渗透在工业发展历程之中，潜移默化地与每个人的衣食住行密切相连。例如，沏茶的水壶在使用中的缺水自动补充以及沸腾断电功能、洗衣机的整个自动化便捷流程，还有空调温度调节、电梯接电模式等等，用途十分广泛。航海、航空、车辆、宾馆服务的机器人，凡是有控制系统的机械动力，都有变频的存在，变频的出现使你、我、他的生活发生了深刻的变革。

有人说，是变频的诞生，使得人类文明进入一个高科技时代，变频在现代化工业领域的广泛应用，堪称一次新的技术革命。在以电为动力源的煤矿开采控制系统中，变频也扮演着功率调节的重要角色。然而，中国作为世界煤炭生产大国，对变频技术的研发与应用相对落后于发达国家，关键技术掌握在别人手中，成为制约我国煤炭工业发展的瓶颈。这对有着煤矿情结的青岛中加特电气股份有限公司掌门人邓克飞触动很大，他立志要通过自主研发，把变频技

215

术的杀手锏握在我们中国人手中，让煤矿井下全面实现变频化，减轻矿工的劳动强度，实现安全高效生产。

经历过军队大熔炉和国有大型煤炭企业锤炼的邓克飞，带着军人的本色，带着煤炭人的感情、煤炭人的品质，带着克难制胜的拼搏精神，带着改变煤矿落后面貌的雄心壮志，敏锐地抓住科技兴国的机遇，带领着他的团队，瞄准市场做研判，精确找准切入点，以坚强的意志、智慧的头脑，在别人没有走过的荆棘地，开辟新天地，创造新业绩。

邓克飞所领导的青岛中加特电气股份有限公司坐落在中国改革开放最前沿的青岛市西海岸，成立初衷是做好煤矿进口设备维修业务。随着改革开放，煤炭工业飞速发展，煤矿井下装备已经远远落后于现代化矿井建设的步伐，具有超前思维和挑战意识的邓克飞调整经营策略，重新定位发展走势，从制约煤矿井下最为棘手的卡脖子技术"变频"入手，为煤矿的现代化建设做出中加特人的一份努力。得人才者得天下，他面向全国招兵买马，高薪聘请尖端科技人才，并建立起了一整套符合公司实际的留人用人机制。

经过二十年的不懈努力，终于在能源重工业大功率变频研发和生产领域取得重大突破。特别是针对煤矿井下复杂的地质环境，自主研发的变频一体机，应用在煤矿"采—掘—机—运—通"五大系统，极大地提高了煤矿的安全生产水平。中加特变频一体机的诞生，让我国迎来了煤矿机电的春天，为民族工业在变频一体机的自主研发制造上树立了一座丰碑，为我国成为世界第一产煤强国做出了显著贡献。中加特变频一体机在某国有大型煤矿 10 公里的传输皮带上，已经安全运行 3600 天无故障，而以前自国外进口的同类变频设备则纷纷退场。

具有中加特自主知识产权的"变频"系列高科研产品同时广泛应用到石油、港口、航运等大型产业工业领域，多项技术还走出国门，参与国际竞争，赢得了良好的国际声誉。世界同类设备研发领域里的外国专家也不得不由衷赞叹中加特人的创造力、爆发力。特高压变频一体机获得了中国机械工业协会科技发明一等奖、中国煤炭工业协会科技发明一等奖，企业经营业绩连续三年成倍速增长。2010年，邓克飞被评为山东省优秀企业家，他带领的企业被称为中国民营企业发展的标杆。

任何成功的背后都是一长串非同寻常的付出，为了变频一体机国产化的梦想，邓克飞不知道经历过多少个不眠之夜，在反复的失败与探索中，留下的又是多么艰苦卓绝又光彩夺目的坚实脚印。

"人是精神力量的载体，只要不负伟大时代和民族复兴的使命担当，只要敢于和善于瞄准光荣的目标，就能够精神振奋不滑坡，就能使办法总比困难多。"这是邓克飞激励员工时常说的一席话。他不仅这么说，而且还带领自己的团队身体力行，将理想变成了现实，在尖端科技前沿，唱响了中国民营企业的自强歌。

兵的品质，煤的情怀，不负潮澜显本色

邓克飞祖籍江苏徐州，出生在黑龙江省双鸭山市，跟随干煤矿的父亲多次举家迁移，从东北到西南又到华东，最后落脚在山东邹城兖州矿务局（以下简称兖矿集团）。

人是历史的细节和载体，幼年、童年的时光，在人的头脑贮存的记忆，将成为他一辈子恒久的印迹，为他以后的人生道路奠定基础。邓克飞的幼年、童年、青年始终与煤矿联系在一起，所以他和煤矿、矿工的感情非常深厚，对煤矿的理解远比其他人更加透彻。在实现人生价值的道路上，他立足煤矿，又超脱煤矿，站在一个更高的起跑线上，立志通过自己的付出改变煤矿现状，减轻矿工劳动强度。

20 世纪 90 年代后期，中国煤炭工业在有水快流的政策的指引下，出现产能的严重过剩，卖煤难、煤难卖成为普遍现象。煤炭人遭遇了一个新词——"三角债"，这些债务后来很多都成了死账，煤矿真正变成冤大头，国有煤矿寅吃卯粮，职工普遍开不出工资，煤炭工业快速发展受到严重制约。在如此严峻的经营形势下，邓克飞在兖矿集团机修厂厂长的位置上，带领一班人居然实现了扭亏为盈，在兖矿这个老牌煤炭企业崭露头角，成为最年轻的中层领导。但是谁也没有料到，正当在事业上干得风生水起的时候，邓克飞却做出了辞职决定。他以更加开阔的视野思考人生，决心要通过自己的努力，追求人生更大、更长远的抱负，开创另一番天地，回馈和报答煤矿对自己的养育之恩。面对母亲一时的不理解，他说："我父亲干了一辈子煤矿，您儿子我也要干一辈子煤矿？父亲一辈子都从事电机修理，我要成为煤矿电机设备的制造者！"母亲被儿子的壮志雄心感染，欣慰地注视着他，再没有说挽留的话语，而是把担忧化为淡淡的微笑，眼里涌出了幸福的泪水。

这位默默无语的矿嫂，在那艰难的岁月里，跟随着干煤矿的丈夫，几乎转遍了大半个中国的煤矿，而且都是地质复杂、生活条件异常艰苦的地方。邓克飞是老大，后面还有三个弟弟，老一辈矿工的生存状态、生活的艰辛可想而知。父母的辛劳，邓克飞记忆深刻，他十八岁应征入伍到部队，曾经多次立功受奖。由于父亲突然离世，邓克飞为减轻家庭负担，征得部队批准，回到兖矿集团工作，照顾三个年幼的弟弟上学，承担起了家庭的重任。有部队的历练经历，再加上煤矿长久的熏陶，邓克飞让一个长期扭亏无望的单位，实现了盈利，至今兖矿的老同志聚在一起，还会对当年邓克飞带领机修厂一帮人找米下锅、开拓市场的感人故事津津乐道。

每当来人忆起在煤矿一起干事业的那段经历，邓克飞都抑制不住内心的激动，忘记了自己已经是身价非凡的民营企业家，忘记了年龄，忘记了周围的一切，让自己在那个年代的峥嵘岁月里尽情畅游，谈笑风生。

从部队回到地方后，邓克飞立志要在煤海八百米深处干出一番事业，曾经先后担任兖矿集团机械制修厂供应科计划员、机械制修厂车队队长、机械制修厂多种经营公司总经理、机械制修厂电气分厂书记兼厂长、新世纪集团公司董事长兼总经理，真可谓步步登高，一路凯歌。

当年的老领导说："克飞在任何岗位上，不论担任何种职务，都能准确把握工作中的矛盾和焦点，并能找到克服困难、化解矛盾的突破口，这很难得。"

兖矿集团是全国煤炭工业改革发展的样板，率先采用新技术、新工艺，是科技创新的领头羊，尤其是放顶煤技术一举成功后推广到全国煤炭系统，成为整个煤炭系统瞩目的焦点。煤炭产量成倍地增加，彻底缓解了改革开放煤炭供应紧张的困局，为我国煤炭体制改革、全面实现机械化开采奠定了基础。邓克飞能在这样一个人才济济、全煤炭系统瞩目的大型国有企业光芒四射，没有过硬的本领，没有扑下身子的苦干和巧干，是不可能的。由于业绩突出，2000年邓克飞被任命为集团新成立的新世纪集团公司总经理，这年他三十八岁。上任伊始，邓克飞便制订了一套行之有效的改革方案，邓克飞用军人的话说，没有攻不下的山头，始终坚信"只要精神不滑坡，办法总比困难多"。通过改革跳出圈内找市场，打破平均工作制，建立起了一套完善的分配激励机制。市场风云变幻，为了打破职工长期以来形成的"等、靠、要"观念，邓克飞用尽了心思，通过不懈的努力，才把干部职工的思维模式，转变成市场经济思维模式。认识统一了，观念问题解决了，他带领公司职工奋力前行，使企业很快摆脱被动局面，进入可持续发展的道路。

当然，凡事都不可能一帆风顺，前进的道路上总是充满着曲折与坎坷。作为一个时代的弄潮儿，邓克飞也有许多难言之隐，虽做出百倍的努力，但是由于大环境所致，在前进的道路上还是困难重重，有些通过自身努力可以克服，而有的根本不是通过主观努力就能实现的。在一个个的挫折面前，邓克飞没有抱怨，也没有放弃，而是以更加坚定的信念，以更加坚强的意志，去迎接挑战，排除一个个难以预料的拦路虎。在他的努力下，荆棘路变成光明坦途，坎坷与失败变成经验与反思，成为他受益一生的宝贵财富。

企业作为给社会提供财富的基本单位，不论大与小，承担社会责任、追求利润最大化是最终目的。要成为一名真正的企业家，需要具备多方面的素质和才能，在成功的喜悦之外，还要耐得住寂寞，经得起打击。邓克飞对此深有体会，他说，每一个人的成功都存在偶然与必然的两面性，必须通过艰辛的付出，接受偶然和必然的检验。许多事情不是以人的意志为转移的，确立的目标必须符合实际，才有可能达到预期的效果。一旦现实与理想发生冲突，环境不遂人意的时候，必须调整思路，改变策略，不能一条道走到黑。

邓克飞是这样想的，也是这样做的。2001年，当他满腔热忱、大刀阔斧地按照市场规律推行第二次改革的时候，却感觉异常艰难，在连续碰壁之后，邓克飞找到了根由：以一己之力，凭一时一地，想改变大环境，是异想天开。所以经过一番思想斗争之后，他才有了另起炉灶的大胆设想。

邓克飞说，他对兖矿集团的深情没有改变，辞职是为了做更有意义的事情。他是在矛盾的交织中，离开了这方沃土。他看到了国家改革开放鼓励全民创业的发展商机，他相信有在兖矿工作积累的无形财富，有领导的信任和同志们的支持，一定能开创一片新天地，以更加丰厚的成绩回报组织的培养，为社会做出新的更大贡献。

有位哲人说过，认识一个人的性格，了解一个人的品格，最好是在他低谷的时候，逆境是考验一个人意志的试金石。离开兖矿的邓克飞理清思路，重上战场，和十多位志同道合的伙伴到青岛胶南市（现为青岛市西海岸新区）很快投资创办了以煤矿设备维修为主的青岛天迅电气有限公司。

沿海城市开放、宽松的环境，为初来的这帮黑哥们提供了施展才能的平台。一切都比邓克飞想象的要好得多，他站在宽阔的海岸线远眺，看着辽阔的海与天相连。海岸翻腾着层层浪潮，而且一浪高于一浪，撞击出的浪花足足有一丈多高，落下来打湿了自己，此时的邓克飞似乎清醒了。虽然大环境优越，自己也有胆识迈开第一步，但是面对激烈的市场竞争，光有这些远远不够，还需要人才、技术和资金的积累，这些对当时的邓克飞来说，几乎是毫无基础。在千难万难的情况下，刚揽下一桩生意，却赶上 2003 年全国爆发"非典"，国人的工作生活受到了严重影响，市场经济更是遭遇前所未有的冲击。对于初创的青岛天迅电气有限公司是一种怎样的境况呢？当时一起创业的过来人说，简直不堪回首。

挑战与困难并存，犹如泰山压顶一般沉重，挺过来也许会柳暗花明，可一旦放弃，那将是万丈深渊。跟邓克飞出来的一班弟兄，纷纷打起了退堂鼓，产生了重新回单位上班的念头。可邓克飞不能，临阵脱逃也不是他的性格。还是那句话，只要精神不滑坡，办法总比困难多。之前煤矿大半年开不出工资都熬过来了，眼前这点儿困难算什么？他冷静下来，深度分析市场，沉着规划，做出了立足煤炭，走产学研发展之路，打造科技品牌的决断。

负债借贷是许多企业维持生产经营的一种手段，债务在合理的范围内，能使企业转危为机，生机勃勃；一旦债务超过了企业自身的承受力，则后果不堪设想。邓克飞说自己是搞企业的，不具备在资本市场上淘金的本领，所以很难驾驭那些虚拟的财富，也不想通过借钱换取一时的平衡。这恰恰是他最成功之处，笔者曾经采访过许多成功后又败落的煤老板，他们在高峰时期身价都在千万、亿万，乃至几十亿，没有几年都纷纷走向衰落，除市场因素外，几乎都是被沉重的债务拖垮的。也有度过困难期，转型成为企业家的，这些人都有一个共同之处，就是没有巨额外债的负累，可以轻装上阵，集中精力转型新产业。邓克飞在企业最为困难的时候，也没有通过外来援助转移压力，而是将自己的房产作抵押，筹资维持了公司的运转，并凭借其强大的人格魅力和商业信誉，赢得员工的支持和客户的谅解，大家一起咬牙扛着渡过难关。

2004年，天迅公司以自主研发的大功率超高压电缆接头作为拳头产品，迅速敲开市场的大门。又经过五年多的努力，2009年主营产品已达到行业70%以上的占有率，"天迅"这个名字脱颖而出，成为煤矿行业响亮的品牌。

2010年，邓克飞又凭着他对市场敏锐的观察力，针对我国煤矿科技发展实际，提出"地面产品井下化，井下产品地面化"的研发方向，向"变频"产品进军。研发煤炭生产使用的大功率变频器，首先从攻破煤矿防爆变频开关开始。定位找准了，但是巨额的研发资金流成为最大的难题。邓克飞一筹莫展。公司有人用"彻夜难眠"形容当时董事长的煎熬。班子内部也出现了不同的声音，曾经有人还当面劝说邓克飞："凭咱们现在的产品持续发展下去，红红火火地经营几十年不成问题，开发新产品不是你想的那么简单。"还特别强调一句："退一步海阔天空，何必打肿脸充胖子呢？"邓克飞当然理解大家的好意劝告，但是他说："确定了的目标必须往前走，前面是山、是海，也得越过去，躲避困难，不能正视矛盾，是对企业、对社会最大的不负责任，也不是我邓克飞的性格。"他还说："咱们都是矿工的后代，煤矿工人祖祖辈辈在那伸手不见五指的地层深处辛苦作业，我们现在有条件，具备这方面的能力，为他们改善工作条件，为什么不再加把劲，把事做成呢？"

机会总是留给有准备的人。正当"天迅"想方设法四处筹措研发资金时,一个公司的出现让邓克飞和他的团队喜出望外。大洋彼岸的美国久益煤机集团开拓中国市场业务,非常看好邓克飞天迅公司的产品和企业管理软实力,愿意出高价全资收购。双方一拍即合,2010 年 7 月,邓克飞将成立九年的天迅电气有限公司股权以 5.4 亿元的价格全资转让给久益煤机集团,如此巨额的转让资金超出了邓克飞和他团队的预料。收购后久益集团的经营情况证明,天迅的技术和产品为其开拓中国煤炭市场的业务起到十分重要的作用。邓克飞和他的团队通过这次收购谈判,拓宽了国际视野,对产品研发有了更准确的定位,为后来的弯道超车、高速发展奠定了基础。5.4 亿转让资金,让邓克飞真切感受到了科技的巨大潜力,也破解了"变频"深度研发的资金瓶颈,提升了我国民营煤炭装备制造企业的国际定位。迄今为止,国外全资收购中国的煤炭装备制造企业,天迅是第一家。此次收购,邓克飞向国家缴纳所得税 1.08 亿元,履行了一个企业家的责任担当。

有了雄厚的资金基础,邓克飞又注册了青岛天信电气有限公司,企业由单一的生产煤矿设备配件全面转入井下防爆变频器的研制,开始向综合性高科技领域进军。几年间,通过科研技术人员反复的实验探索,终于生产出了贴煤安标志,处于国际领先水平的煤矿井下大功率变频一体机,并以可靠的性能、一流的服务,受到大中型煤矿的广泛青睐。天信公司研发的防爆变频器,不仅减轻了矿工的劳动强度,还极大地降低了企业成本,实现了既安全又高效的生产,得到煤矿用户的一致好评。该产品改变了传统的电机启动模式,替代了国外生产的液力耦合器和 CST 等软启动产品。经过几年的发展,变频驱动已成为煤机行业的通用模式,引领了煤机智能传动技术的变革。2014 年,青岛天信电气有限公司市场占有率已达行业 80% 以上,成为名副其实的行业领头羊。

电气科研的发展瞬息万变,一日千里,天信公司居安思危,未雨绸缪，在研发推广变频器的同时，又瞄准了已成熟的电动机行业。中国经过几十年的工业化发展，电动机的研发已经进入瓶颈期，想要改善性能，提高智能化水平，单纯依靠电机已经没有太大的空间。因此，天信公司又创造性地提出了将变频器和电动机一体化的设想。

能想到的就能做得到。天信这支团队的科研骨干大部分来自煤矿井下一线，除了有丰富的工作经验以外，他们知道煤矿最需要什么，他们的话最有说服力。确定了短期目标和发展方向，科研人员信心百倍，夜以继日，在反复实践中攻破了一道道技术难关，终于研发出具有划时代意义的变频调速一体机，引领电机行业开始走向智能化的发展阶段。

邓克飞团队享受到科技作为第一生产力的红利，体会到屡战屡胜的成就感，更加坚定了他们攀登科技高峰的决心，他们向世界电机发展第三次革命发起巅峰冲刺，一路披荆斩棘，于2011年11月创办青岛中加特电气股份有限公司，深度攻关智能化电机的研发难题。科研人员从理论到应用，经历五年的呕心沥血，不知道反复试验了多少次，终于攻破了这道制约机械动力的行业难题。2016年，中加特研发生产的变频一体机投放市场后，以科技含量高、节能效果显著、使用安全可靠受到了用户的广泛好评，完全替代了传统电动机，为公司带来可观的经济效益和社会效益，当年就实现销售收入3200万元，2017年突破亿元大关，2018年销售收入3.5亿元，连续三年增长都在三倍以上，市场占有率达到100%，创造了业界神话。系列产品除满足煤矿井下需要以外，还延伸到石油、化工、冶金、船舶等行业，出口美国、波兰、澳大利亚等国家。

青岛乃至整个工业系统，都对中加特的发展大加赞叹，高度评价其是中国煤炭行业奔跑的一匹"黑马"。中加特的战略布局被传为行业佳话，特别是以煤炭行业为突破口，以雄厚的技术力量为基础，自主研发出变频一体机、永磁电机，实现一年翻三番的目标，被称为世界电机发展史的第三次革命。在辉煌成就的背后，是邓克飞倾注毕生精力和心血，经过二十年不懈努力带领团队艰苦拼搏的结果，也是民营企业紧随国家改革开放、发展市场经济，从小到大、由弱到强的写照和见证。

2019 年 8 月，邓克飞获得"山东省优秀企业家"称号，永磁电机荣获中国机械工业协会科技发明一等奖。中国机械工业科学技术奖的奖励范围是机械工业领域的基础理论、发明创造和为提高生产力水平而进行的研究、开发、试验和推广应用所产生的具有实用价值的科技成果。该奖是目前国内在机械行业中唯一由国家批准的奖项；对获奖的优秀项目，可向国家级奖评审部门推荐，作为国家奖的候选项目。邓克飞团队生产的高压隔爆变频调速一体电机等系列产品，广泛应用于煤矿带式输送机、刮板输送机、乳化液泵等重型综采装备的驱动控制，彻底改变了煤矿井下综采工作面移动变电站系统单独调控模式，从根本上解决了组合开关无调速能力、变频开关需要外加冷却系统及抗干扰能力不足、电动机与变频开关配合不好等问题。

在中国这块生机勃发的创新热土上，邓克飞带领着中加特人，用科技的力量，创造出多项工业奇迹。他们从 2013 年成功研发第一套试验样机并投入市场以来，已累计推广系列高压变频一体机 500 余台，应用于国家能源集团、兖矿集团、山东能源集团、山西晋煤集团等各大煤炭企业，装备了 100 多个主力生产工作面。2019 年 9 月 29 日，研发推出的特高压变频一体机再创辉煌，获得中国煤炭工业协会科技发明一等奖。

2019 年 9 月 22 日，青岛中加特电气股份公司创立大会在中加特研发大楼顺利召开，从此，青岛中加特又向着科技创新的新高峰继续攀登，向更高、更远的目标迈进。

创也难哉，搏也壮哉，逐浪人生多精彩

回首过去，邓克飞才三十岁上下，在同龄人还在人生的十字路口徘徊时，他就已经当上了兖矿集团新世纪集团公司董事长。在20世纪90年代，他的年薪已经高达二十万。平常人能够走到这个位置已经达到巅峰了，如果平安顺利地往前走，人生会是一片光华，令人羡慕，但是邓克飞却不这么认为，他说，机遇是可遇不可求的，人必须善于发现机遇，抢抓机遇，把握机遇。国家加快煤炭工业体制的深度改革政策，为自己曾经从事的事业提供了难得的机遇，营造出宽松环境。而现在，为了顺应能源工业装备的换挡升级，研发企业必须加快内部机制、体制改革，不断地创新观念，培育优秀人才，才能跟上时代发展要求。邓克飞结合公司实际，决定选拔一批有追求的知识型员工，放到合适的岗位上，同时淘汰一些墨守成规、思想保守的干部。由于理念和价值观的差异，他的这种大胆设想和改革，引起了轩然大波，有人甚至出来明确反对，说这是不贴合实际的蛮干，是拿职工的饭碗当儿戏。

开弓没有回头箭，认准的路必须走下去。邓克飞始终站在为大家谋福利、让企业焕发生机的高度思考问题，在理想与现实出现严重碰撞的时候，他才深刻意识到改革的艰难，大家都愿意一起受穷吃大锅饭，可就是不愿意突破掣肘再往前试着迈一步。

怎么办？他沉默了。

摆在邓克飞面前的是两种选择：一是继续在单位随波逐流混下去，稳扎稳打，安闲度日，没有什么风险，也不至于有什么损失；二是辞职，去外面直面风雨，迎接挑战，风险很大，但这样更能检验和锻炼自己的能力。

痛定思痛，邓克飞选择了后者。辞职报告上交集团后，许多人感到惊讶，不同的声音扑面而来：有的说邓克飞年轻，经历的事情少，这是在受了点儿挫折后想不通，不干了；有的说，邓克飞硬是放着好好的领导岗位不要，非挣了命往泥潭里跳……领导层非常了解邓克飞的工作能力和品德，十分惋惜地问，是不是对职位不满意，对待遇不满意，想换一个更好的岗位……领导关怀的询问，让邓克飞一时难以回答。

他深知同志们的担心和领导的挽留都是善意的，大家都想让自己为煤矿做更多的事情，自己对当时的职位也非常满意，待遇更是无可挑剔，但在他内心深处，总有一腔热血在澎湃，总有一种精神在迸发。他虽然说不清那是一种什么精神，但他不想就这样碌碌无为地过一辈子，他一定要行动起来再做一番更大的事业，为改变煤矿工人的生存环境做出自己的努力。

在抉择两难的情况下，邓克飞不断地激励自己，坚信自己的选择是正确的。成功，不是让别人服输，而是坚持自己的追求，永不放弃，做心中理想的自己。就这样，他放弃了优越的职位、丰厚的报酬，告别了领导、同事和工友，只身来到青岛闯天下。

沿着青岛美丽的海滨，邓克飞昂起头，走在宽广的沙滩上，眺望辽阔的大海，思索未来的路怎么走。微微的海风吹来，思绪从云端落下，理想的雏形在他心中已经形成。

目标明确了，邓克飞拿出破釜沉舟的勇气，为自己的选择立下军令状，即使撞了南墙也不能回头。他用自己在国有企业上班五年辛辛苦苦积攒的工资注册了青岛天迅有限公司，占地12亩的公司是租的，千方百计招兵买马，满打满算只找来十二人，而且一半是从兖矿集团跟来的弟兄。他在动员会上大声地说："我们都是从兖矿走出来的煤矿的儿子，开弓没有回头箭，只能成功，不能失败。我们必须齐心协力，杀出一条血路来，为自己争气，为煤矿工人争气，为老单位兖矿争荣誉！"

邓克飞说到做到，立足于煤，发展自己，公司最开始的业务是专门为煤矿维修进口设备。根据邓克飞的调查，当时国内整个煤矿系统和行业，对于进口机械设备的维修属于弱项，他们利用自己掌握的专业技术、优质的服务和诚信的后期保障，形成了公司的独特作风。公司规模虽然不大，还是从老企业搬来的作坊式经营，但是由于大家齐心协力，始终把用户视为上帝，规避了进口设备国外维修厂家难以消化的有时差、路途遥远、语言沟通有障碍等问题，帮煤矿企业解决了不同煤矿地质变化造成进口设备不能满负荷工作等困难，深受国外进口设备厂家和用户的信赖，让外国设备供应厂家折服，心甘情愿地退出中国市场。经过三年的积累发展，天迅公司实现了盈利，业务量占国内维修进口机械设备份额的 40%~50%。

初战告捷的喜悦，更加坚定了邓克飞向煤炭机械更深领域发展的信心。根据市场调查情况的反馈，煤矿高压电缆故障率高的原因出在插头上，众多煤炭企业想尽了法子，进行技术改造，但问题还是得不到解决，许多煤矿只好改用国外产品。当时只有英国能生产适合我国煤矿井下电压对路的电缆插头，但存在维修周期长、价格超预算的弊端。了解情况后，邓克飞决心要攻克这一技术难题。经过一年多时间的技术攻关和反复实验，终于生产出了性能可靠而且价格仅为进口插头三分之一的电缆插头。又经过一年多的市场推广，广泛应用到大中型煤矿，电缆故障率几乎为零，在中国市场上完全替代了国外进口产品。

邓克飞对公司的年轻人说，探索新领域，必定有风险。风险就是挑战，要战胜风险就必须顶住来自各方面的压力。很多人希望生活和工作中都不要有压力，错了，人一定要有压力才活得有意义，没有压力就没有动力，压力可以激发挑战精神，敢于挑战才能取得成功。信手拈来的成功、轻而易举的收获，都是没有什么价值的。

正是压力与挑战的并存，爆发出一种无限的能量，支撑着邓克飞和他的团队攻破了一个又一个的科技难关，又不断朝着新领域进发。电缆插头占领市场后，实现了经济效益和社会效益双丰收，邓克飞再一次尝到了技术革新的无限威力，他清醒地认识到自己的观念还停留在国有企业长期形成的内部节流管理上，但增强市场意识、发挥科技的作用，才是企业保持竞争优势、立于不败之地的根本动力之源。邓克飞要驾驭科技的航船在更加广阔的海域再次起航远行。经过长时间的市场研判，他决定进军研发制造智能化采煤机和掘进机控制系统。超大型的采掘装备，需要安全可靠的动力驱动系统保障，这是一个高难度、有挑战的全新课题，其中有无数的技术难关需要攻克。在一些人的眼里，要达到预期的目标，不知道前面会出现多少拦路虎，是否能成功还是未知数，而邓克飞不这样认为，在他眼里困难是挑战，更是机遇，只要是认准和决定了的事情，就是有天大的困难都必须克服。他说，越是在无人超越的地方，越能彰显决策者的前瞻性和判断力。敏锐的眼光、独特的视野、超人的智慧、真诚的情怀，是邓克飞的人生底色。

我们把镜头再折回到邓克飞以前供职的兖矿集团。邓克飞回忆说："在老单位曾经有一段时间，工厂经营处于低谷，拖欠职工几个月工资，企业没有分文周转资金，那时才真正体会到弹尽粮绝是啥滋味。为了扭转困局，我打破传统只干内部活儿的观念制约，主动走出去找市场，承揽社会维修任务，创新经营理念，拓宽销售渠道，经过几个月的艰苦奋斗，终于走出困境，年底实现利润 4000 万元，超额完成集团公司下达的年度工作目标。"

这样的举措现在看来是最平常不过的自救策略，但是，放在 20世纪 90 年代，国有企业有组织地出去干私活儿，从那个年代过来的人，都知道这在当时看来，性质是多么的严重。

邓克飞深知国有企业的那一套管理无法适应民营企业发展的需要，那么如何走出一条既有国有企业的规范管理，能承担众多社会职能，又拥有民营企业的灵活机动，员工创新意识强烈的发展之路呢？经过深入的市场调查，他决定做煤炭机械维修产业，邓克飞思考的机械维修不是简单的修修补补、诊断性的故障排除，而是要以机械维修为突破口，向煤矿机械换代升级的研发领域拓展。针对当时国内生产和进口不同类型的煤炭机械（配件）存在的问题，如何减少故障率，提高安全运转周期？煤矿井下大大小小设备不说上百个品种，也有四五十个之多，而且生产厂家林林总总，再加上国外进口设备的使用性能、配件差异很大，维修起来非常艰难。邓克飞说："正因为难，我们才有市场，如果都是手到病除、轻而易举的好事情，哪能轮得到我们？"就这样，他凭着一种坚定不移的意志，带领全体员工，破解一个个技术难题，拿下一件件别人不干也干不了的险活儿、急活儿。他始终急生产所急，急用户所急，把用户当成上帝的理念贯穿在优质服务的全过程中，最终赢得了用户的信赖，拓展了服务市场，更重要的是历练了队伍，培养出了不被任何困难所屈服的团队意识，从而创造出取得更大更多的优异成绩的可能性。

邓克飞带领的团队，从青岛天迅、天信再到青岛中加特，历经三次跨越。每一次跨越，都是一次严峻的考验。事实上，每一次考验，都是邓克飞站在风口浪尖上接受的对自身决策的检验。

邓克飞曾经说过，任何一个创业者在起步阶段，都必须耐得住寂寞、经得起煎熬、扛得住诱惑、守得住底线。四者缺一不可，哪一方出现薄弱环节，一切的努力都会付诸东流。千里之堤溃于蚁穴，创业的道路上，决不能有丝毫的懈怠和疏忽。

成绩来之不易，辉煌是用辛勤的汗水加智慧的头脑换来的。邓克飞带领着他的团队一路艰辛、一路拼搏，二十年励精图治走到今天，就是最好的验证。中加特人无不感慨，无不庆幸，他们每一项决策的背后都有无数次的论证，每一次前行都经历了无数次的否定、修改、完善、论证。在决定开发变频一体机的研究过程中，牵涉到

230

如何开发新项目，新项目如何占领市场的问题，不仅投资巨大，而且开发周期长，市场竞争激烈。如何去面对、去解决？邓克飞把研发人员分成两个攻关小组，一组由新老成员配合进行研究，一组由总工程师带队攻克技术堡垒。一个一个的技术难题被工程技术人员采取逐个突破的方式破解，终于生产出了第一台拥有自主产权的煤矿井下大功率的变频一体机，当安装工人拧紧最后一颗螺丝钉，团队上下翻腾了，许多人流下了激动的泪水。

随着技术的不断改进，中加特生产的国内一流、拥有世界核心技术的变频一体机，广泛应用在超大型现代化矿井生产中，以功率大、体积小、质量可靠、数据准确，受到煤矿的普遍欢迎，也为中加特今后的发展赢得了口碑、积累了经验。对于邓克飞来说，收获不是最主要的，最主要的是如何把握市场机遇，既不能过于超前，违背市场规律，透支市场，又不能滞后，拖后腿，错失良机。只有始终站在万里远航的波涛前端，运筹帷幄，才能决胜于千里之外。

如果继续沿着这条道走下去，企业肯定会一路凯歌，可邓克飞不满足于现状，他要闯出一条新路，在不断超越的拼搏中，保持行业领先的态势。这不单纯是一种理想，更不是邓克飞头脑一时发热喊的口号。当国内一些装备制造企业看好煤矿电缆插头等产品市场，群雄并起、争先恐后研发出类似不同型号的超高压电缆接头、电气开关等产品时，邓克飞决定放弃已经做了十多年的电缆插头、电气开关，转向研发生产大功率的煤机和综掘控制系统，引起了整个行业的瞩目，因为电流控制系统好比大功率采掘机的血液，设备能否成功地应用在井下生产系统，电控是心脏。

为了能顺利攻下采掘机控制系统这项大工程，邓克飞根据研发人员的不同情况，分为三部分：一是来自基层煤矿的研发人员，他们对于煤矿企业现场工作熟悉，非常了解煤炭企业需要解决什么问题，能把握对煤炭企业服务的方向和目标；二是新招聘的大学生和研究生，这部分成员具有扎实的理论功底，需要在科研人员的带领下，经过锤炼，成为企业科研力量的生力军；三是与机电行业相关技术紧密联系的综合技术人员，这部分成员和电机研究科研人员相配合，进行电机新技术研究，实现电气智能化整体系统的提高。这样组成的团队既有成熟的技术研究者，也有有志青年，既有尖端技术人员，也有踏实的中坚力量，不仅技术过硬，信念坚定，而且都有一种坚忍不拔、矢志不渝的奉献精神。可以说，在邓克飞的创业史上，他与队友始终保持着肝胆相照的默契和凝聚力。没有一个团结而又坚强的团队，想走过无数风雨，不断创造业绩，是根本不可能的。

邓克飞慧眼识珠、知人善任，总工程师兼总经理沈宜敏之所以能成为中加特核心决策者之一，中间还有一段精彩而传奇的故事。

1998年，沈宜敏参加兖矿集团举办的一场职工技术大比武，邓克飞是这次比赛的主要评委。他们就是在这里认识的。经过班组选拔、车间评比，层层选拔淘汰，比赛进入全集团公司决赛。决赛分为三轮。经过两轮的淘汰，进入最终决赛，评出前十名。不管是单位还是每一个参赛者，都想获得最好的名次，为单位和个人争光。由于体制以及传统的影响，人情分、关系分在所难免。进入决赛的前十名优胜者，其中有不少人采取不同的方式，给邓克飞打招呼，希望在决赛评比过程中予以照顾；而在没有利用人情和关系的"另类"中，就有沈宜敏。

我们在动笔之前，对沈宜敏进行了长时间的采访，这位驰骋煤海的老煤矿人，给人的第一印象是沉稳干练、话语不多，但是思维敏捷，言谈条理清楚，他的经历就是一部浓缩的中加特创业历程。

沈宜敏说，他因为在整个决赛过程中技术娴熟，理论水平超然，获得第一名，也在邓克飞的心里留下深刻印象。在邓克飞的影响下，沈宜敏放弃了国有企业技术骨干的铁饭碗，跟随邓克飞打天下，出任公司总经理，成为他的左膀右臂。沈宜敏说，从天迅到天信，再到中加特，从一个名不见经传的煤矿设备维修小团队，经过二十年的苦心经营，成长为具备国际竞争力的高科技现代企业，不知道经历了多少煎熬，其中有过成功喜悦的分享，有破釜沉舟的东山再起，也有过观点的分歧，甚至产生激烈的论战，但他们的目标一直是一致的，人生志向是一以贯之的，那就是要做点儿大事情，而且必须做成。如今中加特即将上市，参与资本市场考量，作为年产值达10亿的高科技企业，董事长和总经理两人还挤在一间不到15平方米的办公室，桌子对着桌子，面对面谈工作。邓克飞说："沈总不仅是整个公司业务和市场开发的一把手，还有一个更重要的职务，是监督我的"纪委书记"，每当公司处于艰难的转折时期，沈总总是能提出独特的见解，为我指明方向。每当我头脑过热的时候，沈总当头一盆冷水，就浇得我清醒过来，重新思考问题。"从董事长和总经理的奋斗点滴中，可以看出邓克飞的用人智慧。邓克飞在对待员工的问题上非常慎重，经常问自己："人家为啥心甘情愿地跟着你干？你有什么能耐留住人？"他说："我不能完全彻底地了解别人，但我必须认真地认识自己。一个领导者或者一个创业者，必须具备以下三方面的能力：一是要有容人之量，二是具备识人之智，三是必须具有用人之术。三者相辅相成，缺一不可。三者之间结合越完美，人才的作用就越能得到发挥。"

邓克飞是这样想，也是这样做的。对待跟随他二十年的总经理沈宜敏，他处处体现出作为一个领跑者的人文关怀。早在2008年，公司已经在煤炭系统小有名气。当时全国每年生产1000套挖掘机，其中700套用的是邓克飞公司生产的控制系统产品；全国每年生产300套采煤机的控制系统，邓克飞公司的产品占到100多套。服务的煤矿装备制造厂家有鸡西、佳木斯、太原、上海等地的煤机厂，日本某公司参与国内煤矿设备竞争产品的核心配件也出自邓克飞公司。

随后，邓克飞公司生产的系列电控设备直接替代了德国等国外产品。

在中加特组合开关问世之前，国内煤矿一直用的是英国进口产品。还有变频机，进口的非常娇贵，维修很难，甚至必须到国外去修；而且价格昂贵，功率小，一般不超过 1000 千瓦。英国、德国有几家变频机，都是软启动，许多技术难题无法解决。邓克飞和他的团队成员看在眼里，发誓一定要研制生产出适合我国煤矿井下生产条件的高压防爆变频机。邓克飞将这一艰巨的任务交给沈宜敏牵头完成，难度之大，超出了科研人员的想象。当时国外变频机最高负荷电压是 1140 伏，而邓克飞给沈宜敏的目标是研制开发 3300 伏超高压负荷变频机，填补世界超高压变频市场的空白。当时国内也有厂家尝试研发，结果都是以失败而告终。沈宜敏带领研发团队，克服多个技术难题，终于制造出了高 2.32 米、长 5 米、宽 11.45 米、重 13 吨的世界上第一台 3300 伏的变频机。经中国煤炭工业协会验收，各项性能符合国家与行业标准，并在兖煤集团三号井投入使用，至今已经安全运行 3000 多天无故障。

凡是 20 世纪八九十年代在煤矿干过的人都知道，井下生产传动系统在变频机未出现之前，大中型煤矿全部采用油葫芦调速，碳水注油，故障率高，功率小，随着超大型现代化煤矿如雨后春笋般建成，油葫芦调速根本满足不了大功率电机运转的需要。有的煤矿也尝试进口使用德国福伊特公司的 CST 液流耦合器，虽然能替代油葫芦，但是价格昂贵，一台高达一千多万元人民币，而且运行性能极不稳定，不仅故障率高，还存在很多安全隐患。在生产使用过程中，因为设备自身发热曾在某煤矿引发火灾事故，幸亏是低瓦斯矿井，没有发生人身伤亡事故。

邓克飞团队研发投放市场的超高电压变频器，核心技术是无级调速，运转稳定，故障率几乎为零，价格比井口同类设备低 60%，而且节能效果明显，符合环保要求，彻底规避了进口设备难以消除的故障点，保证了煤矿安全生产。

技术应用类科技只有持续不间断地创新升级，才能跟上生产发展的需要，任何一项新生事物诞生之后，都要经过很长时期的检验修正，才能达到完美。邓克飞团队根据第一台投入生产以后出现的体量庞大、不便于运输安装等缺陷，在原来的基础上攻关，不到半年时间，即研发出了第二代产品，高度由 3.32 米降低到 1.89 米，重量由 13 吨缩减到 11 吨，多项技术指标更加优化便捷。随后不到两个月的时间，他们又推出第三代变频机，重量直接减到 8 吨。产品以成熟的技术在神华集团神东煤炭集团得到广泛应用，为中国成为世界第一产煤大国做出了贡献。

紧接着他们又生产出了第四代变频机，高度只有 1.2 米，重量降低到 5 吨，适用于我国大小机械化改造矿井，而且质量和技术都有了突飞猛进的发展和质的突破。

第四代变频机生产不到半年时间，他们又研发推出了大功率、超高压、体积更小的变频机，为以后建立中加特变频电机有限公司打下了坚实的技术基础。

在邓克飞的领导下，变频一体机的发展经历了四代，目前变频机的高度只有 19 厘米，不仅体积小，而且功率大，性能可靠，运行稳定，填补多项国内外的技术空白，达到世界一流水平。

在 2011 年新成立的青岛中加特电气股份有限公司挂牌仪式上，邓克飞响亮地提出：未来公司发展方向是，站在科技最前沿，做技术研发和工业制造的领跑者。

仁者品质，慈悲情怀，侠骨柔肠齐鲁风

为了写好邓克飞、写好中加特，我深入企业的工厂车间，进行了长达半个月的采访，这让我走进了一个完全崭新的领域，享受了

一次精神层面的"饕餮盛宴"。

　　紧接着，我们又采访了邓克飞的家人、老领导和公司二十多位不同年龄段、不同工种的科技工作者和一线岗位工人。在众多的事例面前，我们感受到邓克飞所领导的中加特团队，是一个从不张扬、默默奋斗的群体。通过近距离频繁接触邓克飞，我发现他拥有一种永不服输、勇往直前的拼搏精神，带出的是一个能打硬仗、善打胜仗的创新团队。

　　中加特邓克飞董事长的办公室在研发大楼四层的尽头，走进办公室，给人的第一印象不是豪气华丽，也不是阔绰气派，而是简洁明快、经济实用。

　　办公室里面对面摆放着两张办公桌，董事长邓克飞坐在里面的办公桌前，对面坐着总工程师兼总经理沈宜敏。紧挨着墙壁的地方有两个文件柜，里面整整齐齐地摆着几排书籍。两人办公桌后的墙壁上挂着一幅画着泰山雄姿的水墨画，名称是"源远流长"。办公室右侧还摆放着一张不大的会议桌，旁边的墙壁上悬挂着一幅笔力雄健的行草书法，是宋代爱国名将岳飞手书的诸葛亮《前出师表》。

　　一画一书法，两个作品，寓意何其分明。而无疑，生于斯长于斯的邓克飞，最喜爱、最推崇的就是齐鲁大地的厚重文化和雄健之风。邓克飞常常对员工动情地讲"孔子登泰山而小天下"的故事，讲述《周易》中"天行健，君子以自强不息；地势坤，君子以厚德载物"的含义，诠释唐代大诗人杜甫"岱宗夫如何，齐鲁青未了。……会当凌绝顶，一览众山小"的精神，鼓励大家要树立"敢为天下先"的雄心，要有自强不息的进取精神，要有泰山称雄五岳的豪气，要有厚德载物的品质，要有"鞠躬尽瘁，死而后已"的敬业精神。更是经常不失时机地提道：我们都是煤矿走出来的，与煤矿的情谊源远流长。树高千丈不离根，煤矿人的初心不能忘。

　　正是在这间朴素的办公室，邓克飞做出了一系列重要决策，但其实对他来说，根本就没有办公室这个概念，他的办公区域在车间、在煤矿、在和用户的谈判桌上。在其他人眼中，他俩的办公室，似乎只是一个打点歇脚的临时场所，但有几人懂得，他的天地很大很大。有一次，为了拓展市场，与客户签订合同，邓克飞自己驾车四千多公里，穿越陕西、山西、山东、内蒙古，其中的艰辛和痛快，岂可言哉！

不论单子大小，一旦遇到问题，邓克飞都是身体力行，现场处理，日积月累，带出了认真负责、雷厉风行的团队作风。采访中，某员工说，一次董事长和他们几个管理人员到神东煤炭集团公司出差，解决甲方在井下生产中遇到的技术难题，他急甲方所急，忘记了路途的劳累，一到矿区就到现场下井，用最短的时间以最快的速度排除了隐患，让甲方工程技术人员十分感激。令现场人员更加感动的是，董事长升井的时候，已经是满身泥污，大汗淋漓，但怀里却抱着替换下来的一百多斤重的需要修复的电机，如果别人不说，谁也不敢相信这是资产已经过亿的老板。

邓克飞无疑是个强者，但在他坚硬、强大的外壳之下，包裹着的却是一颗非常柔软的慈悲之心。有一次邓克飞陪同母亲到医院看病，途中遇见有人哭泣，邓克飞立即前去问明情况。原来，这家人的女儿考上了重点大学，已经接到大学录取通知书，可是家里都是农民，经济困难，没有钱为孩子支付学费。四处告借无门，所以放声大哭。邓克飞听了事情的来龙去脉，当即表示："你女儿上大学的费用我全部包了！"那一次，邓克飞把自己身上的6万多元现金全部给了那一家人，而且没有留下自己的姓名。

公司周围农村有贫困户的孩子得了癌症，急需医疗手术费，邓克飞毫不犹豫地拿出10万元，让办公室人员送到患者家中，并一再吩咐不能让任何人知道。邓克飞心想：公司之所以能取得如此大的发展，与地方政府和当地老百姓的理解支持是分不开的，当老百姓

237

遇到难处的时候，我们伸出援助之手，是爱心，是义务，更是责任。

随着时间的推移，邓克飞对于自己救难帮困的事情已经淡忘。事情过去了数月后，邓克飞接到门卫保安电话说，有一对农民打扮的老年夫妻恳求见董事长，并要当面感谢您。原来是接受捐款的癌症患者的父母。邓克飞说事情已经过去了，这是自己应该做的事情，请他们回去吧。但是，这对老年夫妻说啥也不走，非要见邓克飞本人。无奈之下，只好让两位老人来到了办公室。让邓克飞万万没有想到的是，两位头发全白的老人一下跪在了邓克飞的面前，眼含泪水地将一个塑料袋递过去说："孩子辜负了您的希望，没有抢救过来已经走了，这是剩余的钱……"此时的邓克飞看到跪在地上的那两双悲戚的眼神，简直不知道说什么好，他搀扶起两位老人，动情地说："孩子走了，我和你们一样难过，这钱是孩子给你们二老留下的，他走了未能尽孝，留下钱让你们生活有指望。"

邓克飞泪流满面地劝走了失去儿子的两位老人，自己陷入了持久的沉思，不时地发出感慨，齐鲁大地上的老百姓淳朴、善良，自己作为这方沃土养育成长起来的企业家，有什么理由敷衍了事，虚度时光？邓克飞说，这件事情好像在自己的心灵深处引发了八级地震，激励自己一定要把企业做强做大，为社会创造更多的财富，更好地回报社会，回报齐鲁大地的父老乡亲。

邓克飞以慈悲之心对社会承担责任和奉献爱心，对自己的员工也不例外。大学生孙贤洲要辞职，邓克飞问明原因，才知道原来是他女朋友已经在老家找好了工作，他俩受不了两地分居。掌握情况后，他征求双方意见，将孙贤洲女朋友调到公司上班，而且还对小两口买房子等生活方面慷慨解囊相助。

公司在创立初期，如同一张白纸，一无所有，起步非常艰难。又遇上2003年的"非典"，公司连续七个月没有分文收入，产品积压，资金只出不进，经营异常困难。邓克飞顶着来自内外困局的压力，竟然将自己和母亲的房子抵押给银行，为员工开工资，在产品滞销、企业停产的空闲时间，他自掏腰包，让全体员工学习考取驾照，拿自己的钱让职工得到真正的实惠。

采访过的公司员工说起董事长，都是滔滔不绝，几乎都是同一个声音：我们邓总最大的特点是，把困难留给自己，把方便让给别人。他非常关爱职工，不是亲人，胜似亲人。

邓克飞说，他在不断地学习、吸收齐鲁文化精髓，指导自己更好地做人、处事。

齐鲁文化的熏陶，造就了他胸怀坦荡、尊重别人的可贵品格。在和邓克飞接触的过程中，能感受到他的一言一行、一举一动无不饱含着内在的修养，并散发出一种非同寻常的亲和力，给人传递的是可靠、坦诚的正能量。通过他的言传身教，也打造出一支注重自身修养、励志改变煤矿落后面貌的高素质创业团队。

丁国利1991年毕业于哈尔滨工业大学金属专业，曾经在多家煤矿机械制造企业担任业务骨干和高层领导，并有在国外煤机企业工作的经历，具有丰富的现场和管理经验，对这个行业有着深厚的感情。在长期的业务交往中，邓克飞发现丁国利是难得的专家型管理人才。当2015年前后国内外煤机制造厂家受金融危机大气候的影响，普遍出现经营瓶颈时，邓克飞在这个节骨眼上，邀请丁国利加入了中加特的团队。

丁国利看上去四十来岁，由于一直在煤矿机械制造和市场营销领域工作，给人一种谦恭、智慧和语言干练的印象。丁国利说，当他原来所在企业发生结构性调整，面临重新择业时，邓克飞的诚挚邀请，让他非常感动。但考虑到自己已入不惑之年，要把后半生交给中加特，没有顾虑那是不现实的。为了慎重起见，他对中加特进行了为期两天的考察。

来到中加特，丁国利先被董事长邓克飞的人格魅力折服了，接下来又看到公司非同寻常的人性化管理，还有整洁的环境、现代化的科研平台和数字化的生产车间，特别是年轻有为的员工队伍，他便完全消除了顾虑，爽快答应加入中加特团队，跟着邓总一起创业。如今丁国利已经走上了中加特总经理的位置，成为公司决策层的核心人物。

郑龙兴大学毕业后受聘到公司财务管理部门工作，接受采访时，正配合财务公司做上市的财务审计工作，几乎没有节假日和星期天，就这样每天还要忙到深夜才能回家，有时甚至通宵达旦。他的年龄看上去才三十岁出头，已经是公司的财务总监，企业一旦上市，这位年轻的财务总监将进入董事会的决策层。在我们一约再约的情况下，郑龙兴硬挤出时间接受了采访。他的言谈给人一种财务人员特别具备的稳重感，对问题不急于表态，稍加思考后，习惯用一连串的数字来诠释。从他对经营分析透彻的表述中，我深感这位年轻高管对工作一丝不苟。公司业务远涉国外，产品出口、外企施工、国外设备配件等，涉及种类繁杂的财务结算，有些政策法规明确，有的则是政策法规和财务管理未涉及的空当区，这些就需要财务人员把握尺度，正确决策。在这方面，郑龙兴已经百炼成钢，能做到让公司放心、让用户满意。

发掘这个人才的，当然也是邓克飞。在郑龙兴眼里，董事长邓克飞满脑子都装着别人、装着员工，唯独没有他自己。郑龙兴举例说，公司曾经有位员工得了肾衰竭，送到医院以后，经诊断，这种疾病需要巨额的医疗费。虽然这位员工入职不到三个月，但邓总听说以后，立刻让财务安排资金，随时需要随时打到医院，不能因为医疗费延误治疗。自己还亲自去医院探望。医生说患者的病情还没有发展到需要换肾的程度，但是恢复治疗，也得几万元医疗费。邓克飞了解到这位新入职员工家庭经济困难后，拿出自己的 7 万元钱，缓解了员工家庭的燃眉之急。

在邓克飞眼里，只有懂得尊重人、关爱人，用真心换取真心，才能赢得真感情，员工才能全心全意为公司着想，在遇见困难和挫折的时候，才能义无反顾。

研发中心二部部长张鸿波也是大学毕业后就直接到中加特，在邓克飞的带领下成长起来的驻外售后服务精英。他说，他大学毕业分配到车间实习两个月，就被邓总派往神东煤炭集团公司中加特办事处做售后服务技术员。在工作中，他针对甲方的需要和设备在运行过程中存在的问题，逐条把问题列出来，然后到现场一遍遍地试验检查，从线路到配件，到电容、电压，逐条排查整改，直至问题彻底解决。到了2013年生产第二批机器设备的时候，自己根据井下异常的生产条件，因地制宜对设备进行改造，而且对原来第一批生产的设备的所有关键部件（即使没出现问题）也全部进行了更换，防止在恶劣环境下出现安全隐患。

经过两次改进，设备的稳定性提高了，试用过程也为公司研发新产品提供了第一手资料。随后公司又研发制造了几款按照不同厂家的要求进行改良的产品，分别应用到泰山公司、三一集团、西安煤机公司等单位，都收到了良好的效果。

张鸿波说，神东煤炭公司是世界一流的特大型煤炭企业，邓总能把自己选派到那里，是一种信任，自己一定要付出百倍的努力为公司争光，为董事长争气。在实际的工作中，问题错综复杂的程度超出了他的预料。曾经有一段时间，神东公司井下使用的德国生产的瑞福变频器频繁出故障，而且维修起来非常不方便，他们找了几家国内公司为他们解决问题，效果都不理想。张鸿波知道情况后，主动请缨，并陈述了中加特的实力，甲方在犹豫中，抱着试一试的态度，把这个困扰生产的棘手问题交给了以张鸿波为代表的中加特团队。接到任务之后，张鸿波深感责任重大，在第一时间深入现场，一边查找问题，一边查阅资料，然后逐个元件进行排除。不知道反复了多少次，终于发现：变频器事故频繁，原来是一个非常不起眼的元件故障导致的。他当时的心情比哥伦布发现新大陆还激动，他非常自信地给甲方反复陈述：我们的产品可以替代进口产品，百分之百保证设备正常运转。甲方看到张鸿波如此自信，同意用中加特产品替换进口配件。在安装的时候，张鸿波却心有顾虑，根据自己的判断，在两个配件交替之间，应该有一根导线。但是由于没有图纸，没有设计方案，大伙心里都拿不准。一旦失败，后果难以预测。经过缜密研判，张鸿波最终认为，自己的判断是正确的，就在试验的时候把这根导线加进去，果然不出所料，张鸿波的试验成功了！国产中加特部件替代进口洋部件变为了现实。

邓克飞带领的中加特团队，正是由于有着像张鸿波这样一批爱岗敬业、善于思考的年轻科技工作者，才能够在前进的道路上过五关斩六将，朝着将企业建成国内顶尖、世界一流的宏伟目标良性发展。

煤机行业起起伏伏，受大气候的影响，市场波动大，有时变化摸不到规律，国内不少有实力的煤机厂家，在市场处于低潮时纷纷消失，而中加特却始终在风浪中屹立不倒。每一次的市场低潮，都是中加特再创辉煌的起点，经营业绩直线攀升。煤炭寒冬期的 2016 年，全年生产的变频一体机只有 10 台，2017 年每个月就生产 10 台，2018 年每个月生产 20 台，2019 年每个月生产 50 台。

2016 年中加特生产总值为 3000 万元，2017 年生产总值达到 1 个亿，2018 年达到 3.5 亿元，2019 年生产总值接近 10 个亿。外界称赞邓克飞的科研团队创造了业界神话和企业传奇。

家国情怀，世界目光，敢执牛耳领潮头

邓克飞的座右铭是："耐得住寂寞、扛得住煎熬、经得起诱惑、

守得住底线。"在低谷的时候，邓克飞总是默默地坚守自己的追求，尽管异常艰难，但绝对不会放弃。当年邓克飞告别铁饭碗自主创业，正好赶上"非典"，受到经济停滞和市场低迷双重压力的打击，他没有退缩，而是充满信心，挺了过来。

公司初战告捷，取得一定的成果，邓克飞就在内心一遍遍地告诫自己：千万不能骄傲，一定要站稳脚跟。一些企业家，不是倒在艰苦奋斗的征程上，而是倒在骄傲自满、抵挡不住诱惑的教训之中。他深信只有不断攀登钻研、超越自我，才能在科技创新的伟大进程中找到一席之地并站稳脚跟。

事实胜于雄辩，实践证明，二十余年风雨历程，二十余年励精图治，七千三百多个日日夜夜，邓克飞经历了许多其他人难以想象的艰辛，甚至是沮丧、失落，但是，他始终坚定自己的信念、践行肩负的使命，克难制胜，永不言败。

回首创业路，一路艰辛一路浩气，一路拼搏一路凯歌。

伟大的时代孕育卓越的理念，开阔的视野决定超前的思维。在20世纪90年代，煤炭工业还没有完全实现工业化的时候，邓克飞就提出软启动电气战略定位。在国内市场机电设备还没有完全自主研发的时候，他就开始研究西门子等国外先进技术。在计算机286的时代，他又开始考虑变频器了。没有人能跟得上他的思维，用一句玩笑的话说，他脑子转得真快。即使不离开国企，凭他的胸怀和气魄、做事风格和为人品格，也一定会大有作为，与众不同。

邓克飞无论是在兖矿集团还是在创立天迅时期，无论是在低谷中奋起直追，还是在顺境中畅游天下，始终保持头脑缜密、思维超前、决策果断的秉性。齐鲁民风的熏陶、儒家文化的滋养，也铸就了他热情厚道、充满善意的品质以及深厚的慈悲情怀。

马付湾无限深情地回忆起自己追随邓克飞共同奋斗的经历，并推心置腹地给笔者讲述了邓克飞爱憎分明的事例。

1981 年毕业于北京煤校的马付湾，学的是电子技术专业，1983 年毕业后分配到兖矿集团兴隆庄煤矿一线工作了八年。1992 年调集团公司机修厂工作，当时邓克飞任厂长，马付湾任副厂长，直到跟随邓克飞到中加特，他们一直是知根知底、荣辱与共的好朋友。

马付湾在我们采访时，谈到邓克飞时略加停顿，深深地吸了一口气，脸上堆满敬佩的微笑，然后拉长了话题："我们当年在兖矿集团机修厂时，都还是血气方刚的年轻人，邓总就已经表现出非常成熟的洞察力和超强的掌控能力。干煤矿的都知道，从计划经济过渡过来的所谓煤矿机修厂，面对的是内部矿井设备的维修，煤矿兴，企业就兴，煤矿效益不行了，机修厂就成了无米之炊，生存都十分艰难，根本谈不上所谓的效益。就在机修厂负债累累、连年亏损、人员负担压力非常大的情况下，邓总提出当年产值达到 3000 万元的设想，引起了全厂上下的哗然，各种议论都有，善意的相劝、不怀好意的攻击、旁观者的冷嘲热讽，明的暗的，所有的矛盾都集结在他一个人身上，就连班子内部，包括我自己都持否定的态度。大家长期养成依靠大锅饭的习惯，跟集团公司要点儿是点儿，穷大家都穷，根本连走出去挣钱的念头都没有。"说到这里，马付湾又吸了一口气，继续说："这就是煤炭企业走向市场经济初期，当时人们的真实情况，你说不改革行吗？后来成功了，人们又一边倒地说邓总有远见，是个大能人，可谁知道当时他为了杀出这么一条冲破守旧观念、克服各种阻力的血路，孤军奋战，顶着多大的压力呢？我清楚地记得邓总利用下班和一切可以利用的空余时间，走门串户地做每个人的思想工作，才终于得到集团公司和大多数人的支持。再加上他具有磁性一般的凝聚力和号召力，吸引了周围许多煤矿厂家慕名来机修厂加工设备。通过全厂上下齐心协力的努力，当年实际产值达到 4000 万元，超出目标 1000 万元，偿还了历史欠账，补发了长期拖欠的职工工资。在邓总的带领下，机修厂一年就打了翻身仗，当时在兖矿集团引起了很大的震动。再加上后来邓总处理的一桩桩、一件件棘手问题的事实，证明他确实是个高人，我打心底里佩服，所以就心甘情愿地跟着邓总一直走到今天。"

"后来呢？"我继续追问。

马付湾说："我跟随邓总这么多年，悟出了一个道理，要成为一个完美的决策者，制定目标思维超前，有远见卓识，做事果断，只是成功的一部分，更重要的还在于人格魅力，他可以把所有人的积极性调动起来，让大家全心全意跟着他干，这至关重要。"

现任中加特后勤部部长的邓克虎是邓克飞的亲弟弟，但是，弟兄俩性格却有许多的差异，邓克飞为人和气，慈悲面善，考虑问题周全，仅一面之交，你很难把他和一个创造科技奇迹、年产值超10亿的现代公司的大老板联系在一起，充其量觉得他就是个煤矿的采煤队长，说得文明一点儿，是个工厂的车间主任。两次采访接触下来，邓克飞都是身穿一件深灰色的短袖衫，汗水已经在背上渗透出白印。第一次见面谁也没有把他和中加特这个在行业领先企业的决策者联系在一起，大智慧往往透出的是平淡与朴实的超然。而邓克虎给人的第一感觉是精明强干，说话干脆明了，做事雷厉风行，既有商人的智慧，又有管理者的头脑，一双眼睛炯炯有神，透露着灵气，蕴含着坚毅，给人留下无限的遐想。

在弟弟眼里，大哥究竟是怎样的一个人？邓克虎是这样说的："大哥无论是做丈夫、做父亲还是做子女，都能做到极致，从小我就对他充满敬畏。记得他二十七岁的时候，和我大嫂辛辛苦苦攒了一万块钱，却全部拿出来，让我们三个弟弟学车考驾照。他不仅对自己的家人充满感情和爱心，而且对同事、对朋友，甚至对待需要帮助的陌生人，都能够做到满怀真情。"

有这种超强能力的人，就是一个能够顺应时代潮流的睿智者，就是一个大有作为的人。放在一个组织，放在一个企业，决策者的智慧就演变成一种文化，作为一种无形资产，引导着众多的人朝着共同的、正确的目标奋斗，形成众志成城的力量。

在中加特，每采访一个人，不管他是谁，我们都去认真倾听、细心记录、仔细辨别，从高管到车间普通员工，从中层领导到仓库保管员，从科技工作者到产品营销员……我们必须从林林总总的资料中找到最有内涵、最有价值的精神内容、智慧密码。

他们虽然站在不同的岗位，有着学历和见识的差异，但在接受我的采访时，都异口同声地对董事长邓克飞表示敬佩，也都从自己的亲身经历、从不同角度陈述他们的奋斗历程。事实上，他们所从事的工作都是中加特发展史的一部分，他们是一个整体、一个团队，他们每一个人都是精英。

邓克飞亲手缔造的青岛中加特电气股份有限公司最显著的特点是，作为新兴的高科技公司，几乎拿不出任何有形的管理制度，可人人都在有条不紊地遵守着一种约束，而且这种约束是自觉自愿的。在中加特采访的二十天里，我们一直在找，却没有找到文字性的请销假制度，但员工三百人，其中还有不少人长期在外驻地做售后服务，却没有人出现旷工或迟到早退的现象，没有规定外出住宿标准，但中加特人不管在何地出差，清一色都住快捷酒店。

邓克飞董事长用自己无穷的人格魅力，慈悲的人文关怀，以及永不推卸的责任与担当，在中加特潜移默化地形成了共同的追求、共同的目标、共同的奋斗精神，缔造了中加特文化的精髓，浇筑了难以复刻的中加特文化。

兴也人才，强也人才，举贤授能布宏局

漫步在已经投入生产，还没有达到设计要求的中加特厂区，除一排排整洁的厂房、点缀醒目的绿茵草坪，还有承载着中加特人文

246

特色的大门装饰外，最亮丽的风景就是来来往往穿梭在车间里忙碌的员工。他们几乎都是高学历，有着端庄儒雅的气质。也许想着问题，也许没有时间顾及周围。偌大的工业厂房、车间，一排排日本进口的焊接机器人喷发出道道闪耀的火花。不知道是从哪个国家进口的机器人正将生产流程不合规格的半成品处理成合格的配件，还有德国西门子为帮助建设全数字化无人工厂的工程正在实施安装阶段，乙方施工人员说，建成后的中加特数字化工厂，不论是硬件还是软件，都处于目前世界领先水平。

中加特啊！你让我站在青岛这块美丽而神奇的土地上，目睹煤炭人用自己的智慧和勤劳创造出一个又一个工业奇迹，攀登一座又一座赶超世界潮流的科技高峰，向世界展示中国煤矿工人的创造精神和威严雄姿，每一个了解中加特的人，都会为之折服、为之骄傲、为之自豪。

建设如此高投入的具有国际水平的现代化高科技企业，需要决策者深思熟虑的运筹帷幄，需要关键环节上有精英人才。我们每到一处，工人都在不同的岗位上聚精会神地做自己的事情，一排排整齐的即将出厂的不同型号的设备流光溢彩。邓克飞说："不少产品连我都叫不上名字，更谈不上各种参数，专业的事就应该让专业的人管，外行越管越乱。"当写作需要一部电脑时，邓克飞对办公室焦主任说："公司有不少的笔记本电脑，给我找上一台。"而这位军人出身，从另一个城市来到青岛，跟随邓克飞创业的焦主任不假任何思考地回绝董事长说："买一台新的吧，后面还有用。"并现场打电话给电脑公司，让他们下午送到……

邓克飞说："作为公司的一把手，我只管两头，就是大和小，决策和方向的事情没有人为你考虑，必须你拿主意，正确了大家才能跟着往前走。再就是管鸡毛蒜皮的琐碎事情，哪里的下水道缺个井盖，哪个员工家庭困难，员工就餐排队时间较长，饭菜大家吃得可口不可口等等，这些小事我一旦发现，必定一抓到底，从来不轻易放过。至于中间部分有人管的事情，我是不太去关心的，因为有专人去管。如果一个企业领导事无巨细，啥事都管，就会越管越乱。"

关于"大和小"的辩证关系，邓克飞展开说："我这个人善于思考，市场出现一点儿微小的变化，我就会有所察觉，并深入思考。问题在哪里，先找到病根，这样才能对症下药。"他还说："我始终认为中加特是个小企业，也可以称作小作坊，小有小的好处，你能把握得住，船小好掉头就是这个道理。而且你的管理，以及人财物都能跟得上，这样就不显得盲目，可以与市场紧密结合。我觉得这是中加特之所以能走到今天的根本所在。再一个就是对开发产品的市场定位一定要高标准，跟在别人后头永远没有出头之日。我非常欣赏这样一句话：'吃别人嚼过的馍没味道。'这么多年来，我们所开发的产品，不敢说都是超前沿的技术，最起码在国内是一流。"说到这里，邓克飞加重了语气："我们不穿新鞋走老路，比如高压电缆插头，投放市场后，不知道有多少厂家模仿生产电缆接头，当时的市场需求量也很大，通过调查反馈信息发现，跟风太多，于是公司决定放弃生产高压插头，开发新产品。"

未来参与国际竞争，究竟如何保持竞争优势，邓克飞有他的独到见解，他说中加特只要始终抓住自主研发、自主创新这根绳索不放手，成功的概率就非常高，虽然会异常艰辛，充满挑战和风险，但只要方向正确，我们努力了，即使不成功，失败了也不后悔，因为后来者还会沿着这条道继续攀登。

邓克飞的信条就是不断地挑战自我，克服困难，在挑战和攻坚中，完善自我，追求高度，他认为只有这样企业才能走出一条持续发展的健康之路。做企业是这样，做人也应该是这样，很多问题都取决于人，只要人的问题解决了，就没有克服不了的困难。

邓克飞这样想，也是这样做的，有人曾经问过邓克飞："你主要干什么？"邓克飞的回答只有两个字："管人。"中加特在人力资源管理上有自己的流程和原则，其核心是信任评价体系，而这种信任评价是日积月累的，完全建立在自我约束的基础之上。

从第一任总工程师沈宜敏到现任的总工程师宋承林，从最初的副总马付湾到现任总经理丁国利，从财务总监郑龙兴到科研中心的孙贤洲……所有这些人才，无不饱含对中加特的感情，以及对公司信任自己、重用自己的感恩。现任总工程师宋承林是我们这次采访的桥梁，但是在我们两次二十天的行程中，总共只见过两次，第一次是接机，第二次是采访，还都是从国外飞回来的周末晚上，由此就可以看出，邓克飞这支团队的快节奏、高效率和由内心生发的高责任感，当然这一切都是从信任开始的。

邓克飞不止一次地在班子会议上反复强调，管理没有多少高深的理论，核心是人。只有懂得尊重人、珍惜人才，人的优势才能得到最大的发挥，我们的事业才能立于不败之地。

多年来，邓克飞用自己的实际行动，践行人生的价值。公司二十年的发展，经历过那么多的风雨坎坷，始终坚持以人为本、用人不疑、表里如一的原则，为人才搭建成长的平台，核心人员没有流失过。在他的影响下，中加特电气股份有限公司形成了结构合理的现代人才梯队。目前公司员工学历基本都是本科以上。对于本科生，中加特为其提供创新的条件和环境，激发他们的创新思维和活力，并给予充足的时间，努力把每个人从"毛坯"培养成"精品"。对于研究生，发挥其社会经验和实践基础较好的优势，使他们很快融入企业，成为各个部门、各个环节的中坚力量。对于博士生，一般和本科生、研究生搭班组合，提供进行专业研究的良好条件。

在中加特，以老带新已成为一种惯例，造就了一批年轻科技人才。经过这个大熔炉的历练，青年才俊脱颖而出，在不同的岗位上挑起了大梁，让中加特这艘航船砥砺前行，乘风破浪。有人说，重奖之下必有勇夫，而邓克飞并不完全赞同这个观点。他说："激励只是暂时的、次要的，给人才提供施展才能的土壤，让人才释放能量，展翅飞翔，这才是主要的。"事实上，精心打造人才团队始终贯穿于中加特发展的全过程，发现一个人才，重用一个人才，发现一批人才，重用一批人才；坚持不懈地培养和重用人才，自然而然地充实了中加特的人才储备，为企业注入永葆青春、欣欣向荣的无限活力。

中加特的人文情怀，涵养着非同一般的员工情、企业情，就像清晨初升的朝阳，照耀着中加特的每一个角落，温暖到每一位员工。大到企业的发展方向和管理，小到岗位责任和生活琐事，这个企业处处都沁润着雨露般的惬意，洋溢着蓬勃向上的活力。

尾　声

二十天的采访在紧张、忙碌、感动中匆匆收尾，即将踏上返程的航班，我的内心充满说不清道不明的留恋，可能更多的还是遗憾，对于如此闪光的煤炭科技明珠，我的了解还停留在浅显的表面。董事长邓克飞坚毅的目光、自信的气度以及磁场强大的亲和力，令我的心中充满了温暖，也让我见识了立足于煤炭而又超脱于煤炭的创业者、卓越者的广阔胸怀，深切地经受了一场胶东半岛鲁文化的熏陶。邓克飞不止一次地对我说，他是鲁文化最大的受益者，鲁文化不仅教会了他怎样做人、做一个什么样的人，更教会了他怎样做事、做什么样的事，是鲁文化激励着他在艰难曲折的道路上奋力前行。

每天的太阳，依然从东海岸火辣辣地喷出，大海依然激情澎湃。假如邓克飞有那么一刻的空闲时间，他一定会迎着夏季的阳光，站在已经落成的、研发出具有世界一流产品的中加特科研大楼上，俯视四方。望着井然有序的工厂车间，望着员工们忙碌的身影，回望二十余年海浪奔腾般的创业历程，然后又以雄鹰般的目光远眺未来的国际大市场，锁定石油、钢铁、轮船、化工等核心变频领域那一根根硬骨头，眼里映出火红的东方之光……

图书在版编目（CIP）数据

当时也道不寻常／王成祥著. -- 北京：中国文史
出版社，2024.2

（跨度新美文书系）

ISBN 978-7-5205-4480-1

Ⅰ．①当… Ⅱ．①王… Ⅲ．①散文集-中国-当代

Ⅳ．①I267

中国国家版本馆 CIP 数据核字（2023）第 227729 号

责任编辑：薛媛媛

出版发行：**中国文史出版社**

社　　址：北京市海淀区西八里庄路 69 号院　　邮编：100142

电　　话：010-81136606　81136602　81136603（发行部）

传　　真：010-81136655

印　　装：北京新华印刷有限公司

经　　销：全国新华书店

开　　本：720×1020　1/16

印　　张：16.5　　　字数：202 千字

版　　次：2024 年 2 月第 1 版

印　　次：2024 年 2 月第 1 次印刷

定　　价：59.80 元